W0195136

Lily Prior

Nektar oder
Der Duft der Italienerin

EUROPA
VERLAG

Aus dem Amerikanischen von Xenia Osthelder

LILY PRIOR

Nektar oder *Der Duft der Italienerin*

Roman der *Versuchung*

Europa Verlag
Hamburg · Wien

Für Christopher

Originalausgabe:
»Nectar«
Ecco, New York 2002
© Lily Prior, 2002

Deutsche Erstausgabe
© Europa Verlag GmbH, März 2003
Umschlaggestaltung: Kathrin Steigerwald, Hamburg,
unter Verwendung eines Details aus einem
Gemälde von Johan Laurentz Jensen
Satz: Greiner & Reichel, Köln
Druck und Bindung: Wiener Verlag, Himberg bei Wien
ISBN 3-203-81047-6

Informationen über unser Programm erhalten Sie beim
Europa Verlag, Neuer Wall 10, 20354 Hamburg
oder unter www.europaverlag.de

Auf dem Lande
13

In der Stadt
67

Wieder auf dem Lande
177

PERSONEN DER HANDLUNG

Auf dem Lande

Ramona Drottoveo, *Albino*
Die Signora, *Herrin des Guts*
Der Signor, *Gatte der Signora*
Ovidio Gondulfo, *Obergärtner*
Stiliano Mamiliano, *Schweinehirt*
Ludovico Mamiliano, *Stilianos jüngerer Bruder*
Filippo Mamiliano, *Vater von Stiliano und Ludovico, Schweinehirt im Ruhestand*
Padre Jacopo Basolo, *Gemeindepfarrer*
Dottore Blocco, *Arzt*
Alfonsina, *Frau des alten Blocco (heiratet später den Arzt Stipa)*
Dottore Stipa, *Nachfolger von Blocco*
Der Bienenzüchter, *Nummer eins*
San Ambrosio, *Schutzpatron der Bienenzüchter*
Pupolo Floscio, *Gehilfe der Pastetenköchin*
Trofimo Barile, *Gastwirt der Schwarzen Kröte*
Isolda Barile, *Trofimos Frau*
Dalinda Scandone, *Küchenmagd*
Sant'Ursula, *wird gegen die Pest angerufen*
Immacolata Pescatore, *oberste Köchin und Wirtschafterin*
Ernesto Conticello, *Rosengärtner*
Camilla Conticello, *Frau des Rosengärtners*

Roberto Pedretti, *Küchenjunge, Liebster von Dalinda Scandone*
Ugo Rossi, *Diener*
Margherita Rossi, *seine Frau*
Beata Viola, *für das Tafelsilber zuständige Magd*
Rinaldo Buffi, *zweiter Bienenzüchter*
Semprebene Metrofano, *Verwalter*
San Antonio di Padua, *wird angerufen, wenn man etwas verloren hat*
Santa Margherita, *Schutzheilige der Geburt*
Floriana Redenta, *gelangte zu Berühmtheit, weil sie ein Ferkel zur Welt brachte*
San Ansovino, *wird für eine gute Ernte angerufen*
San Isidoro, *Schutzpatron der Bauern*
Signor Raymondo Barbuzzi, *Würdenträger der Stadt Urbino*
Signora Barbuzzi, *Witwe des obigen und Bäckerin von berühmtem Mandelgebäck*
Silvestro Bernini, *Zimmermann*
Die Mutter des Bienenzüchters
Virna Fuga, *Milchmagd*
Tito Livio Feriani, *Kammerdiener des Signor*
Bernardino Bergonzoni, *Kuhhirte*
Saturnina Floscio, *Tante von Pupolo*
Bibiana Mamiliano, *Mutter der Schweinehirten*
Gloriana und Rino Tomacelli, *Weber*
Didimo Doria, *Wildhüter*
Andromeda Doria, *Didimos Frau*
Milvia Lucentini, *Hebamme*
Pudenziana Esposito, *Isolda Bariles Dienstmagd*
Sant'Irina, *wird um Frieden angerufen*
Vittorino Broschi, *Postillon*
Guendalina Fumagalli, *Wäscherin, verliert den Verstand*
Santa Notburga, *Schutzpatronin der Dienerinnen*

San Gregorio, *Schutzpatron der Musiker*
San Cristoforo, *Schutzpatron der Reisenden*
Selma Veneroso, *einäugige Gehilfin der Käsemacherin*
Signora Margherita, *verheiratete Schwester des Signor*
Comtessa Magina, *Hochzeitsgast*
Signora Lydia, *des Signor dritte Kusine zweiten Grades*
Crispina, *Tante des Signor, stirbt bei der Hochzeit*
Duc d'Alba, *ältester Freund des Signor*
Der Bruder der Signora aus Roccamonfina
Signora Donatella, *des obigen Frau, bekannt als das Biest von Roccamonfina*
Nuccio Pandolfo, *dritter Bienenzüchter*
Belinda Filippucci, *Ramonas Zofe*
Sebaldo Metrofano, *Sohn von Immacolata und Semprebene Metrofano*
Casto und Polo, *Zwillingssöhne von Immacolata und Semprebene Metrofano*
Maurilio Bergonzoni, *Sohn des Kuhhirten*
Silvestro Barbalace, *Trofimo Bariles Schwager aus Sparanise*
Perseo, *ein junger Mann, der nach Zwiebeln stinkt*
Basilio Barile, *Sohn von Trofimo und Isolda Barile*
Tullio, *preisgekröntes Jagdpferd*
Gordio Rossi, Gianluca Fuga, Lamberto Pedretti, *Verehrer Blandinas*
San Andrea Corsini, *wird angerufen gegen plötzlichen Tod*

In der Stadt

Nonna Pino, *Wächterin des Heiligenbildes*
San Gennaro, *Schutzpatron Neapels*
Amando Castorelli, *Hauswirt*
Rupinello, *Buckliger*

Santa Cassilda, *wird um Glück angerufen*
Amalasunta Castorelli, *Amando Castorellis Frau und Tochter der Nonna Pino*
Signor Procopio Pastini, *Bewunderer Ramonas*
La Duchessa, *Gast im Café Fontana*
Modesta, *Begleiterin der Duchessa*
Quintilla, *Köchin des Signor Pastini*
Policarpo Tebaldi, *Besitzer des Altkleiderladens in der Via Acquavita*
Brunella Tosti, *Hure, die über Policarpo Tebaldis Laden wohnt*
Giambattista Po, *Künstlerischer Direktor der Oper*
Fanzago und Bottiglieri, *Feinde des Signor Po in der Oper*
Panfilo, *Pförtner der Oper*
Die Sieben Schläfer von Ephesus, *werden angerufen gegen Schlaflosigkeit*
Padre Buonconte, *Priester der Chiesa di Santa Maria del Fede*
Santa Maria Margherita, *Schutzpatronin der Teufelsaustreibungen*
San Romano, *wird gegen Wahnsinn angerufen*
Rambaldo Melandri, *Krippenmacher*
Everardo Donadio, *Manegenmeister im Zirkus der Gebrüder Donadio*
Nabore, Valdo und Oddo, *Söhne des Verletzten*
Blandina Buffi, *Ramonas und Rinaldos Tochter*
Signor Scarpetta, *Nachbar in der Via Vecchio Poggioreale*
Selmo Filangieri, *Eigentümer der Garküche*
Monalda Spantigati, *bärtige Frau*
Der Große Massimo, *Muskelmann im Zirkus*
Bubbone, *Signor Pastinis oberster Diener*
Liberio Borrelli, *Metzger, Verehrer Amalasunta Castorellis*

Prolog

In der Morgendämmerung, noch bevor die Einwohner von Aversa aus ihrem Schlummer erwacht waren, beobachteten die Fratzen der Wasserspeier von Santa Maria della Pieta eine bonbonrosa Frau mit schlohweißem Haar, die sich verstohlen dem Portal des Konvents näherte. Sie zerrte ein winziges Abbild ihrer selbst hinter sich her, ein sich heftig wehrendes Mädchen von etwa drei Jahren, das seine Füßchen schleifen ließ und hinter sich eine Staubwolke aufwirbelte. Die beiden verschwanden im Vestibül der Kirche. Nur wenige Sekunden später tauchte die Frau ohne das Kind wieder auf, zog das schwere Portal fest hinter sich zu und hastete davon. Sie warf keinen Blick zurück.

Auf dem Lande

Der Garten

Ramona Drottoveo war Zofe oben in La Casa, dem weißen Marmorschloß im Tal des Volturno, das inmitten von weitläufigen Ländereien liegt, die seit etruskischen Zeiten im Besitz der Familie der Signora sind.

Da Ramona »im Haus« und nicht »außer Haus«, »oben« und nicht »unten« arbeitete, hielt sie sich für etwas Besseres als die Tagelöhner des Guts. Sie sah auf die Leute herab, die die Äcker bestellten, in den Zitronenhainen, Weinbergen und Obstgärten arbeiteten und Sonnenblumen, Peperoni, Tomaten, Oliven und dickbäuchige Melonen anbauten. Und sie verachtete alle, die für die Rinder sorgten oder in der Meierei und in den Ställen tätig waren.

Ramona bildete sich auch ein, über denjenigen zu stehen, die der Signora die zauberhaften Gärten verschönerten, in denen Pfauen stolzierten und das Orchester der Springbrunnen ertönte, seltene Orchideen erblühten, Rosen erröteten und sich die saftigen Rasenflächen bis zum Horizont erstreckten.

Ihr affektiertes Getue machte selbst vor denen nicht

halt, die die Schweine brieten, die Drosseln füllten, das Eis formten, das Brot kneteten, die Enten rupften, die Pasteten zubereiteten und in den weiten Küchengewölben Silberplatten und Kristallpokale auf Hochglanz polierten.

Keine Frau auf dem ganzen Gut konnte Ramona ausstehen. Doch das lag nicht an Ramonas Überheblichkeit, denn Hochmut war die geringste ihrer zahlreichen Sünden. Was bei den Frauen Haß auslöste, führte bei den Männern dazu, Ramona zu vergöttern, und darum verabscheuten die Frauen sie aus tiefstem Herzen.

Auf Ramonas Aussehen waren sie nicht eifersüchtig, denn Ramona war häßlich. Ganz im Gegenteil, wäre Ramona eine Schönheit gewesen, hätten die Frauen die Anbetung, die sie bei den Männern hervorrief, weniger unmoralisch und bei weitem leichter erträglich gefunden.

Ramona war nämlich ein Albino. Ihr üppiger Körper war ganz und gar pigmentlos, ihr Haar so weiß wie die Federn der Tauben in dem dekorativen Taubenschlag der Signora. Sie weigerte sich, es zu flechten, sondern trug es offen wie einen Heiligenschein um Gesicht und Schultern.

Das Blut in ihren Adern verlieh ihrer Haut einen kräftigen Rosaton, und ihr blaurotes Mondgesicht stand in häßlichem Kontrast zu ihrem bleichen Haar.

Ramonas Wimpern waren lang und weiß. Einige Mägde behaupteten, sie sähen aus wie die der Schweine in den Koben hinter dem Gemüsegarten. Ihre Augen, in denen sich die meiste Farbe konzentrierte, waren ebenfalls rosa und erinnerten an die Augen des weißen Kaninchens, das man bei Zaubervorstellungen und in Bilderbüchern sehen kann.

Doch trotz ihrer Derbheit und obwohl sie wie ein gestreiftes Bonbon aussah, strömten die Männer in Scharen zu Ramona und wetteiferten um ihre Gunst. Die Frauen beschuldigten sie, eine Hexe zu sein und ihnen die Männer mit schwarzer Magie abspenstig zu machen. Doch eine Hexe war Ramona nicht. Sie verströmte einfach einen Duft, der dazu führte, daß die Männer ihr bisheriges Leben völlig vergaßen. Wenn Ramona gerade einen brauchte, erniedrigten sie sich für sie zum Hund. Oder zur Kirsche. Oder zu einer neuen Haube. Sie verloren ihre Arbeit, schlugen gute Stellenangebote aus und ließen Frau und Kinder hungern. Armut und Tod konnten ihnen im Nakken sitzen, doch sie ließen sich nicht unterkriegen, sondern setzten alles auf eine Karte, wenn sie nur einen Zug von Ramonas betörendem Duft, Lebenselixir eines jeden Mannes, nehmen durften.

Das war der tiefere Grund des Hasses der Frauen auf Ramona.

Tagsüber pflegte Ramona La Casa nicht zu verlassen, vor allem im Sommer, denn da war die Welt zu hell für sie. Abends wanderte sie jedoch durch die Gärten wie die Signora persönlich, genoß die frische Luft und summte die heimischen Volkslieder vor sich hin, denn sie bildete sich ein, eine schöne Stimme zu haben, und hatte Freude am Singen. Die Signora wußte, daß Ramona nachts in ihre Gärten eindrang und wollte sie zurechtweisen. Doch auf Anraten ihres Ehemanns, der damals gerade in den Genuß regelmäßiger Paarung mit der hochnäsigen Zofe kam, hielt sich die Signora zurück.

So geschah es, daß Ramona mit den Pfauen über Rasenflächen schlendern durfte, die von einer pflichtbewußten Mannschaft von zwanzig Hilfsgärtnern sorgfältig kurzgehalten wurden. Grün wie knackige Äpfel federte das Gras so sehr, daß Ramonas Fußabdruck noch lange, nachdem sie darüber geschritten war, sichtbar blieb. Man erzählte sich sogar, der Obergärtner Ovidio Gondulfo habe, nachdem

Ramona ihm den Laufpaß gegeben hatte, einmal auf dem Bauch in der Akazienallee gelegen und hingebungsvoll Ramonas Fußspuren ausgeleckt.

Wenn Ramonas Duft die Luft schwängerte und die sehnsuchtsvolle Zärtlichkeit der Dämmerung den Garten in den romantischsten aller Orte verwandelte, machten sich die zahllosen Bewunderer, die sich hinter den zu Figuren beschnittenen Büschen versteckt gehalten hatten, an Ramona heran und bestürmten sie, sich ihrer zu erbarmen und das quälende Drängen ihrer Lenden zu stillen.

Ramonas Verehrer kamen nicht nur vom Gut, sondern auch von den Hügeln der Umgebung und manchmal sogar von noch weiter her. Von den Ebenen im Nordosten und im Westen und aus den Städten Dragoni, Teano, Carinola und Mondragone. Ramonas Anbeter gehörten allen Schichten an, doch um der Wahrheit die Ehre zu geben, gegenüber den Tagelöhnern, mit denen sie anfangs in den Heuhaufen und unter den Hecken ihrer Begierde gefrönt hatte, war Ramona kühler geworden, nachdem sich die Nachricht von ihren Reizen verbreitet hatte und ihre Beliebtheit gewachsen war.

»Du schon wieder, Stiliano Mamiliano? Du bildest dir doch nicht etwa ein, daß ich es noch einmal mit dir mache – nach dem, was beim letzten Mal passiert ist? Die Eicheln, die du an deine Schweine verfütterst, sind ja größer als das, was dir zwischen den Beinen baumelt.«

Nach diesem Dämpfer verschwand Stilianos Kopf in den Blättern, nur um vom frischen, roten Gesicht seines jüngeren Bruders Ludovico ersetzt zu werden.

»Treibst du es dann mit mir, Ramona Drottoveo?« fragte er heiser. »Mein Ding ist viel größer als das von Stiliano.« Ein Plumps war hinter der Hecke zu hören, als Stilianos Stiefel die Rückseite von Ludovicos Hosen traf.

»Für kleine Jungs hab ich keine Zeit«, erwiderte Ramona. »Ich brauche einen Mann, der weiß, wo's langgeht.«

»Dann nimm doch bitte mich, Ramona, ich flehe dich an«, ertönte die Stimme von Papa Mamiliano, dessen Kopf von lila Blüten eingerahmt war. »Ich weiß, wie man eine Frau erfreut. Gib mir doch eine Chance.«

»Nimm deine beiden dummen Jungen und pack dich heim zu deiner dummen Frau, Filippo Mamiliano. Und spute dich, bevor ich die Geduld verliere.«

Ramona schritt weiter voran, die Nase hoch erhoben. Die Luft war so mit ihrem Duft geschwängert, daß selbst das Wasser der plätschernden Brunnen danach schmeckte.

Ein wenig weiter den Weg hinunter lauerte im Venushain der Gemeindepriester Padre Jacopo hinter der Marmorstatue der Göttin.

Es hatte eine Zeit gegeben, da war Ramona die Aufmerksamkeit des Padre willkommen gewesen. Doch seit sie die große Auswahl hatte, war sie sich nicht länger sicher. Was hatte der grauhaarige Priester ihr schon groß zu bieten? Nichts als seinen Knoblauchatem und sein verschrumpeltes Glied.

»Ramona, Ramona. Beug dich vor und laß die Hosen runter. Stell dir deinen Hintern unter den Stößen meines prächtigen Gemächts vor!«

»Schenkt einer anderen die Gunst eures prächtigen Gemächts, Padre«, erwiderte sie. »Ich bin nicht interessiert.«

Ramona hatte andere Eisen im Feuer, wie die Redewendung lautet. Auf La Casa war heute der Doktor gerufen worden und hatte ihre mit einer eingebildeten Krankheit zu Bette liegende Herrin behandelt. Ramona war aufgefallen, daß sie Eindruck auf den Doktor gemacht hatte, als sie einen Senfwickel in das Gemach der Signora brachte, und hoffte nun, daß er irgendwo im Garten ihrer harrte.

Und wie nicht anders zu erwarten, erspähte sie beim Schlendern durch die Beete mit den cremigen Lilien tatsächlich den Doktor. Um nicht vom Herrenhaus aus gesehen zu werden, hatte er sich wie ein Dieb bei der großen Sonnenuhr am anderen Ende des Stundengartens versteckt. Er zog an seiner Pfeife, und blaue Rauchwolken schwebten über dem Weg.

»Guten Abend, Doktor«, sagte Ramona leise.

Er fuhr zusammen, überschwemmt von der Schuld, die sein Leben zerstören sollte. Als er sich ihr zuwandte, erbebte sein ganzer Körper. Auf die Knie sinkend, umarmte er ihre Röcke. Laute Schluchzer brachen aus ihm hervor. Sein Verlangen nach ihr war so groß, daß sein Innerstes nach außen gekehrt war. Er wußte, daß er verloren war und seine Frau, die fünf Kinder, seine florierende Praxis, seine Freunde und sein schönes Haus in Santa Maria la Fossa aufs Spiel setzte. Und dennoch hatte er nicht die Kraft sich zurückzuhalten.

Unter Schluchzen hob er den Saum von Ramonas Röcken und küßte ihre groben Stiefel, die schmutzigen Strümpfe, ihre Beine. An Vorspiele war Ramona nicht gewöhnt. Keiner ihrer vielen Liebhaber hatte sich je mehr Mühe gegeben, als sein Glied in sie hineinzuschieben und wie wild in ihr herumzurühren. Was der Doktor da machte, war gar nicht übel.

Überall um sie herum, in den Baumskulpturen und in den exotischen Blumenbeeten versteckt, sahen vergangene und zukünftige Liebhaber erstaunt zu. Was stellte der Doktor nur mit Ramona Drottoveo an? Im Bewußtsein, daß sie von Bewunderern umringt waren, schaute Ramona verstohlen um sich und genoß den Augenblick ihres Triumphs.

Der Doktor zog Ramona neben sich aufs Gras, glitt in sie, steigerte sich zu einem Höhepunkt, wie er ihn noch nie erlebt hatte, und entließ mit einem Aufschrei seinen Samen in sie.

Als alles vorüber war, rollte der Doktor sich von ihr aufs Gras, am ganzen Körper bebend. Er wußte, daß es mit seinem Leben vorbei war. Niemals wieder würde es einen Augenblick wie diesen geben.

Er half Ramona auf die Füße, brachte seine Hose in Ordnung und küßte Ramona flüchtig auf die Stirn. Dann nahm er seine Tasche und ging. Er sah sich nicht um. Ramona schüttelte ihre Röcke aus und lief in Richtung La Casa. Den Doktor, der sich ihretwegen das Leben nehmen sollte, hatte sie bereits vergessen.

Der Bienenzüchter

Von den Aberhunderten von Männern, die auf irgendeine Weise zum Gut gehörten, gab es nur einen einzigen, der sich nicht um Ramona scherte. Sie konnte direkt an ihm vorbeigehen, ohne daß er auch nur den Kopf nach ihr wandte oder gar langsam und liebevoll ihr unwiderstehliches Aroma durch seine Nase einsog. Das störte Ramona, die dergleichen durchaus bemerkte, und sie faßte den Entschluß, daß auch dieser Mann ihrem Zauber erliegen sollte.

Der Mann, um den es sich drehte, war der Bienenzüchter.

Groß und hager, lebte er allein im Imkerhaus am anderen Ende des Obstgartens. Hier kümmerte er sich in aller Ruhe um seine Bienenkörbe und gewann den Honig für die Tafel der Signora, lieferte Gelee royale, das zu Heilzwecken verwendet wurde, und Bienenwachs, das man zum Polieren der kostbaren alten Möbel benutzte.

Der Bienenzüchter war kein geselliger Mensch. Es lag ihm nicht, seine freie Zeit bei einem Humpen Bier in der Dorfschenke zu verbringen. Er blieb lieber für sich allein.

Nach einem einsamen Abendbrot beschäftigte er sich mit seinen Abhandlungen zur Bienenkunde. Er besaß ein dikkes Heft, in das er zeichnete und seine Beobachtungen notierte. Es kursierte sogar das Gerücht, er verfasse ein Buch.

Bei den anderen machte das den Imker nicht gerade beliebt, denn die meisten konnten weder lesen noch schreiben und hegten allem Wissen gegenüber tiefstes Mißtrauen. In den Köpfen der Tagelöhner war es von der Gelehrsamkeit zur Hexerei nur ein kleiner Schritt. Folglich ließen sie den Bienenzüchter so gut es ging links liegen und hofften, daß sie dadurch die Geburt verkrüppelter Kinder, schlechte Ernten und die gefürchtete Pest in Schach halten konnten.

Doch Ramona Drottoveo ließ sich nicht abschrecken. Sie war entschlossen, den Bienenzüchter genau wie die anderen Männer des Guts zu ihren Füßen liegen zu sehen.

Zufällige Begegnungen waren nicht leicht zu arrangieren, denn immer wenn Ramona im Garten umherstreifte, hielt sich der Bienenzüchter in seinem Häuschen auf. Sie hatte ihn erst einige wenige Male gesehen, meist im Morgengrauen, wenn sie nach einer brünstigen Nacht mit den Untergärtnern auf der Flucht vor dem Tageslicht nach La Casa zurückhastete. Und da hatte er doch die Unverschämtheit besessen, keinerlei Notiz von ihr zu nehmen!

Eines Morgens – der Imker bemühte sich gerade, ein Mäuschen zu vertreiben, das die Nacht an den Waben schmausend in einem seiner Bienenkörbe verbracht hatte – war Ramona sogar splitterfasernackt durch den Obstgarten gerannt. Doch selbst da hatte er sie keines Blickes gewürdigt. Ramona kochte vor Wut.

»Wer ist er, daß er mich nicht wahrnimmt?« fragte sie sich später, als sie das Bett der Signora machte und dabei die Federkissen so heftig aufschüttelte, als seien sie der mit Blindheit geschlagene Bienenzüchter.

»Dummer Imker.«

Dumm mochte er ja sein, aber sie würde keine Ruhe mehr finden, bis sein Name nicht auf der Liste ihrer Eroberungen stand.

Ramona beschloß, auf jegliche Raffinesse zu verzichten und den Imker ganz einfach in seinem Haus zu besuchen, ihn zu verführen und dann zu vergessen. Sobald sich das Tageslicht verflüchtigt hatte, tauchte sie aus La Casa auf. An der Küchentreppe standen ihre Verehrer bereits Spalier.

»Ramona, Ramona«, schrien die verzweifelten Männer kläglich.

Als sie an ihnen entlangschritt, ihren Zauberduft wie eine Wolke aus Feenstaub hinter sich herziehend, bildeten sich peinliche Wölbungen in den Hosen ihrer jammernden Verehrer.

»Ihr könnt euch alle zum Teufel scheren«, schrie sie ihnen über die Schulter zu. »Ich verbringe den Abend und die ganze Nacht mit dem Imker!«

»Mit dem Imker!« ertönte ein Chor von fünfzig erstaunten Stimmen. Da ergoß sich ein warmer Platzregen über die Männer. Immacolata Pescatore, die oberste Köchin, hatte eine Schüssel mit schmutzigem Spülwasser ausgeschüttet und die ganze Schar so ziemlich gleichmäßig erwischt.

»Verschwindet von meiner Treppe, ihr Dreckspack! In der Nähe meiner Küche habt ihr nichts zu suchen. Ihr macht mir die Milch sauer. Verschwindet, habt ihr mich verstanden? Dalinda Scandone, hol noch eine Schüssel. Flink Mädchen, beeil dich!«

Bei diesen Worten löste sich die triefende Menge auf. Die meisten Männer folgten Ramona, die den Pfad zum Obstgarten eingeschlagen hatte. Dalinda Scandone kam mit ihrer zweiten Schüssel zu spät und erntete eine Ohrfeige.

»Immacolata Pescatore, warum folgen die Männer der Ramona Drottoveo auf Schritt und Tritt?« fragte Dalinda, noch immer mit brennendem Gesicht.

Zur Abschreckung verabreichte ihr Immacolata Pescatore noch eine zweite Ohrfeige: »Das geht dich nichts an, Dalinda. In meiner Küche will ich nichts von diesen Dingen hören.«

Mittlerweile waren Ramona und ihr Gefolge beim Imkerhaus angelangt.

»Hast du denn gar keine Angst vor der Pest, Ramona?« fragte Ernesto Conticello, der Rosengärtner, der sich einen Weg durch das Gedränge bahnte.

»Ich hol mir lieber die Pest bei ihm als Läuse bei dir«, erwiderte Ramona, während sie heftig an die Tür klopfte.

Als diese sich öffnete, schob sich Ramona ins Haus und schloß hinter sich ab. Der Bienenzüchter stand sichtlich erstaunt da, den Mund leicht geöffnet, die Augen aufgerissen. Er war es nicht gewohnt, daß Frauen sich mit Gewalt Zutritt zu seinem Haus verschafften. Doch er sagte nichts, sondern wartete auf Ramonas Erklärung.

Ramona bedachte ihn mit einem versengenden Blick. Spannung lag in der Luft. Im Handumdrehen wußte Ramona, daß der Bienenzüchter ihre Macht spürte und sich dagegen wehrte. Er zappelte so sicher wie alle anderen in ihrem Netz.

»Weißt du, wer ich bin?« fragte sie gebieterisch.

»Du bist Ramona«, erwiderte er mit einem heiseren Flüstern. »Dich kennt doch jeder.«

»Und warum siehst du mich dann nicht an, wenn ich in deiner Nähe bin?«

»Ich kann nicht.«

»Warum nicht?«

»Weil ich es nicht darf.«

»Und heute früh, als ich nackt an dir vorbeigegangen bin, da hast du mich auch nicht angesehen?«

»Da durfte ich mir am allerwenigsten erlauben, einen Blick auf dich zu werfen.«

»Und warum erlaubst du es dir nicht, einen Blick auf mich zu werfen?«

»Weil ich es nicht ertragen könnte, dich anzusehen, ohne dich zu besitzen«, antwortete er ernsthaft, »und deshalb erlaube ich mir gar nicht erst, dich anzusehen.«

»Und jetzt, da du mich ansiehst, willst du mich da haben?«

»Ja.«

»Wie sehr?«

»Weitaus mehr als alle die da draußen«, lautete seine Antwort, wobei er verächtlich auf die Männer wies, die wartend vor dem Haus herumlungerten oder auf die Apfelbäume kletterten und die Zweige abbrachen, um einen Blick durch die Fenster werfen zu können.

»Mich verlangt mehr nach dir als nach meinem eigenen Leben, und das ist die lautere Wahrheit.«

»Dann sollst du mich sogleich haben«, erwiderte die von seiner Antwort beschwichtigte Ramona und machte sich daran, die Knöpfe ihres Kleids zu öffnen.

»Nicht doch«, schrie der Imker angsterfüllt, wandte sich von ihr ab und hielt sich den Kopf mit beiden Händen, als täte er ihm weh. Mit angehaltenem Atem murmelte er rasch ein Gebet zu San Ambrosio, dem Schutzpatron der Bienenzüchter, und flehte ihn um Standhaftigkeit an. Dann sagte er:

»Ich will nicht, daß es so ist wie bei den anderen. Ich habe dich mit ihnen gesehen. Ich weiß, was los ist ...«

»Und wie soll es statt dessen sein?« fragte Ramona, verblüfft.

»Es soll so sein wie in meiner Phantasie, wie in meinen Träumen ...«

»Und wie ist das, Imker?«

»Ich will um dich werben; will mit dir über die Sommerwiesen wandern und deine Hand halten; will mit dir das Lied der Nachtigallen hören. Ich will Gänseblümchen in dein weißes Haar flechten. Ich will dir meine Gedichte aufsagen – alle Gedichte, die ich bereits über dich geschrieben habe und all die, die ich noch schreiben muß. Ich will dir alles erzählen, was in meinem Herzen ist. Ich will dir meine Liebe schenken und deine gewinnen. Dann will ich dich zärtlich küssen und dich bitten, für immer mein zu sein, als meine Frau.«

Ramona war völlig platt. Noch nie, noch nicht einmal in den Burlesken, die die Wanderschauspieler an den Feiertagen aufführten, hatte sie jemanden einen solchen Unsinn reden hören.

»Geht in Ordnung, Bienenzüchter, ich heirate dich«, erwiderte Ramona und machte sich an ihrer langen Unterhose zu schaffen.

Der Anblick von Ramonas entblößten rosa Oberschenkeln löste draußen lautes Gejohle aus.

»Aber nicht doch!« schrie der Imker und rannte vor Verzweiflung und Frustration mit dem Kopf gegen die Wand. »San Ambrosio, ich flehe dich an, schenk mir Kraft! Doch nicht so! Ich habe dich ja noch gar nicht gefragt, ob du mich heiraten willst! Bitte! Ich flehe dich an, erfüll mir meinen Traum!«

»Du hast wirklich keine Lust auf einen Fick?« fragte sie ungläubig.

»Ramona, meine allerliebste Ramona, wie süß dein

Name klingt. Ich habe mir noch nie erlaubt, ihn laut auszusprechen. Ich wäre doch kein Sterblicher, wenn ich mich nicht danach sehnte, mich sogleich mit dir der Liebe hinzugeben. Aber so darf es nicht sein, nicht mit diesem ganzen Zirkus da draußen, nicht, bis wir uns nicht wirklich kennen, nicht, bis du mich so liebst, wie ich dich liebe, nicht, bis wir verheiratet sind. Gestatte mir, dich morgen bei Sonnenuntergang abzuholen. Dann beginnen wir, indem wir zusammen einen Spaziergang machen.«

Er verbeugte sich vor ihr und hielt ihr die Tür auf. Sie war völlig schockiert. So schockiert, daß sie tatsächlich vergaß, ihre Unterhose wieder anzuziehen und das Haus ohne verließ. Nachdem der Bienenzüchter die Tür hinter ihr geschlossen hatte, sah er die Unterhose und hob sie vom Boden auf. Ihr bezaubernder Duft, Ramonas Duft, erfüllte das Zimmer. Der Bienenzüchter atmete tief ein und weinte.

Die Werbung

Ramona durchquerte den Obstgarten wie eine Schlafwandlerin. Ihr Gespräch mit dem Imker kam ihr so unwirklich vor wie ein Traum. Sie war sich der Gegenwart der sie noch immer verfolgenden Männer kaum bewußt. Ihre Stimmen drangen wie durch Wasser zu ihr, Ton und Lautstärke klangen seltsam verzerrt. Auch auf dem Weg durch die Gärten war sie noch immer wie betäubt. Schließlich erreichte sie La Casa. Ohne ein Wort zu verlieren, betrat sie das Haus und schloß die Küchentür hinter sich.

Die Mienen der Männer erinnerten an Skeptiker, die gerade Zeuge eines Wunders geworden waren. Die Mehrzahl drängte zur Schwarzen Kröte im Dorf, um den Gastwirt Trofimo Barile um eine Erklärung zu bitten – er galt allgemein als Mann von Welt – und die Gelegenheit zu nutzen, sich einige Humpen des hervorragenden Biers seiner Frau zu gönnen.

Andere blieben, wo sie waren, überzeugt, daß Ramona aus dem Haus auftauchen würde und, gekränkt von dem Korb, den ihr der Imker gegeben hatte, Trost in den Armen des erstbesten Verehrers suchen würde. Verächtlich musterten die achtzehn im Hof verbliebenen Männer einander. Jeder von ihnen war fest entschlossen, jener Mann zu sein.

In ihrer kleinen Dachkammer, hinter den Gauben von La Casa, lag Ramona auf ihrem Bett und dachte nach. Sollte sie den Bienenzüchter tatsächlich heiraten und ein neues Leben beginnen? Vielleicht ja. Sie hatte das vorgerückte Alter von neunzehn Jahren erreicht, und ihr Leben war so öde, daß sie bereit war, so gut wie alles zu tun, was eine Veränderung herbeiführte, und sei es zum Schlechteren.

Eine Ehe mit dem Bienenzüchter hätte ihre Vorteile. Zum einen würde sie als verheiratete Frau nicht mehr für die Signora arbeiten müssen. Wie sie es leid hatte, die ewigen Senfbäder zu schleppen, Betten zu machen, Kissen aufzuschütteln und »Si, Signora, no, Signora« zu sagen, ewig Verbeugungen und Kratzfüße zu machen, jede ihrer Launen befriedigen zu müssen.

Wenn sie doch nur dieses Leben hinter sich lassen und irgendwo anders neu beginnen könnte. Wie sie von den Lichtern der Stadt im Süden des Guts träumte. Wenn sie doch nur das Gut verlassen und nach Neapel ziehen könnte. Denn dort, dessen war sie sich sicher, würde sie ganz und gar glücklich sein.

Ein Klopfen an der Tür unterbrach ihre Überlegungen. Es war der Signor, nur in Reitstiefeln, die Gerte in der Hand. Entzückt kichernd sprang Ramona auf, warf ihm die Beine um die Hüften, und er spießte sie mit einem Jagdruf auf sein steifes Glied.

Wie abgemacht erschien der Bienenzüchter am folgenden Abend in seinem Sonntagsstaat an der Küchentür, um seine Liebste abzuholen.

Dalinda Scandone öffnete und hielt ihm sofort das Kruzifix vor die Nase, das sie am Gürtel trug. Sie wollte die Ausdünstungen der Pest abwehren, die womöglich von dem Imker ausgingen. »Sant'Ursula, beschütze mich!« kreischte sie. »Beschütze deine Tochter Dalinda Scandone. Bewahre mich davor, ein Opfer der Pest zu werden, Heilige Mutter, und ich gelobe dir, ich wasche mir die Füße und die Ohren, und Roberto Pedretti darf mich nicht mehr anfassen, und ich gelobe ...«

»Was soll denn das heißen, Mädchen?« unterbrach sie der Diener Ugo Rossi, der ihr Gebet gehört hatte. »Das muß ich aber Immacolata Pescatore mitteilen, daß du Roberto Pedretti erlaubt hast, dir unter den Rock zu greifen. In einer Küche ist das außerdem nicht hygienisch.«

»Nicht doch!« kreischte Dalinda Scandone. »Ugo Rossi, ich flehe dich an, ich flehe dich an, sag es ihr nicht!«

»Es ist meine Pflicht, ihr über die Verderbtheit ihrer Küchenmägde die Augen zu öffnen. Es ist nur zu deinem Besten, Dalinda.«

»Nein, nein, nein!« kreischte Dalinda, entsetzt und mit brennenden Wangen angesichts der Ohrfeigen, die auf sie zukamen.

»Ich bitte um Entschuldigung«, sagte der Bienenzüchter, der von Natur aus ein langmütiger Mensch war, aber irgendwann ist die Geduld des Geduldigsten erschöpft. »Dürfte ich wohl etwas sagen?«

Dalinda schrie erneut laut auf und schwenkte wieder ihr Kruzifix.

»Sant'Ursula, beschütze mich vor den Pestbeulen«, brach es hysterisch aus ihr heraus.

»Dalinda Scandone, nun gib doch endlich Ruhe«, versetzte der Imker, zu guter Letzt gereizt.

»Aber den Honig hast du doch schon am Donnerstag gebracht«, japste die offentsichtlich verwirrte Dalinda Scandone und wedelte mit dem Kruzifix vor dem Gesicht des Bienenzüchters herum.

»Ja, das ist richtig. Heute bringe ich keinen Honig.« Er sprach langsam, damit die Schwachsinnige ihn verstand.

»Ach so«, sagte sie und wollte ihm die Tür vor der Nase zuschlagen, weil sie sich überlegt hatte, daß er wieder gehen würde, wenn er nicht gekommen war, um Honig zu bringen.

Im Hintergrund zog Ugo Rossi die törichte Magd auf.

Der Imker streckte den Arm aus, um die Tür festzuhalten, und sagte: »Dalinda, gib bitte Ramona Drottoveo Bescheid, daß ich hier bin.«

»Ramona Drottoveo?«

»Ja, Ramona Drottoveo.«

Dalinda blökte mit voller Lautstärke los: »Ramona Drottoveo, Ramona Drottoveo, Ramona Drottoveo.«

Der Lärm veranlaßte Immacolata Pescatore persönlich, an die Tür zu eilen. Im Handumdrehen hatte sie Dalinda Scandone eine gelangt. Es war die einzige Methode, die Magd zum Schweigen zu bringen.

»Was willst du, Imker?« fragte Immacolata sachlich.

»Bitte, würden Sie Ramona Drattoveo sagen, daß ich gekommen bin, um sie abzuholen?«

»Imker, es hat dich doch nicht etwa auch erwischt?« fragte Immacolata Pescatore mit offenkundiger Mißbilligung. »Ich bin fest davon ausgegangen, daß du mehr Verstand hättest, als dich mit dieser, dieser ...« Sie suchte nach einem Wort, das ihr Urteil deutlich ausdrückte und gleichzeitig für eine Dame paßte. Sie scheiterte. »Dieser Dirne abzugeben«, spuckte sie zu guter Letzt.

»Bitte, Immacolata Pescatore, tun Sie mir den Gefallen

und reden Sie nicht so von Ramona Drottoveo. Ich verlange nichts weiter, als daß Sie ihr sagen, daß ich hier bin.«

Immacolata Pescatore richtete sich zu ihrer vollen Höhe auf, was ehrlich gesagt nicht besonders hoch war, und nach einer hoheitsvollen Verbeugung zog sie sich in ihre Küchengewölbe zurück und schickte die Silbermagd Beata Viola auf die Suche nach Ramona.

Einige Zeit später, als Ramona meinte, daß sie den Bienenzüchter nun lange genug hatte warten lassen, erschien sie an der Tür.

Der Imker machte eine Verbeugung und bot ihr den Arm, um sie zu den unteren Weiden zu führen, die um diese Jahreszeit so schön waren, daß es geradezu weh tat.

Einige Männer des Gesindes, die im Hof herumlungerten, folgten ihnen auf dem Fuß, und nach und nach schlossen sich ihnen noch weitere an: die Schmiede, die Pferdeknechte, die Kutscher, die Untergärtner, die Kaminfeger, die Schweinehirten, die Kuhhirten, die Melker und die Pflüger, bis der Auflauf noch größer war als am Vorabend.

Unbeirrt schritt der Bienenzüchter weiter und zeigte Ramona verschiedenes Interessantes und Schönes, auf das sie zufällig stießen. Liebevoll machte er sie auf die Fischreiher aufmerksam, die den Fluß absuchten, er zeigte ihr ein Nest mit Hamsterjungen und erstaunliche Pilze, pflückte wilde Orchideen und wand sie ihr ins Haar, wies auf die Schwalben und die Sterne, als sie am Himmel erschienen. Ramona täuschte ein gewisses Interesse vor, worauf der arme Imker dankbar wie ein kleiner Welpe war.

»Ramona, liebe, süße Ramona. Ich fühle mich dir so nahe«, sagte er mit gefühlvoller Stimme.

In der Dunkelheit sah er nicht, wie Ramona gähnte,

und ihre Seufzer deutete er als Seufzer der Liebe und nicht der Langeweile. Nachdem er sie und das Rudel ihrer Verfolger wieder zurück zu La Casa geführt hatte, versprach er ihr, sie am nächsten Abend erneut abzuholen und ihr dann aus seinen Gedichten vorzulesen. An der Tür nahm er sich die Freiheit, ihr einen keuschen Kuß auf die Stirn zu hauchen und seine Hand mit einer romantischen Geste auf sein Herz zu legen. Danach machte er sich auf den Weg zum Imkerhaus.

In jener Nacht konnte der Bienenzüchter kein Auge zutun. Er wälzte sich stundenlang im Bett, bis er sich so in seine Laken verstrickt hatte, daß er heftig zappeln mußte, um sich zu befreien. Jeder seiner Gedanken galt Ramona. Ihr Duft steckte ihm noch immer betörend in der Nase und erfüllte die Luft, die ihn umgab. Er brachte sein Blut zum Wallen, brachte ihn um den Verstand. In einer rosigen Vision sah der Imker Ramonas Gesicht vor sich. Er liebte den Schwung ihrer Wangen, ihre ständig blinzelnden rosa Augen, ihr weißes Haar, das sie wie eine Wolke umschwebte. Er liebte tatsächlich alles an ihr, und sein elastisches Glied reagierte wie ein Stehaufmännchen auf jeden seiner köstlichen Gedanken.

Es wäre jedoch ein Irrtum zu glauben, daß der Bienenzüchter sich nur wegen Ramonas äußerlicher Reize zu ihr hingezogen fühlte. Er bildete sich wahrhaftig ein, daß zwischen ihnen eine geistige Verwandschaft bestehe, wie es sie in der gesamten Weltgeschichte noch nie zwischen einem Mann und einer Frau gegeben habe. Da sie so gut zueinander passten, so sehr für ein gemeinsames Leben in Harmonie bestimmt waren, beschloß er, sein Vorhaben zu beschleunigen und Ramona seinen Antrag gleich am nächsten Tag zu machen.

Auch Ramona tat in jener Nacht kein Auge zu, aber

nicht, weil sie an den verliebten Bienenzüchter dachte. Sie hatte sich in den Schlafsaal der Lakaien geschlichen, und als Rache für den monotonen Abend machte sie die Runde durch die vierundzwanzig Betten an den Wänden – im Uhrzeigersinn.

Poesie

Ramona, süße Ramona, die du von der Farbe der Meeresperle bist«, eröffnete der Bienenzüchter dramatisch seine Lesung.

Es war der Abend, der der Dichtkunst gewidmet war. Der Imker hatte Ramona auf eine Decke am Flußufer gesetzt und las ihr, die Laterne in der Hand, laut aus einem Heft vor.

Darin waren achtzehn Sonette, elf Oden und einige Strophen von unterschiedlicher Länge verzeichnet, und alle hatten Ramona zum Thema. Zusätzlich hatte der Bienenzüchter speziell für seine Liebste eine neue lyrische Form im freien Stil erfunden, die ihm erlaubte, die wahre Tiefe seiner Gefühle für sie ohne die Einschränkungen des Reims auszudrücken. Die in einiger Entfernung sitzenden, eifrig lauschenden Zuschauer brachen immer wieder in schallendes Gelächter aus, doch der Imker fuhr in seinem Vortrag fort, ohne von ihnen auch nur die geringste Notiz zu nehmen. Ramona auf ihrer Decke lachte nicht. Nach der Anstrengung der vergangenen Nacht schlief sie fast ununterbrochen.

»Das war das letzte Gedicht«, sagte der Bienenzüchter und schloß endlich das Heft. »Ich könnte natürlich auch nach Hause gehen und den nächsten Band holen, wenn du es wünschst.«

Als er keine Antwort bekam, richtete er seine Laterne auf Ramona und sah, daß sie schlief. Weit davon entfernt, verärgert zu sein, war er von ihrem Vertrauen gerührt und beugte sich zu ihr, um ihr das Haar zu streicheln.

»Süßes, süßes Dingelchen«, murmelte er. »Sie ist müde. Ich habe sie mit meinem Vorlesen gelangweilt. Ramona braucht keine Poesie, sie ist selbst die reinste Poesie.«

Er nahm sie behutsam in die Arme, um sie nicht zu wecken, und trug sie zärtlich zum Palast, wo er sie der liebevollen Fürsorge von Immacolata Pescatore übergab. Er war fest entschlossen, Ramona am nächsten Tag um ihre Hand zu bitten.

Das tat er denn auch, und sie nahm seinen Antrag an. Gegen Ende der Woche stand der Bienenzüchter in der Chiesa di San Stefano und ehelichte das Mädchen seiner Träume. Die Zeremonie wurde vom ehemaligen Liebhaber der Braut, Padre Jacopo, durchgeführt.

Die Zuschauer saßen dicht gedrängt im Gestühl der verstaubten Kirche. Der zu spät gekommene Stiliano Mamiliano mußte während des gesamten Gottesdienstes auf Ludovicos Schoß sitzen. Andere Spätankömmlinge wie die beiden Pfauenhirten, die zufällig durchreisende Akrobatentruppe und der von Ramonas Duft angelockte blinde Bettler mußten hinten in der Kirche stehen.

Jeder Mann beweinte den Verlust, den zu erleiden er im Begriff war. Selbst Padre Jacopo schluchzte heftig beim Zelebrieren der Messe. Seine Tränen fielen wie Silberperlen auf sein Gewand. Wieviele Anwesende gelobten, fortan einen gottgefälligen Lebenswandel zu führen, mit dem

Trinken aufzuhören, sonntags zweimal und wochentags einmal zur Messe zu gehen, Glücksspiel, Herumhuren, Fluchen und Raufen an den Nagel zu hängen! Und Padre Jacopo gelobte sogar, sich nicht länger heimlich als Frau zu verkleiden, wenn nur die Eheschließung verhindert werden konnte. Aber es sollte nicht sein, und 311 Herzen brachen, als Ramona dem Bienenzüchter die Hand fürs Leben reichte. Der staubige Boden der *chiesa* wurde sauber von den vielen Tränen.

Sie kehrten als Mann und Frau ins Imkerhaus zurück, in einem kleinen Ponywagen, den die Herrin ihnen zur Verfügung gestellt hatte. Die Heirat hatte den Segen der Signora, denn sie hoffte, daß sich Ramona als verheiratete Frau besser aufführen würde.

Inzwischen war der Imker vor Verlangen nach Ramona, die ihren Zauberduft an ihrem Hochzeitstag noch stärker verströmte als jemals zuvor, richtiggehend verrückt. Die Qual in seinen Lenden wurde immer größer, und sein Glied war von den ihm eigenen Gefühlen und den Versuchen des Imkers, es gesenkt zu halten, so verwirrt, daß es bei jeder Erschütterung des Wägelchens beinahe zu einer Katastrophe gekommen wäre.

Die frischgebackene Ehefrau befaßte sich in Gedanken bereits mit ihren Seitensprüngen: Der Signor hatte darauf bestanden, daß sie in dieser Nacht zu ihm in die Bibliothek kam, und sie amüsierte sich bei dem Gedanken an die himmelschreienden Lügen, die sie ihrem frischgebackenen Ehemann würde auftischen müssen, um ihre Abwesenheit zu erklären.

»Endlich sind wir allein«, murmelte der Imker, als er Ramona in das verdunkelte Haus führte. Er trug sie in seine Schlafkammer, die er mit Rosenblättern, Geißblatt und Lavendel geschmückt hatte. Vorsichtshalber hatte er auch die Schlagläden geschlossen, um der unerwünschten Neugier seiner Rivalen zuvorzukommen.

Während der Bienenzüchter hinter einem Sternenschleier vom Jüngling zum Mann wurde, lag seine Frau mit glasigem Gesichtsausdruck in den Kissen. Den Vollzug ihrer Ehe hatte sie noch nicht einmal gespürt, und sie gab sich keine Mühe, ihre gelangweilten, mit Groll gemischten Seufzer zu unterdrücken.

Sanft fiel der Imker in einen todesähnlichen Schlaf, und Ramona stieg aus dem Ehebett und begab sich zum Schäferstündchen mit ihrem Geliebten.

»Und wie ist der Ehestand, Frau Biene«, fragte der Signor wenige Augenblicke später, als er auf Ramona durch die Bibliothek ritt.

»Ich glaube, ich werde vor Langeweile sterben«, erwiderte sie mitleiderregend.

»Arme kleine Stute«, sagte der Signor und klatschte mit seiner Peitsche auf ihr rosa Hinterteil. »Ich bin sicher, daß ich dir mit ein wenig Zerstreuung dieses schreckliche Schicksal ersparen kann. Hoch, Mädel!« schrie er laut und ließ seine Peitsche erneut knallen.

Eine ganze Weile später kroch Ramona zurück in das Bett ihres Mannes. Ihr Gesäß war mit roten Striemen bedeckt. Die Bewegung der Matratze weckte den Imker aus seinem köstlichen, samenduftenden Schlummer.

»Ach, mein Liebling«, murmelte er mit schwerer Stimme. »Ich hatte geträumt, du, aber nein, da bist du ja, so wirklich wie nur was. Es war nicht richtig von mir, einzuschlafen. Ich habe dir ja noch nicht einmal mein Hochzeitsgeschenk gegeben.« Er kletterte aus dem Bett und zündete die Lampe an.

»Wie, mein Engel«, rief er höchst konsterniert aus, als er ihr feuerrotes Hinterteil in den schneeweißen Laken erblickte, »wie sind denn diese entsetzlichen Striemen auf deine wunderschönen Hinterbacken gekommen? Das war doch nicht etwa ich?«

Ramona nickte. Ihre Augen glitzerten bei der Lüge.

»Oh mein armer Liebling«, schrie er kläglich, fiel neben dem Bett auf die Knie und küßte ihre Wunden, »kannst du mir jemals verzeihen?«

Ramona schwieg. Sie war schlau genug, um zu wissen, daß die Schuldgefühle ihres Mannes ihr so manche Freiheit erkaufen würden.

Endlich, nach tausend Küssen war die Schuld des Bienenzüchters gesühnt, und er überreichte ihr sein Geschenk. Es war ein unförmiges Päckchen, in Papier gewickelt und mit einer Schleife zugebunden. Sie entfernte das Papier und hielt eine klobige Brille in der Hand. Die Linsen waren so dick wie ihre Finger und von einer gummiartigen Maske umgeben, an der ein verstellbarer Kopfriemen angebracht war.

»Was ist denn das?« fragte sie und drehte die Brille in der Hand, um sie mit ihren schwachen rosa Augen aus der Nähe zu begutachten.

»Das ist eine Brille, meine Liebste. Wenn du sie trägst, kannst du bei Tageslicht ins Freie, denn das Spezialglas filtert die stärksten Sonnenstrahlen. Setz sie einmal auf.«

Ramona setzte sich die Brille auf die Nase und zog den Riemen über den Kopf. Zum ersten Mal in ihrem Leben konnte sie direkt auf eine Lampe blicken, ohne die Augen zukneifen zu müssen. Bei dem Gedanken an die wunderbaren Dinge, die ihrer nun harrten, wurde sie ganz aufgeregt. Ungeduldig wartete sie auf die Morgenröte, um ihre Brille bei Tageslicht auszuprobieren und herauszufinden, wieviel mehr Spaß ihr das Leben nun machen würde.

Die Brille

Am folgenden Tag traf man Ramona im grellen Sonnenlicht bei den zu Delphinen geschnittenen Sträuchern an. Wie wunderbar es doch war, vom Einerlei der Pflichten im Gemach der Signora erlöst zu sein. Schon wegen der Brille hatte es sich gelohnt, den Imker zu heiraten, dachte sie. Sie sah zwar ziemlich merkwürdig aus, aber Ramona fand sie dennoch wunderschön. Spöttisch stolzierte sie vor den anderen, ob der neuen Entwicklung bestürzten Frauen auf und ab. Bisher waren ihre Ehemänner erst nach der Arbeitszeit der Versuchung ausgesetzt gewesen. Wieviele Männer würden nun ihre Stelle verlieren, weil sie tagsüber ihre Pflicht vernachlässigten?

Ramona brauchte eine Weile, bis sie sich an die Brille gewöhnt hatte. Die dicken Linsen dämpften zwar das helle Licht, sie ließen aber auch alles viel weiter weg erscheinen. Das war verwirrend, und mehr als einmal rutschte Ramona aus und stürzte. Als sie zum dritten Mal ins betaute Gras gefallen war, befanden sich ihre Augen auf gleicher Höhe mit einem Stiefelpaar. Sie sah an ihnen hoch und entdeckte, daß der Besitzer der an sich völlig normalen Stiefel der göttlichste Mensch war, den sie je gesehen hatte. Auf der Stelle verliebte sich Ramona Drottoveo, unwiderruflich und zum ersten Mal in ihrem Leben.

»Signora, darf ich Ihnen behilflich sein?« fragte eine Stimme, die eine geheime Saite in ihr zum Erklingen brachte.

Sie ergriff seinen haltversprechenden Arm. Als sie wieder auf den Füßen stand, musterte sie den Besitzer der Stiefel und der Stimme aus der Nähe. Groß und breitschultrig schmückte ihn eine kupferfarbene Haarmähne, die buschig wie Trauben von seinem Kopf abstand. Die Augen des Fremden waren so dunkel, daß sie fast schwarz zu sein schienen. Sie waren warm, samtig und bodenlos. Seine Nase glich der einer römischen Statue. Der breit lächelnde Mund enthüllte schöne weiße Zähne.

Die klassische Nase brauchte nicht lange, um Ramona zu erschnuppern, und der Mann, dem sie gehörte, war ihrem Duft bereits erlegen.

»Wer seid ihr?« fragte Ramona ganz erstaunt.

»Rinaldo Buffi«, antwortete die verführerische Stimme. »Der neue Gehilfe des Imkers.«

Was für eine großartige Wendung des Schicksals!

»Dann müßt ihr mit mir kommen«, sagte Ramona, ihre Netze auswerfend. »Ich bin Ramona, die Frau des Bienenzüchters.«

Wenig später entdeckte Ramona im Bett ihres Mannes und in den muskulösen Armen seines Gehilfen den Sinn des Lebens.

Als sie wieder zu sich kam, erkannte sie ihre Lage messerscharf: Das war der Mann, den sie hätte heiraten sollen. Sie hatte einen Riesenfehler begangen. Mit einem solchen Mann würde sie bis ans Ende ihres Lebens, ja, darüber hinaus bis in alle Ewigkeit glücklich sein.

»Rinaldo Buffi«, keuchte Ramona atemlos und bohrte ihren dicken rosa Finger in sein Fleisch. »Du mußt meinen Mann beseitigen.«

»Ja, natürlich. Sofort. Mach ich.« Auch er war atemlos und sprach von irgendwo aus der Ferne, sich rasch im Säurebad der Ekstase auflösend. »Du brauchst mir nur zu sagen, was ich tun soll, und ich werde es tun. Laß mich nie wieder allein, Ramona. Niemals.« Sein Kopf plumpste auf das Kissen des Imkers. Er war halbtot.

Da öffnete sich die Tür, und der Bienenzüchter betrat die Kammer.

Er brauchte einige Augenblicke, um zu begreifen. Als er bei seinen Bienenkästen kniend merkwürdige Schreie aus dem Imkerhaus hörte, hatte er sich Sorgen um die Sicherheit seiner Frau gemacht und war nach Hause gerannt. Doch die Schreie waren nicht, wie er zuerst gedacht hatte, Angstschreie, wie Ramona sie ausgestoßen hätte, wenn sie von Zigeunern angegriffen und ausgeraubt oder wenn sie von Bienen gestochen worden wäre. Nein. Sie waren rhythmisch, sie hoben und senkten sich wie die Wellen des Ozeans, die auf die Küste prallen. Sie schwollen an und verebbten, wurden lauter und dringlicher und dann wieder ruhiger. Es schienen Schreie der Freude, der Seligkeit zu sein.

Als er die Tür zu seiner Schlafkammer aufstieß, erblickte der Imker zwei Gestalten in seinem Bett. Eine war seine junge Frau Ramona. Die andere schien sein neuer Gehilfe Rinaldo Buffi zu sein, den ihm der Haushofmeister Semprebene Metrofano erst vor kurzem vorgestellt hatte. Was sollte er davon halten? Erst gestern noch seine Braut, schien Ramona, die er mehr als sein Leben liebte, mit seinem Gehilfen Rinaldo Buffi in seinem Bett zu liegen. Das konnte einfach nicht wahr sein. Der Bienenzüchter nahm die Szene langsam in sich auf, drehte sich um und verließ die Kammer, wobei er die Tür hinter sich zumachte.

Selbst Ramona Drottoveo war einen Augenblick verstört. Rinaldo Buffi, der seine Augen aufgemacht hatte, als sich die Tür öffnete, war zutiefst beschämt. Was hatte er nur getan? Hier lag er mit der Frau dieses Mannes in des Mannes eigenem Bett! Am liebsten wäre er vor Schande gestorben. Was sollte er nun tun? Das Weite suchen? Fersengeld geben, indem er aus dem Fenster stieg und einfach wegrannte? Oder sollte er bleiben und die Sache durchstehen? Brachte er es überhaupt fertig, mit dem Bienenzüchter zu kämpfen und ihn zu töten, wie Ramona es ihm aufgetragen hatte?

Nichts von all dem war nötig, denn der Imker war bereits verschwunden, nachdem er einen Raum voll peinlicher Gedanken und Gefühle hinterlassen hatte.

»Was sollen wir nur tun?« fragte Rinaldo verzweifelt und voll Angst, daß der Imker mit einem geladenen Gewehr zurückkommen könnte.

»Über ihn brauchst du dir keine Gedanken zu machen«, versicherte Ramona. »Er wird gar nichts tun, und später, wenn er wiederkommt, wirst du das Problem schon lösen.« Sie hatte sich ihres Geliebten bereits wieder bemächtigt, um ihn dazu zu verführen, weitere Schandtaten gegen ihren Mann zu begehen.

»Ja, ich werde das Problem schon lösen, wenn er wiederkommt«, hörte Rinaldo sich ihre Worte nachplappern, ohne daß sein Wille auch nur ein Wörtchen mitzureden hatte. Dann unterwarf er sich mit einem Aufschrei wieder den Wünschen seiner Geliebten.

Dem Bienenzüchter war seine entsetzliche Lage mittlerweile klargeworden. Er schritt durch den Obstgarten und ließ in aller Ruhe und mit voller Absicht seine Schutzkleidung fallen: seine Stulpenhandschuhe, seinen Helm mit dem dichten Maschenschleier, seine Schürze, seinen Arbeitskittel. Er ließ sie alle hinter sich zu Boden fallen, näherte sich einem der Bienenstöcke und entfernte mit bloßen Händen die Abdeckung. Ein Schwarm zorniger Bienen schoß bei dieser Störung ins Freie. Innerhalb von Sekunden war der Imker zu Boden gefallen und umklammerte seine Kehle. Nur er selbst hatte um seine heftige Allergie gegen Bienenstiche gewußt.

Wenig später kamen Stiliano Mamiliano und sein Bruder Ludovico mit der Neuigkeit vom Tod des Bienenzüchters und einer improvisierten Trage zum Imkerhaus. Ramona und ihr Liebhaber lagen noch immer im Bett. Die Hochzeit war noch keinen Tag verstrichen, und schon war Ramona Witwe.

Als der Schweinehirt und sein Bruder den Leichnam in dem kleinen Wohnraum auf den Tisch legten, war Ramona bereits in Feierstimmung. Alles war zu ihrer Zufriedenheit gelaufen. Nun war sie frei und konnte die Liebe Rinaldo Buffis genießen. Die Langeweile mit dem Imker war vorbei. Wie wunderbar das Leben plötzlich wieder war.

Rinaldo hingegen war weniger zufrieden. Die Ereignisse der vergangenen Stunden kamen ihm unwirklich vor. Es war wie im Traum. Oder Alptraum. Alles ging viel zu schnell. Sein Leben war im Begriff, außer Kontrolle zu geraten. Er hätte die Ereignisse gern verlangsamt. Hätte gern einen Augenblick innegehalten, um nachzudenken, aber dazu war keine Zeit. Eine seine geringen Kräfte bei weitem übersteigende Gewalt hatte sich seiner bemächtigt. Er konnte nur ohnmächtig zuschauen.

Während der Leichnam auf dem Tisch langsam erstarrte, beschwichtigte Ramona den protestierenden Rinaldo und zog ihren Geliebten zurück ins Schlafzimmer. Rinaldos Gewissen schlug sich tapfer, doch es verlor den Kampf. Dem schrecklichen Konflikt zwischen Schuld und Verlangen konnte Rinaldo nur entkommen, indem er so tief in Ramonas Duft eintauchte, daß alles andere aufhörte zu existieren. Oh, welch eine Nacht sie daraufhin miteinander verbrachten. Eine Nacht wie tausend Nächte.

Ein schlechtes Omen

Am nächsten Morgen, als Ramona in die Küche ging, um Kaffee zu kochen, war der Leichnam auf dem Wohnzimmertisch fort. Er war einfach nicht mehr da. Verschwunden.

»Rinaldo, komm mal her«, rief Ramona erstaunt. »Die Leiche ist weg.«

Rinaldo kam in die Küche gestolpert. Es stimmte. Der Leichnam war weg.

Da konnte nur der Teufel seine Hand im Spiel gehabt haben. Rasch bekreuzigte sich Rinaldo. Wie konnte eine Leiche so einfach verschwinden? Sein kupferfarbenes Haar stand zu Berge.

»Das gefällt mir aber gar nicht, Ramona«, sagte er. »Das gefällt mir ganz und gar nicht. Das hat was zu bedeuten.«

»Das hat gar nichts zu bedeuten«, erwiderte Ramona leichtherzig und gab ihm einen heißen Kuß. »Siehst du denn nicht, daß uns das Schicksal wohlgesonnen ist, Rinaldo? Ich wollte, daß der Imker stirbt, damit wir frei sind und zusammensein können. Ich beschließe, daß du ihn umbringst. Kaum habe ich den Entschluß gefaßt, findet man ihn tot auf, gestorben durch ein Wunder, nicht durch uns. Das war Gottes Hand. Er wurde niedergestreckt, weil er uns im Weg war, weil er sich zwischen uns stellen wollte. Es ist alles vorherbestimmt. Wir sind füreinander bestimmt. Man legt seinen Körper auf den Wohnzimmertisch. Die ganze Nacht hindurch lieben wir uns, immer wieder. Wir stehen auf und entdecken, daß die Leiche verschwunden ist. Wunderbar. Mir gefiel es nämlich nicht, daß seine Leiche hier im Haus herumlag. Alles geschieht genau so, wie es Ramona gefällt. Mach dir keine Sorgen, sondern freu dich. Unsere Verbindung steht unter dem Segen der Mutter Gottes höchstpersönlich.«

Als Semprebene Metrofano vom Verschwinden des Leichnams hörte, wurde ihm kalt ums Herz. Ein so unnatürliches Ereignis konnte nur Unglück bedeuten. Sofort ordnete er eine Durchsuchung des gesamten Guts an. Er rief ein Trüppchen Männer zusammen, und gemeinsam beteten sie zu San Antonio, der denjenigen beisteht, die etwas Verlorenes suchen. Im Anschluß an das Gebet rieben die Männer die Sohlen ihrer Stiefel mit Meerrettichblättern ein. Das würde nach dem Aberglauben der Region verhindern, daß sie in Gefahr gerieten.

Dann schickte Semprebene Metrofano die Männer in Zweier- und Dreiergruppen zu den Schweinekoben, in die Kuhställe, auf die Heuböden, in die Lagerräume, zu den Scheunen, zu den Gräben, in die Heuschober, in die Ställe und sogar in die Weinkeller des Signor und auf die Dachböden des großen Hauses sowie zu allen Stellen, an denen Ramona vor der Ehe ihre Liebeshändel auszutragen pflegte. Vom Imker keine Spur. Noch nicht einmal ein Schnurrbarthaar. San Antonio hatte keine Eile.

Angesichts der absehbaren Folgen versuchte der Haushofmeister die Neuigkeit vor der Signora zu verheimlichen. Vergeblich. Die Unruhe war so groß, daß sie herausfand, was geschehen war, und sich sofort mit einer Riechsalzflasche, einem Kruzifix und der Halskette aus getrockneten Olivenkernen, die ihr immer Glück gebracht hatte, ins Bett flüchtete. Ihre Todesangst vergrößerte sich tagtäglich, und jede Erwähnung des Todes führte zu einer ihrer Attacken.

Um seine Frau zu beruhigen, stellte der Signor eine Belohnung von fünfzig *scudi* für die Rückgabe des Leichnams in Aussicht. Seine großzügige Geste führte dazu, daß mehrere Leichen angeschleppt wurden, von denen einige ohne Zweifel speziell für diesen Anlaß ausgebuddelt worden waren. Unglücklicherweise ließ sich bei keiner zweifelsfrei nachweisen, daß es sich bei ihr um den Imker handelte.

Die Dorfbewohner prophezeiten, daß eine Katastrophe im Anmarsch sei. Mit Sicherheit sei eine Hungersnot zu erwarten und mindestens ebenso wahrscheinlich eine Überflutung, ein Ausbruch des nicht sonderlich nahen Vulkans, Stürme, Zyklone, Plagen und mißgebildete Kinder. Niemand auf dem Gut hatte vergessen, wie Floriana Redenta, die Frau des Müllers, vor einiger Zeit einem schwarzen Ferkel das Leben geschenkt hatte. Jammernde Schwangere verfluchten in einem Atemzug Ramona und flehten Santa Margherita um ihre Fürbitte und eine normale Geburt an.

Trofimo Barile verdiente in dieser Zeit der Angst und Ungewißheit so gut, daß er sich einen neuen Wagen leisten konnte und sogar dann noch Geld hatte, um seine Schenke zu verschönern. Von einem Ausflug nach Capua kam er mit einer Messinglampe und einem vergoldeten Spiegel zurück, in dem sich seine Frau Isolda jedesmal mit zufriedener Miene musterte, wenn sie an ihm vorbeischritt. Noch nie hatte das Geschäft so geblüht, setzte Trofimo doch jeden Tag zehn Faß Bier um, noch sollten die Zeiten jemals wieder so gut für ihn werden.

Es war jedoch nicht nur das ausgezeichnete Bier seiner Frau, das die Tagelöhner in seine Schenke trieb und zu einem solchen Gedränge führte, daß man einander anrempelte, weil nicht genug Platz war, um den Humpen ungestört an die Lippen zu heben. Am meisten bedurfte die Dorfgemeinschaft damals Trofimo Bariles einzigartiger Weisheit. Padre Jacopo war noch immer scharf auf Ramona und für keines seiner Schäfchen eine Hilfe. Einige fromme Seelen überlegten sogar, sich mit einer Beschwerde über Padre Jacopo an den Bischof zu wenden, aber wie so häufig in solchen Fällen unternahm niemand etwas. In diesem Klima der Sorge und Angst war Trofimo Barile der Mann der Stunde.

Am Abend, nachdem die Leiche verschwunden war, lauschten die Männer im überfüllten Schankraum mit respektvollem Schweigen der Geschichte, die Trofimo gehört hatte, als er weit im Norden in der Stadt Urbino im Weißen Pferd als Kellergehilfe gearbeitet hatte.

Ein Signor Raymondo Barbuzzi, ein angesehener Bürger der Stadt, war nach längerer Krankheit an Gelbsucht gestorben. Wie es der Brauch wollte, wurde der verfärbte aufgedunsene Leichnam im Empfangszimmer aufgebahrt, damit Familie, Freunde und Regierungsbeamte von ihm Abschied nehmen konnten.

Innerhalb von fünf Minuten, während derer ein Ratsherr das Empfangszimmer verlassen hatte, um im Morgenzimmer eine kleine Erfrischung zu sich zu nehmen, die aus ein wenig Marsala und den berühmten Mandelplätzchen der Witwe Barbuzzi bestand, ja, während dieses kurzen Zwischenspiels vor dem Eintritt seiner Hochwürden, dem Bürgermeister der benachbarten Stadt Fossombrone, verschwand die Leiche.

Dieses einzigartige Ereignis führte dazu, daß die Witwe Barbuzzi ihren Verstand verlor und man sie zu den wahnsinnigen Verbrechern sperren mußte, die in den Gewölben des San-Paolo-Klosters hausten, das nach dem Tod der letzten *fratelli* in eine Irrenanstalt umgewandelt worden war.

Man durchsuchte die ganze Region von Rimini im Norden bis Gubbio im Süden und in gleicher Entfernung gen Westen und Osten. Niemand – und Trofimo Barile hob diese Tatsache besonders hervor – niemand hatte auch nur ein winziges Stückchen gelber Haut oder eine Strähne matten Haares gesehen. Von Signor Barbuzzi wurde niemals eine Spur gefunden. Die Leiche war wie vom Erdboden verschluckt.

»Wenn ihr meine Meinung wissen wollt«, fuhr Trofimo fort, wobei er einen Bierkrug sorgfältig mit einem Tuch polierte, »ich glaube nicht, daß Signor Barbuzzi jemals wirklich tot war.«

Ein Schauer überlief die Zecher. Was sollte man denn davon halten? Das Ganze war viel zu verwirrend, um darüber nachzudenken. Man bestellte eine weitere Runde, und die grausige Unterhaltung über Scheintote und verschwundene Leichen setzte sich bis spät in die Nacht fort.

Zu seinen Lebzeiten war der Imker nicht gerade beliebt gewesen, doch im Tod erwarb er sich den Ruf eines Märtyrers. Nachdrücklich versicherten die Tagelöhner, sie hätten ihn alle in ihr Herz geschlossen. Einige behaupteten sogar, daß sie ihre Kinder nach ihm benannt oder ihn eingeladen hätten, Feiertage mit ihnen zu begehen. Andere waren angeblich mit ihm im Wald auf Jagd gewesen oder hatten Schach mit ihm gespielt. Trofimo Barile nutzte die Gelegenheit, um eine Ehrenplakette mit dem Namen des Imkers an der Fassade der Schenke anzubringen, obwohl der Imker weit davon entfernt gewesen war, ein regelmäßiger Gast zu sein. Um genau zu sein, hatte er kein einziges Mal seinen Fuß in die Schwarze Kröte gesetzt.

Obwohl die Suche nach der Leiche ergebnislos verlief, wurde innerhalb von einer Woche die Beerdigung arrangiert. Der Tischler Silvestro Bernini zimmerte einen leichten Sarg, und viele Gutsangehörige versammelten sich zum Trauergottesdienst auf dem Kirchhof. Unter den Trauergästen befand sich auch eine große, hagere und dicht verschleierte Frau, die nicht zum Gut gehörte. Nach der Ähnlichkeit zu schließen, konnte es nur die Mutter des Verschollenen sein.

Ein Chor sang das Ave Maria, kleine Kinder hielten Kreuze oder Lilienstengel umklammert, und Trofimo Bariles Ansprache über den Mann, den sie alle wie einen Bruder geliebt hatten, ließ die Mutter unter der Last ihres Kummers zusammenbrechen. Nur dem rechtzeitigen Eingreifen der Schweinehirten war es zu verdanken, daß sie nicht kopfüber ins offene Grab stürzte.

Ramona, um ihr das wenige an Ehre zu geben, das ihr gebührte, spielte während der Beerdigungsfeierlichkeiten keineswegs die trauernde Witwe. Ihre dicken Augengläser, das Hochzeitsgeschenk ihres toten Mannes, auf der Nase, schäkerte sie offen mit Rinaldo Buffi, redete auf ihn ein, versuchte ihn zu bezirzen und trieb so lange ihr verführerisches Spiel mit ihm, bis sich seine Lustlaute unter das Schluchzen der Trauergäste mischten.

Ramona und ihr Geliebter blieben nicht zum Tee, den die gnädige Signora im Bedienstetensaal des Guts ausschenken ließ. Kaum hatte die linde Luft die letzten Segenswerte verschluckt, konnte man die beiden zum Imkerhaus rennen und ihre Kleidung schon auf dem Weg durch den Obstgarten Stück um Stück abwerfen sehen.

Nachdem das Grab mit Erde aufgefüllt worden war, mischte sich die Mutter des Imkers unter die Menschenmenge. Gerührt erfuhr sie, wie sehr alle ihren Sohn geliebt hatten, von der bescheidenen Milchmagd Virna Fuga bis hin zum Haushofmeister Semprebene Metrofano persönlich. Später nahm Trofimo Barile sie mit in die Schenke und zeigte ihr die Plakette zu Ehren ihres Sohnes. Sie brachte es nicht über sich, ihn darauf hinzuweisen, daß er Abstinenzler gewesen war.

Immacolata Pescatore hatte einen Leichenschmaus vorbereitet, der sich sehen lassen konnte, obwohl die Signora sie angewiesen hatte, nicht mehr als drei *scudi* auszugeben. Immacolata sagte, das Geringste, was sie für den armen Imker tun könnten, sei, ihm einen anständigen Abschied zu geben.

Von den Frauen erfuhr die Mutter des Imkers einiges über Ramona. Über ihre Geburt auf der Insel Capri, wo sie von ihrer Mutter, die ebenfalls ein Albino war, verlassen worden sei, und wie sie bei den Nonnen von Santa Maria della Pieta in Aversa gelebt habe, bis die Signora sie im Alter von zwölf Jahren in ihren Dienst genommen habe.

Sie erzählten ihr von Ramonas sexueller Frühreife und wie sie die Männer des Guts scharenweise verführt hatte, Ehemänner, Söhne, Brüder, Großväter und Geliebte; daß kein Mann vor ihr sicher gewesen sei, noch nicht einmal, so kursierte das Gerücht, der Signor persönlich.

Sie erzählten der Mutter vom ungläubigen Erstaunen aller, als Ramona ihre schwachen, aber umso gierigeren Blicke auf den einen Mann des Guts warf, der ihren bösen

Zauberkräften widerstanden hatte. Mit dem Ergebnis, daß dieser Mann nun tot war.

Zwei Wochen nach der Beerdigung des Imkers ließen sich Ramona und Rinaldo ohne Rücksicht auf Schicklichkeit und öffentliche Meinung in der Dorfkirche trauen. Draußen auf dem Kirchhof bezeichnete ein schwarzer Fleck das leere Grab des Bienenzüchters. Diesmal waren keine Zuschauer vom Gut gekommen, nicht ein einziger. Aus Solidarität mit dem toten Imker waren die Männer der Zeremonie ferngeblieben. Der schlotterbeinige Küster und seine Frau, die ab und an den Kirchenboden fegten, um den Staub neu zu verteilen, gaben die unwilligen Trauzeugen ab.

Für Braut und Bräutigam war es der glücklichste Tag ihres Lebens. Den ganzen Weg zum Imkerhaus trug Rinaldo Ramona auf den Armen, und sie liebten sich drei ganze Tage lang ohne Unterbrechung.

Das Blatt wendet sich

Nach ihrer Eheschließung lebten Ramona und Rinaldo selig in dem kleinen Imkerhaus im Obstgarten. Zur allgemeinen Überraschung, möglicherweise sogar zu ihrer eigenen, blieb Ramona ihrem neuen Gatten treu. Allüberall stießen die Frauen einen tiefen Seufzer der Erleichterung aus.

Obgleich die Männer Ramona noch immer nachsetzten, wenn sie das Haus verließ, und um ihre Gunst bettelten, verspürte Ramona noch nicht einmal die leiseste Versuchung. Selbst als der Signor seinen persönlichen Kammerdiener, den aufgeblasenen Tito Livio Feriani, mit dem Befehl zu ihr schickte, sie solle in die Bibliothek kommen, wurde sie nicht rückfällig, sondern sandte dem Signor die kokette Botschaft, daß ihr Herz nebst allen anderen Körperteilen einem anderen gehöre. Der Signor akzeptierte ihre Entscheidung gleichmütig, denn mittlerweile gab es da ein neues Stallbürschlein, das sein Interesse geweckt hatte.

Ja, mit Ramona war seit ihrer Heirat eine Wandlung vorgegangen, und tief in ihrem Herzen wußte sie, daß sie nie einen anderen Mann als Rinaldo begehren würde.

Auch das Leben auf dem Gut hatte sich geändert, jedoch nicht zum Guten. Allenthalben herrschte Unzufriedenheit. Die Tagelöhner, bislang in ihr Schicksal ergeben, waren auf einmal todtraurig. Ihre Frauen wehklagten ununterbrochen über alles und jeden. Aus lebenslangen Freunden wurden plötzlich Feinde. Verlobungen wurden gelöst. Es kam zu Schlägereien zwischen Nachbarn, ja sogar unter Brüdern. Die Kinder greinten, holten sich Erkältungen und bekamen Warzen.

Nicht nur die Menschen, sondern auch Land und Vieh wurden von der allgemeinen Unzufriedenheit erfaßt. Die Ernte fiel erbärmlich aus. Der Roggen war von Käfern verseucht. Durch die Weizenfelder marschierte eine Ameisenarmee. Die Sonnenblumen fielen einer Pilzerkrankung zum Opfer. Die Melonen platzten auf. Ein geheimnisvolles Feuer vernichtete einen Weinberg. Die Obstbäume wurden vom Mehltau befallen, und die Nüsse verfaulten an den Zweigen, noch ehe sie reif waren. Zum Schutz der Ernte hatte man San Ansovino angerufen, doch der Heilige schien von den inbrünstigen Gebeten nichts gehört zu haben.

Eine preisgekrönte Sau, von Stiliano Mamiliano gehegt und gepflegt, brachte siebzehn tote Ferkel zur Welt. Am selben Tag wurde ein Hund tollwütig. Alle brachten sich vor seinem schäumenden Maul in Sicherheit, bis es endlich gelang, ihn in eine Ecke zu treiben und zu erschießen. Auf den unteren Weiden suchte das Vieh in wilder Flucht das Weite und trampelte dabei Bernadino Bergonzoni nieder. Der Arme brach sich das Bein. Die Pfauen verloren ihre prächtigen Schwanzfedern, und die Tauben flogen auf und davon und waren nie wieder gesehen.

Es war nur eine Frage der Zeit, bis man die Heimsuchungen mit dem Verschwinden der Leiche des Imkers in Verbindung brachte.

Eines Tages trafen sich vor dem Imkerhäuschen zufällig einige Frauen und setzten sich zu einem Plausch auf den grasigen Rain unter dem Walnußbaum, dessen Krone wie ein breiter Schirm über dem staubigen Weg hing. Wie immer drehte sich das Gespräch um die Pechsträhne, die das Gut heimsuchte, und man fragte sich, wie der ruhelose Geist des toten Bienenzüchters zu beschwichtigen sei. Bibiana Mamiliano, die Mutter der Schweinehirten, war dafür, eine Messe lesen zu lassen und Votivkerzen anzuzünden. Andromeda Doria, die Frau des Wildhüters, hielt das nicht für ausreichend. Stolz auf ihre übernatürlichen Kräfte, wollte sie unbedingt eine Séance abhalten. Saturnina Floscio, die Tante von Pupolo, schlug vor, um Mitternacht einen schwarzen Bullen und drei rote Hühnchen zu schlachten. Die anderen schreckten jedoch vor einem Tieropfer zurück und beschlossen insgeheim, Saturnina dem Bischof zu melden. Gerade als sich Gloriana Tomacelli, die Webersfrau, darüber ausließ, daß die einzige Methode, dem toten Imker Genugtuung zu verschaffen, darin bestehe, Ramona in aller Öffentlichkeit auszupeitschen oder an den Pranger zu stellen oder beides zu tun, kam die jungverheiratete Witwe ins Blickfeld der versammelten Frauen.

»Da kommt die Ursache allen Übels«, schrie Bibiana Mamiliano und zeigte dem empörten Haufen die in der Kurve auftauchende Ramona.

»Hure«, rief Gloriana Tomacelli.

»Dirne«, schrie Andromeda Doria.

»Mörderin«, keiften gleich mehrere Stimmen auf einmal.

»Leichenschänderin«, kreischte giftig die Hebamme Milvia Lucentini.

»Ohne die da wären wir von all den Heimsuchungen

verschont geblieben«, lautete übereinstimmend die Meinung der Matronen.

Als die Frauen sie dermaßen beschimpften, wurde Ramona so wütend, daß sie beißend, kratzend und um sich tretend auf sie losging. Der Aufruhr war so groß, daß Semprebene Metrofano und seine Männer, die im Baumgarten die Bäume stutzten, auf den Lärm aufmerksam wurden und herbeigeeilt kamen.

Ramona drückte gerade Gloriana Tomacellis Gesicht in die Erde und drosch mit den Fäusten auf sie ein, als Milvia Lucentini Ramonas weißes Haar packte und mit aller Macht daran zu reißen begann. Vor Zorn völlig außer sich, trat Ramona um sich und biß Semprebene Metrofano, der sie wegzerren wollte, versehentlich so heftig, daß sein Ohrläppchen nur noch knapp am Ohr baumelte.

»Sie ist eine Bestie, ohne jeden Zweifel«, sagte Bibiana Mamiliano, als sie das Schlachtfeld nach ihren Porzellanzähnen absuchte, die sich während des Handgemenges selbständig gemacht hatten. Überall lagen ausgerissene Haarbüschel, Kleiderfetzen und sonstige Reste des Kampfes herum. Man fand sogar ein Holzbein, doch sein Eigentümer meldete sich nicht.

Semprebene hatte so viel Blut verloren, daß er in die große Küche getragen werden mußte, damit Immacolata Pescatore Erste Hilfe leisten konnte. Die zurückgebliebenen Frauen verloren keine Minute, das Gerücht in die Welt zu setzen, er habe sich die Tollwut geholt, so daß es nicht lange dauerte, bis Padre Jacopo in La Casa auftauchte, um dem unglücklichen Majordomo die letzte Ölung zu erteilen.

Zwischenzeitlich schleppten Semprebenes Männer Ramona zum Imkerhaus. Sie daran zu hindern, ihre Fäuste einzusetzen, verursachte unter den Männern große Aufregung. Etliche Hände mehr, als strikt genommen nötig gewesen wären, hielten sie fest, und man wählte den allerlängsten Weg durch den Obstgarten, um sich möglichst lange bei dem bezaubernden Geschöpf aufhalten zu können. Als der Trupp endlich zwei Stunden später am Imkerhaus anlangte, hätte der aufgebrachte Rinaldo einige der Männer am liebsten zum Kampf gefordert, weil sie sich seiner Frau gegenüber unschicklich betragen hatten. Doch Ramona, die die Nase voll hatte, zog Rinaldo ins Haus und jagte die Männer davon, wobei sie es nicht an bissigen Bemerkungen über die Männlichkeit des einen oder anderen fehlen ließ.

Bei der allwöchentlichen Zusammenkunft mit der Signora, auf der die Arbeiten im Garten und andere, gutsbezogene Themen besprochen wurden, konnte Semprebene Metrofano mit seinem dicken Verband nicht umhin, den Vorfall zu erwähnen. Die Signora war alles andere als begeistert und fest entschlossen, die Unruhestifterin endgültig loszuwerden.

Zum ersten Mal seit elf Jahren ließ sie in jener Nacht ihren Ehegatten in ihr Gemach und bat ihn, seine Überraschung ausnutzend, Ramona und Rinaldo zu entlassen. Da der Signor sowieso nicht mehr auf Ramona durch die Bibliothek reiten und mit seiner Gerte zuschlagen durfte, hielt er es für das beste, seiner Frau den Gefallen zu erweisen, und gab seine Zustimmung.

So kam es, daß Ramona und Rinaldo am nächsten Tag aus dem paradiesischen Garten vertrieben wurden, wo ihre Liebe wie eine herbstliche Flut über sie gekommen war und sie hinweggeschwemmt hatte.

Rinaldo hatte sehr gern auf dem Gut gelebt. Wenn Ramona ihm ab und an ein wenig Schlaf gönnte, quälten ihn zwar schauerliche Träume, immer wiederkehrende Alpträume, in denen er langsam von einem erstickenden Schwarm Riesenbienen mit Ramonas Gesicht zu Tode gestochen wurde. Doch in den wachen Stunden war er selig und wäre nie auf den Gedanken gekommen, das Gut zu verlassen, den Platz, an dem er so glücklich war.

Ramona war wütend, so schmählich davongejagt zu werden. Doch binnen kurzem sah sie darin die Gelegenheit ihres Lebens. Schon lange hatte sie davon geträumt, ihre stimmliche Begabung zu nutzen. Nun wurde der Gedanke zur fixen Idee. Sie würde nach Neapel gehen und dort eine Opernsängerin werden – eine große Diva – die neue Tetrazzini. Sie wußte, daß sie eine wunderschöne Stimme hatte, da mochten die Leute sagen, was sie wollten. Mit der richtigen Unterstützung würde sie eine große Sängerin werden.

Des Nachts im Bett erläuterte sie Rinaldo ihre Pläne. Sie würde die Primadonna des berühmten Teatro San Carlo werden, und auch er würde mit Sicherheit eine gut bezahlte Anstellung finden. Alle auf dem Gut wußten, daß das Leben in der Stadt leicht war, und obendrein war es unterhaltsam. Gemeinsam würden sie das Theater, den Zirkus, die eleganten Läden, die Feste und den Karneval genießen. Ja, auf Schritt und Tritt würden sie aufregende Abenteuer erleben.

Rinaldo, dessen Leben mit Ramona so aufregend war, daß er es nur noch so eben verkraftete, wußte, daß es sinnlos war, mit ihr zu diskutieren. Seiner Meinung nach gab seine Frau eine bessere Traubenpflückerin denn Opernsängerin ab. Doch ihr zu sagen, ihre Stimme klinge wie ein gesprungener Topf, den jemand mit einem Stock bearbeitete, brachte er nicht übers Herz. Rinaldo konnte den Gedanken nicht ertragen, seine junge Frau zu enttäuschen, und so behielt er seine Zweifel für sich. Ein oder zwei Tage später packten sie ihre wenigen Habseligkeiten auf einen Leiterwagen und ließen die Zaubergärten für alle Zeit hinter sich.

Das Fest

Die Dorfbewohner verabschiedeten das Liebespaar mit Buhrufen, Schmähungen und Zischen. Einige Frauen bewarfen Ramona mit verdorbenem Obst und fauligem Gemüse. Eine überreife Tomate zerplatzte auf Ramonas Rücken und bespritzte sie mit Kernen. Es hagelte Auberginen mit weichen Druckstellen. Doch Ramona segelte königlich an ihren Feindinnen vorbei und hielt nur inne, um diejenigen, die ihr am meisten verhaßt waren, mit einer obszönen Geste zu bedenken.

Nachdem Ramona und Rinaldo weg waren und der quälende Duft endlich in der Ferne verschwunden war, herrschte eitel Freude und Sonnenschein, und man beschloß, ein Fest zu feiern. Die Kirchenglocken läuteten wie sonst nur an Feiertagen und zu Hochzeiten. Die Schwarze Kröte war mit bunten Wimpeln geschmückt, und Trofimo Barile hatte im Schatten der großen Platane Tische aufstellen lassen. Etwas weiter dahinter hatte man einen Teil des staubigen Platzes zum Tanzen gekehrt, und eine Schar Musikanten sollte bis spät in die Nacht aufspielen.

Isolda Barile und ihre Dienstmagd, die lange Pudenziana Esposito, waren die ganze Nacht unermüdlich in der Küche beschäftigt gewesen, und das Festessen, das sie aufgefahren hatten, sah wahrhaft prächtig aus. Ein gigantischer Oktopus, den drei Männer hatten schleppen müssen, war den ganzen weiten Weg von Pineta Mare geholt worden. Niemand, noch nicht einmal Trofimo Barile, der in seinem Leben die meisten Dinge schon gesehen hatte, war jemals einem solchen Tier begegnet. Man dünstete ihn über dem Feuer in einem riesigen Kessel zusammen mit Tomaten, Olivenöl, Pepperoni und Knoblauch. Sein Wohlgeruch war so betörend, daß er ganze Heerscharen von den benachbarten Hügeln anlockte: Hirten, Musikanten, Banditen und selbst eine Kolonne Leprakranker, die barfüßig auf dem Weg zum Grabmal des San Floriano in Carditello unterwegs war. An ihre Pilgerfahrt verschwendeten sie keinen Gedanken mehr, als sie sich mit ihren großen Holzschalen neben den Melkern, Zitronenpflückern und dem Gesinde von La Casa aufreihten.

Und das war erst der Anfang. Der Holzofen spuckte eine frischgebackene Pizza nach der anderen aus. Pudenziana Esposito brachte sie mit rotem Gesicht und vor Hitze selbst leicht brutzelnd mit ihren behaarten Unterarmen so dick wie der Stamm des Baumes, in dessen Schatten sie alle saßen, an die Tische. Dampfend und saftig, waren die *pizze* mit der reichhaltigen Last von Mozzarella, Tomaten und Basilikum bedeckt. Mit salzigem Ricottakäse und selbstgeräucherter Salami gefüllt, waren die gefalteten die besten, die man in der Region je zu essen bekommen hatte.

Wein und Bier flossen gleichmäßig wie der behäbige Fluß, der sich hinter der Schenke dahinschlängelte, und die Gesichter des feiernden Volkes begannen schon bald zu glühen und zu glänzen. Ein lautes Hurra begrüßte Pudenziana Esposito, als sie unter dem Gewicht eines Ferkels mit allem, was dazugehörte, taumelnd in Sicht kam. Das saftigste Stück vom Braten, das Schwänzchen, wurde verlost. Gewinnerin war die schwachsinnige Küchenmagd Dalinda Scandone. Vor Aufregung fiel sie in Ohnmacht, so daß es mehrerer deftiger Ohrfeigen von Seiten Immacolata Pescatores bedurfte, um sie wieder zu sich zu bringen.

Platten voll Feigen, die mit Honig besprenkelt worden waren, folgten auf den Hauptgang, und dann gab es *sfogliatelle,* Blätterteiggebäck, mit Käse, kandierten Orangen und Zimt gefüllt. Die Mägen stöhnten bei all den guten Speisen, die sich die Münder einverleibt hatten, und als man die letzten Bissen hinunterwürgte, ging der Tag zur Neige. Da erhob sich der Gastwirt Trofimo Barile mit seiner grünen Samtmütze und dem goldenen Bommel, um einen Toast auszusprechen:

»Nachbarn«, begann er, »nein, mehr als Nachbarn, Freunde, obwohl man zu Recht sagt, daß ein guter Nachbar mehr wert ist als ein Freund, ich bitte euch, aufzustehen und mit mir ...«

Mit lautem Scharren wurden die Bänke zurückgeschoben und die Feiernden mit ihren dicken Bäuchen, den schwankenden Beinen und benommenen Köpfen versuchten geradezustehen. An einem Tisch fielen die Stalljungen und Untergärtner wie die Dominosteine um. Sie hatten sich ein wenig zu großzügig das ausgezeichnete Bier ihres Gastgebers zu Gemüte geführt und plumpsten nun lachend in den Staub.

»Möge das Pech, das uns in der letzten Zeit verfolgte, nach der Abreise von Ramona Drottoveo und Rinaldo Buffi von uns weichen. Ich rufe hiermit den Geist des Bienenzüchters an, dem Unrecht getan wurde, uns zu verlassen und jene beiden zu verfolgen, die auf dem Weg nach Neapel sind. Denn wir sind unschuldige Menschen und haben ihm nie einen Schaden zufügen wollen. Freunde, bitte erhebt eure Becher und trinkt mit mir auf das Ende der Heimsuchungen.«

»Auf das Ende der Heimsuchungen«, ertönte es rundum, und alle leerten den Becher bis zur Neige.

Damit war das Stichwort für die Musikanten gefallen, und es dauerte nicht lange und die besäuselten Dorfbewohner hingen wieder auf den Bänken, Knöpfe und Schnallen zum Bersten gestrafft, und stimmten in die melodramatischen Volkslieder ein, für die ihre Gegend zu Recht berühmt ist. Gemeinsam schunkelten sie zu schmalzigen Wiedergaben von Funiculi-Funicula und Torna a Surriento. Als der mit einer prachtvollen Baritonstimme gesegnete Stiliano Mamiliano ein von Herzen kommendes O Sole mio zum Besten gab, blieb kein Auge auf dem ganzen Gut trocken. Selbst die Signora auf ihren Kissen im verdunkelten Schlafgemach von La Casa weinte. Massimo, der räudige Kater von Isolda Barile, heulte untröstlich, und seine Tränen bildeten einen milchigen Teich im Staub.

Nach dem Singen folgte für diejenigen, die noch Herr über ihre Bewegungen waren, das Tanzen. Für den Trescone erschienen sechs Kammerdiener mit einem improvisierten Turban und sprangen um Beata Viola herum, die mit durchsichtigen Schleiern und riesigen, von der Wäscheleine der Andromeda Doria gestohlenen Unterhosen als Sultanin aufgemacht war.

Das Ende des Fests war gekommen, als Immacolata Pescatore und Semprebene Metrofano die Liebenden der Tarantella spielten. Was für ein hübsches Paar sie abgaben! Mit welchem Feuer sie einander in die Augen blickten, wann immer sie in die Knie gingen oder sich drehten! Sie schienen die Welt vergessen zu haben, begehrlich ineinander versunken. Nach einer Weile kamen sich die Zuschauer wie Eindringlinge vor und bummelten langsam zu zweit oder dritt zum Lagerfeuer, wo die Schatten tanzten, Äpfel schmorten und Virna Fuga die Zukunft weissagte.

Das Lied der Guitarren, Tamburine und Kastagnetten erklang in der Nacht und holte einen nach dem anderen die silbernen Sterne hervor. Als die Melodien über die Dörfler hinwegschwemmten, senkte sich das Gefühl ruhigen Wohlwollens auf sie herab. Es war das Geschenk von Santirina, die den Frieden liebt und von ihrem Ausguck hoch oben gesehen hatte, daß das Gut dringend der Harmonie bedurfte. Es war fast wieder wie in alten Zeiten, bevor Elend und Verzweiflung ihren Einzug gehalten hatten.

Wie wunderbar war der Tag gewesen. Noch lange würde man davon erzählen. Ein solches Fest hatte es noch nie gegeben.

Mit Sicherheit war der Bann des Bienenzüchters gebrochen. Sein Geist war unterwegs nach Neapel, Ramona und Rinaldo auf den Fersen.

In der Stadt

Endlich in der Stadt!

Den ganzen Weg vom Gut bis nach Capua Vetere und weiter hinunter nach Aversa trällerte Ramona leise vor sich hin. Die Schutzbrille auf der Nase und in der Hand einen billigen Papierschirm, der verhindern sollte, daß die Sonne ihre blasse Haut verbrannte, gab sie ihre eigenen, einzigartigen Fassungen der Arien Mi Chiamano Mimi und Teneste la Promessa zum Besten. Die Schönheit ihrer Stimme versetzte sie in Entzücken, und sie konnte es kaum erwarten, endlich als Sängerin Karriere zu machen. Es tat ihr in der Seele weh, daß sie so viel Zeit bei den dummen Trotteln auf dem langweiligen Gut vergeudet hatte.

Rinaldo, der den Handwagen mit dem Gepäck zog, war weniger begeistert. Zwar freute ihn, daß Ramona so glücklich war, doch der Gedanke, für ihrer beider Zukunft verantwortlich zu sein, lastete schwer auf ihm. Auf dem ganzen Weg plagten ihn die Zweifel und aufsässige Bienen. Sie umkreisten ihn und summten ihm in den Ohren. Er vermochte sie beim besten Willen nicht abzuschütteln.

Viele Stunden später kamen Rinaldo und Ramona

schließlich mit wundgelaufenen Füßen in Neapel an, gerade als die Glocken der tausend Kirchen in buntem Durcheinander fünf Uhr schlugen und die große Stadt nach ihrer kurzen mittäglichen Ruhepause wieder zum Leben erwacht war. Zwischen den steil aufragenden Marmorpalästen der Altstadt wogte ein Ozean von Leibern. Weder Ramona noch Rinaldo hatten jemals so viele Menschen auf einmal gesehen. Sie wurden einfach vorwärts geschoben, und während sie mit Augen und Ohren die Wunder der Stadt in sich aufsogen, mußten sie sich gegenseitig und an ihrem Handwagen festhalten.

In dem lebensfrohen quirligen Treiben sah man feine Damen mit Sonnenschirmchen in leuchtenden farbigen Seidentoiletten und federverzierten Hüten einherschreiten. Einige hatten so winzige Hündchen auf dem Arm, daß Ramona sie anfangs für Ratten hielt. Herren in gutsitzenden Anzügen gingen im Schatten der Kolonnaden ihren Geschäften nach. Dandies mit auffällig gemusterten Hosen standen in Grüppchen zusammen und tauschten den neuesten Klatsch aus. Tauben pickten nach allem, was sie finden konnten, und trippelten zwischen den fahrenden Kutschen und Karren hindurch, deren Räder die Pferdeäpfel im Handumdrehen zu Staub zermahlten.

In der Via Tribunali hüpften Schulkinder in Trägerschürzen paarweise die Straße entlang. Nonnen in blauen Gewändern hasteten zur Messe, die Hände am Kruzifix. Maultiere brüllten. Zwei Zwerge gingen mit dem Messer aufeinander los und versetzten sich wenige Minuten später simultan den Todesstoß. Eine Hochzeitsgesellschaft stieß mit einem Leichenzug zusammen, und die Braut wurde aus Kummer über ihr Pech ohnmächtig. Ganze Rudel streunender Hunde tobten kläffend, knurrend und mit gefletschten Zähnen durch die Straßen.

Etwas weiter brachte ein Kontingent Wachsoldaten in grünen Uniformen und federbuschverzierten Helmen einen Gefangenen in Handschellen zum *carcere*. Auf der Piazza Miraglia schlurfte eine Prozession von Bischöfen in Purpurroben zu San Domenico Maggiore. Begleitet wurde sie von barfüßigen Mönchen mit Handglöckchen, Chorknaben in Scharlachrot sowie Priestern, die ein lebensgroßes Gipsbild von San Gennaro trugen, von dem die Farbe abblätterte. Das Ende der Prozession bildete ein Blinder mit einer Drehleier, geführt von einem Stöckchen schwingenden Schimpansen mit Matrosenanzug.

In der Via San Sebastiano priesen die Wasserträger und Limonadenverkäufer, tief gebeugt unter dem Gewicht ihrer Terracottakrüge, lautstark ihre Waren an. Die Altkleiderverkäufer verhökerten ihre ekligen Lumpen, und die Huren waren unterwegs auf Kundenfang. Aus den Kesseln, die sie auf dem Gehsteig aufgebaut hatten, zauberten die Oktopusverkäufer dampfende *polpi*. Auf der Piazza Gesu Nuovo boten Akrobaten ihre Kunststückchen dar. Zum Gebrüll der Menschenmenge verschlangen Feuerschlucker flammende Schwerter. Was niemand mehr haben wollte, lasen die ausgemergelten Bettler auf. Taschendiebe trieben ihr Unwesen, und ein Trio von Musikantinnen mit Damenbart spielte Mandoline und trällerte Volkslieder.

Ehrfürchtig und mit offenem Mund bestaunte Ramona all diese für sie gänzlich neuen Menschen. In ihrer Unerfahrenheit kam ihr jeder Mann wie ein Prinz und jede Frau wie eine Königin vor. Sie war so aufgeregt, daß ihr ganz schwindelig wurde. Wie sehr es ihr hier schon jetzt gefiel! Neapel war mit Sicherheit das Paradies auf Erden!

Ohne ihr Zutun wurden Ramona und Rinaldo von der Menschenmenge in die Via Toledo geschoben, in der mit kreischenden Bremsen und unter lautem Gebimmel die elektrischen Straßenbahnen verkehrten. Hier waren die feinsten Geschäfte der ganzen Stadt zu finden. Ramona ging mit ihren Augengläsern so dicht wie möglich an jedes der prachtvoll ausgestatteten Schaufenster heran. Die von ihrem Atem beschlagenen Scheiben wischte sie in regelmäßigen Abständen mit ihren schmuddeligen Fingern ab. Ausgestellt waren wunderschöne Schuhe aus dem allerweichsten Leder und in allen Regenbogenfarben. Sie würde von jedem Modell und in jeder Farbe ein Paar kaufen – nein, wahrscheinlich jeweils zwei Paar, falls sie eines verdarb, wenn sie versehentlich in eine Pfütze trat.

Als nächstes fesselte sie die Kunst der Hutmacherinnen. Voll Abscheu betrachtete Ramona ihre häßliche Haube, die sich im Schaufenster spiegelte.

Einen hübschen Hut, das war es, was sie brauchte, und zwar unverzüglich. Doch was für eine verwirrende Auswahl! Welche Hüte kamen in die engere Wahl? Die mit den vielen Federn? Die mit den juwelenbesetzten Hutnadeln oder die mit den Blüten, die so exotisch aussahen wie die Blumen im Garten der Signora? Es gab auch Hütchen mit koketten kleinen Schleiern, und Ramona konnte sich gut vorstellen, wie verführerisch ihre rosa Augen dahinter hervorsehen würden.

»Schau dir das mal an, Rinaldo! Steh doch nicht wie ein Trottel mit den Händen in den Taschen da! Sieh doch nur die Hauben mit den Bändern und Spitzen!«

Und dann erst die Damentoiletten! Schöner als alles, was sie sich je in ihren kühnsten Träumen ausgemalt hatte. Seiden, Brokate, Satin und Taft. Perlenbestickter Samt. Kaschmir, gold und silbern, scharlachrot, purpur, rosa und blau. Neben diesen Kreationen sah selbst die Signora hausbacken wie eine Bäuerin aus.

Sofort wuchsen Ramonas Phantasie Flügel. Sie sah sich, wie sie prächtig herausgeputzt während der *passegiata* auf den Straßen Neapels lustwandelte. Mit Sicherheit war ihr grandioses Debüt an der Oper nur noch eine Zeitfrage. Zu Tränen gerührt würden sie sein, die feinen Herren, von der Schönheit ihrer Stimme. Und in Ohnmacht fallen würden sie ob des Liebreizes ihres Anblicks. Sie würde mit Herzögen und Herzoginnen, Grafen und Gräfinnen, ja sogar mit Prinzen auf Du und Du stehen. Vorbei wären die Zeiten, da sie zu Fuß durch die Straßen ziehen mußte, Rinaldo mit dem Handwagen im Gefolge. Sie würde ihre eigene Karosse haben, nebst Pferden und Lakaien. Doch schlafen würde sie mit denen nicht, auch wenn es in der ganzen Stadt keine prächtigeren Kerle gab.

Ramona war so in ihre Tagträume versunken, daß sie nichts von dem hörte, was Rinaldo zu ihr sagte. Wie eine Schlafwandlerin schritt sie an den wunderbaren Ladenzeilen entlang und stellte im Geist eine Liste der Dinge auf, die sie vor ihrem ersten Auftritt in der feinen Gesellschaft einkaufen würde. Rinaldo blieb nichts weiter übrig, als ihr zu folgen und sie von Zeit zu Zeit vor einer vorbeifahrenden Kutsche oder einem Karren in Sicherheit zu bringen, wenn sie, von den verlockenden Waren beiderseits der geschäftigen Straße angezogen, gedankenverloren die Straßenseite wechselte.

Nachdem er mehrere Stunden hinter Ramona hergetrottet war, hielt Rinaldo es für angebracht, endlich wichtigere Dinge in Angriff zu nehmen. Sie mußten beispielsweise ein Quartier finden. Ihm fiel nämlich auf, wie die Männer im Vorbeigehen schnupperten und ihre Nasen mit den verführerischen Molekülen von Ramonas Wohlgeruch füllten. Die Blicke, mit denen sie seine Frau bedachten, gefielen ihm ganz und gar nicht. Mehr als einmal mußte Rinaldo mit der Faust drohen, um einen aufdringlichen Verkäufer oder Seemann in die Flucht zu jagen. Er erkannte, daß er auf diesen von Schurken nur so wimmelnden Straßen ein wachsames Auge auf Ramona haben müßte. Eitel und töricht wie sie war, konnte jeder Spitzbube sie um den kleinen Finger wickeln und auf Abwege bringen. Er begann sich Sorgen zu machen. War es wirklich so eine gute Idee gewesen, in die Stadt zu ziehen?

Ramona konnte nicht begreifen, warum sie keine Wohnung in unmittelbarer Nachbarschaft der Geschäfte nehmen konnten. Dann würde sie ihre Einkäufe nicht so weit schleppen müssen. Natürlich würde sie bald einen Laufburschen haben, vielleicht sogar einen Eunuchen in Livree, der ihre Päckchen tragen würde. Doch davon einmal ganz abgesehen – jede Entfernung von den Läden war lästig.

Bei diesen Worten wurde selbst der langmütige Rinaldo gereizt. Ramona schien ihre Situation überhaupt nicht zu begreifen. Ihre Erwartungen waren so hochgeschraubt, daß er ganz betroffen war. Sie kannte doch die Umstände ihrer Entlassung! Einen Monatslohn hatte die Signora ihnen gegeben, damit sie in der Stadt neu anfangen konnten. Der Lohn eines Imkers war aber nicht hoch, und der geringe Betrag würde sie so eben über Wasser halten, bis er Arbeit gefunden hatte.

In dem Gewühl tauchte ein Gesicht auf, das Rinaldo an den Bienenzüchter erinnerte. Eine Sekunde lang glaubte er, es sei tatsächlich der Tote, und ihm blieb das Herz stehen. Doch dann erkannte er seinen Irrtum. Es war nur eine flüchtige Ähnlichkeit gewesen, nichts weiter.

Das Haus Castorelli

Wie Rinaldo vorausgesagt hatte, war es alles andere als einfach, eine Unterkunft zu finden, besonders da der Tag inzwischen zur Neige ging. Rinaldo bedauerte es nun, nicht eingeschritten zu sein, als Ramona sich in ihrem Wahn in den Schaufenstern Dinge angesehen hatte, die sie sich sowieso nie würden leisten können, und dabei die kostbare Zeit verplempert hatte.

Stundenlang klapperten sie erfolglos den heruntergekommenen Bezirk von Villaria ab. Jede Wohnung, die sie sich ansahen, stieß bei Ramona aus dem ein oder anderen Grund auf erbitterten Widerstand. Die eine war ihr zu klein und beengt, die andere zu dunkel, und zur dritten mußte man zu viele Treppen hinaufsteigen.

Rinaldo wurde immer niedergeschlagener. Die anspruchsvolle Ramona, die in lautes Gezeter ausbrach, sobald ihr etwas nicht paßte, hatte er während der idyllischen Tage auf dem Gut nicht kennengelernt. Ihm kam es so vor, als habe die Stadt seine Frau verändert. Wenn sie nicht die Nacht auf der Straße verbringen wollten, blieb ihnen nichts anderes übrig, als die nächstbeste Wohnung zu nehmen.

In der Via Vecchia Poggioreale, deren baufällige Gebäude sich redlich bemühten, nicht umzufallen, suchten sie schließlich die letzte Adresse auf. Dreibeinige Hunde und räudige Katzen streunten in ganzen Rudeln umher, und dreckverspritzte Wäsche baumelte von den Leinen, die kreuz und quer über die enge Gasse gespannt waren. Es dauerte nicht lange, und Ramona rümpfte angewidert die Nase.

Genau vor dem heruntergekommenen Hauseingang saß eine widerliche Alte. Es war Nonna Pino, die den kleinen Heiligenaltar bewachte. Sie hatte gerade die San Gennaro geweihten Kerzen angezündet und wollte sich ihrem Strickzeug zuwenden.

»Guten Abend, Signora«, sagte Rinaldo und warf einige Münzen in den Opferstock.

Alarmiert schaute Nonna Pino zu den Fremden auf. Zuerst musterte sie Rinaldos Züge und dann Ramonas. Was immer sie darin gesehen haben mochte, ihre trüben Augen verfinsterten sich, sie bekreuzigte sich mehrmals heftig und griff zu guter Letzt nach dem kleinen Korallenamulett, das sie um den Hals trug.

»Ihr seid vom Unglück verfolgt«, greinte sie. »Elend, Schmerz und Tod sind euch auf den Fersen. Seht ihr sie denn nicht?« Sie zeigte mit ihrer Knochenhand in die hereinbrechende Dunkelheit.

Furchtsam drehte sich Rinaldo um, sah aber nichts weiter als die feixende Ramona.

»Wir sind wegen der Zimmer gekommen«, fuhr er fort.

»San Gennaro steh uns bei«, murmelte die Alte zum Altar gewandt. »Bewahre uns vor dem Bösen, das in der Luft liegt und das ich riechen kann.«

»Sie ist verrückt«, sagte Ramona. »Gehen wir weiter. Womöglich ist es ansteckend.«

In diesem Augenblick erschien ein Mann hinter der gebeugten Gestalt der Altarwächterin. Er kniff die Alte in die verschrumpelte Wange, um ihr ein Lächeln zu entlokken. Als sein Versuch erfolglos blieb, zog er ihr zum Scherz die Haube über die Augen.

»Der Tod!« kreischte sie. »Schwiegersohn, an unsere Tür klopft der Tod!«

Der Mann wechselte einen verschwörerischen Blick mit Rinaldo und winkte das Pärchen ins Haus. Gemeinsam erklommen sie die Stufen zur Dachwohnung. Signor Castorelli, als welcher er sich später herausstellen sollte, war ein schmieriger Fettwanst zwischen Fünfzig und Sechzig mit einer Haut wie eine Speckschwarte und dem Geruch eines Hundes, der gerade aus dem Regen kommt.

Auf dem Vorplatz zur Wohnung blieb er unter der Glühbirne stehen und riß seinen Mund auf. Er hatte keine Zunge mehr. Mit den Fingern beschrieb er eine Geste, als wolle er eine Atemblase aus dem Mund ziehen, dann schüttelte er heftig den Kopf: Er konnte nicht sprechen. Seine Zunge, stellte sich heraus, war einige Jahre zuvor einem merkwürdigen Unfall zum Opfer gefallen, so daß er seitdem vollständig stumm war.

Die Wohnung war noch schlimmer, als selbst Rinaldo befürchtet hatte. Signor Castorellis Hände wiesen nacheinander auf ihre bescheidenen Attraktionen hin. Sie streichelten die fettige Tapete, die so vergilbt war, daß man ihre ursprüngliche Farbe nicht mehr feststellen konnte. Vor den Hinterfenstern schienen seine Hände ein Orchester zu dirigieren, doch alles, was man sehen konnte, war eine Abdeckerei und dahinter weitere baufällige Mietshäuser. Die Küchenecke mit ihrem verdreckten Spülstein, auf den Signor Castorelli mit liebevoller Geste wies, und die Stühle, die unterschiedlich lange Beine hatten, waren besonders niederschmetternd. Im zweiten Zimmer sprang Signor Castorelli, nicht ohne Rinaldo zuvor vielsagend in die Seite geknufft und zugezwinkert zu haben, auf die stinkende Matratze des Bettes und hüpfte auf und ab, um die Sprungkraft der Federn zu beweisen.

Trotz Ramonas Tränen gab Rinaldo Signor Castorelli einen ihrer wenigen kostbaren *scudi* als erste Monatsmiete. Wie Signor Castorellis Augen beim Anblick der Münze aufleuchteten! Er prüfte das Geld mit den Zähnen, bevor er es zärtlich in einen kleinen Beutel steckte, den er in der Spitze seines Stiefels verschwinden ließ.

Als nächstes machte Rinaldo sich daran, ihre wenigen Besitztümer aus dem Handkarren zu holen, den sie am Eingang hatten stehen lassen. Nonna Pino jammerte draußen noch immer: »Pest. Tod. Unheil. Der Tor öffnet ihnen auch noch die Tür und bittet sie ins Haus. Das bringt Unglück. Unglück.«

Mittlerweile hatte Signor Castorelli, dessen Riechorgan noch voll funktionsfähig war, Ramonas Duft aufgenommen und war eifrig bemüht, die Stärke seines Verlangens nach der neuen Mieterin mit unanständigen Gesten zum Ausdruck zu bringen. Ramona bewaffnete sich mit einem der kaputten Stühle und zeigte ihm, ebenfalls pantomimisch, was sie bei Bedarf damit tun würde, woraufhin der Signor die Treppe hinunterhastete, um sich in seiner Wohnung in Sicherheit zu bringen.

Ramona schluchzte und schmollte. Wo sollte sie denn ihre schönen Kleider hinhängen? Wo ihre neuen Hüte und Schuhe unterbringen?

Rinaldo hielt es für das Beste, auf sie einzugehen. Sie hatte an diesem Tag schon genügend Enttäuschungen verkraften müssen.

»Hier bleiben wir doch nicht lange, *bella*. Wir ziehen

bald in eine bessere Wohnung, die einen großen Wandschrank für deine Kleider und auch sonst alles hat, was du brauchst. Nur ein klein wenig Geduld, mein liebes Mädchen.«

Das stellte Ramona zufrieden. Es dauerte nicht lange, und ihre alte Fröhlichkeit gewann wieder die Oberhand. Immerhin war sie in der Stadt – in der wunderbaren, schönen, aufregenden Stadt. In jener Nacht träumte sie von Prinzen, Federboas, Satinschühchen, Banketten, Zirkussen und gutaussehenden Kavallerieoffizieren. Am nächsten Morgen erwachte sie ausgeruht, glücklich und begierig, ihren neuen Kleidern in der Via Toledo einen Besuch abzustatten.

Rinaldo hingegen hatte eine unruhige Nacht verbracht. Es hatte damit begonnen, daß er vor lauter Sorgen nicht einschlafen konnte. Wo sollte er denn Arbeit finden? Und was konnte er überhaupt? Hier bestand mit Sicherheit keine große Nachfrage nach Bienenzüchtern, und ihm fehlte jegliche Erfahrung als Fabrikarbeiter oder Händler.

Gegen Morgen, als er endlich eingeschlafen war, hatte er einen entsetzlichen Traum. Um seinen Hals lag eine Schlinge, die immer enger wurde und seine Luftröhre zusammenquetschte. Die Hände waren ihm auf den Rücken gebunden, und seine Beine baumelten hoch über dem Boden. Über sein Gesicht hatte man einen Sack gestülpt. Er begann zu würgen. Seine Lunge stand kurz vorm Platzen. Blut stieg ihm in die Augen, und er wußte, daß er ein toter Mann war.

Schande bei Spinelli

Obwohl Rinaldo Ramona nur sehr ungern sich selbst überlassen sah, wollte er sich am nächsten Morgen gleich in der Frühe auf Arbeitssuche machen. Bei Kaffee und Brötchen beriet Ramona Rinaldo, welche Art Beschäftigung er sich suchen solle.

»Am besten wäre es, wenn du Kavallerieoffizier mit einer blauen Uniform, gestreiften Beinkleidern und Federbusch würdest. Falls das nicht klappt, wäre Bankier fast ebenso gut.«

In Wahrheit wußte sie nicht einmal, was ein Bankier war, aber das Wort klang gut.

»Oder Beamter oder Admiral oder Kaufmann oder Dirigent. Ich fände es allerdings nicht gut, wenn du Zeitungsverkäufer, Arzt oder Seifensieder würdest.«

»Ich muß sehen, was ich finde, Ramona«, erwiderte Rinaldo geduldig. »Ich verspreche dir jedoch, daß ich kein Arzt werde.«

Beim Verlassen der Wohnung begegnete Rinaldo ein winziges Männlein mit einem stattlichen Buckel. Verwachsene waren damals wegen ihrer Zauberkräfte hoch geschätzt. Man sagte, es bringe Glück, ihren Höcker zu streicheln. In der Stadt verdienten sie gutes Geld damit, wie auch mit dem Verkauf von Lotterielosen und dem Weissagen der Zukunft. Was für ein glücklicher Zufall, daß ausgerechnet in ihrem Haus ein Buckliger wohnte! Das günstige Omen tröstete den abergläubigen Rinaldo, und er dankte Santa Cassilda mit einem leisen Stoßgebet, daß sein Schicksal eine so erfreuliche Wendung genommen hatte.

»*Salve*, Nachbar«, sagte Rinaldo und spürte bereits das Glück in den Fingerspitzen prickeln.

»*Salve*«, erwiderte der Kleine, sogleich der Bewunderung Rinaldos für seinen Buckel gewahr.

»Ich bin Rupinello. Wenn Sie meinen Buckel streicheln wollen, kostet es Sie fünf Grän. Normalerweise verlange ich einen *carlino*, aber da Sie mein Nachbar sind, gebe ich Ihnen Rabatt.«

Weiterer Ermunterung bedurfte Rinaldo nicht. Er fischte eine Münze aus der Tasche und reichte sie Rupinello. Dann streichelte er mehrmals über dessen Glücksbuckel.

»Ramona«, rief Rinaldo durchs Treppenhaus, »du wirst sehen, das wird heute ein guter Tag, ein Glückstag!«

Der Kleine hatte seinen Riechkolben bereits mit Ramonas frühmorgendlich besonders aromatischen Duft gefüllt. Wie eine saftige Wolke hing er in der Luft. Um das Geschöpf zu sehen, das einen derartigen Wohlgeruch verströmte, steckte der Bucklige den Kopf durch Ramonas Tür.

»Was bist du denn für ein komisches Kerlchen«, sagte diese, Rupinello durch ihre Augengläser musternd.

»Komisch mag ich wohl sein«, erklärte Rupinello würdevoll, »aber ich kann Glück bringen, Zahlen deuten, Ihnen helfen, beim Lotto zu gewinnen.«

Ramona zuckte nur die Schultern. Lotto und Glücksspiele interessierten sie nicht.

»Ihre Träume kann ich auch wahrmachen«, fuhr Rupinello mit sicherem Gespür für ihre Schwäche fort.

»Wirklich?« fragte sie mit steigendem Interesse.

»Ja«, sagte er. »Und ich kann die Zukunft weissagen.«

»Meine Zukunft muß ich in der Tat geweissagt haben«, erwiderte Ramona. »Und Hilfe bei meinen Plänen kann ich auch gebrauchen. Träume sind das nämlich nicht, und ich mache mir auch nichts vor. Alles, was ich vorhabe, wird Wirklichkeit. Aber es wäre schön, wenn du dafür sorgen könntest, daß es bald passiert.«

»Da bin ich genau der Richtige«, sagte Rupinello noch einmal würdevoll und verbeugte sich. »Ich stehe ganz zu Ihren Diensten.«

»Du kannst damit rechnen, von mir zu hören«, sagte Ramona ebenso würdevoll und schlug ihm die Tür vor der Nase zu. Widerwillig riß sich Rupinello von dem Duft los und machte sich auf den Weg, um sich einen weiteren Tag lang den Buckel streicheln zu lassen.

Ramona setzte sich vor den gesprungenen Spiegel des Waschtischs und begutachtete sich ausführlich. Sie mußte entscheiden, welcher der Hüte, die sie gestern gesehen hatte, ihr am besten stehen würde. Auch über die Kleider dachte sie nach, wägte die jeweiligen Vorteile ab, bis ihr der Kopf vor Samt, Satin und Seide nur so schwirrte.

»Ich weiß, was ich mache«, sagte sie schließlich vergnügt zu sich selbst, nachdem sie vergeblich versucht hatte, ihrer Unschlüssigkeit Herr zu werden. »Ich nehme einfach alles.«

Es klopfte. Aus Angst, es könnte Signor Castorelli sein, griff Ramona nach einem großen Messer. Vorsichtig öffnete sie die Tür, aber da stand nicht der Hauswirt, sondern seine Frau Amalasunta, die Tochter von Nonna Pino. Amalasunta war klein, hatte vorstehende Zähne und eine nässende Wunde über dem Auge. Von ihrem Mann hatte sie das Gestikulieren übernommen, obwohl sie sehr wohl sprechen konnte.

»Ich lege Wert darauf, neue Mieter gleich bei ihrer Ankunft in die Hausordnung einzuweisen«, begann sie und wedelte mit den Armen über dem Kopf. »Damit es gar nicht erst zu Mißverständnissen kommt.«

Sie ratterte eine ausführliche Liste von Vorschriften herunter. Anscheinend durfte außer zu den festgesetzten Zeiten weder gesungen noch ein Instrument gespielt werden. Um zu verdeutlichen, was sie meinte, reckte sie sich und faßte sich an die Kehle, wobei sie verzückt das Gesicht verzog. Danach imitierte sie einen Geigenspieler. Davon abgesehen war es verboten sich zu betrinken und Hunde zu halten. Hier ließ sie sich auf alle viere nieder und wedelte mit dem Schwanz, indem sie hinter sich mit dem Arm wackelte. Ramona hätte am liebsten laut geschrien. Was für ein Tollhaus! Sie mußten wirklich so schnell wie möglich hier weg.

»Und machen Sie sich nichts aus Mutter«, sagte die Hauswirtin beim Verlassen der Wohnung. »Sie regt sich zwar ständig auf, ist aber harmlos. Und achten Sie ja darauf, daß Sie am Monatsersten pünktlich die Miete bezahlen, denn Kredit gibt's bei mir nicht.«

Ramona verspürte bereits einen heftigen Haß auf die Castorelli. Wenn sie außerhalb der vorgeschriebenen Zeiten Wasser holen oder zu einem anderen Zeitpunkt als dienstags um zehn Uhr die Posaune spielen wollte, dann würde sie das tun, da konnten die sich auf den Kopf stellen. Sie würde sich nicht herumkommandieren lassen, als stünde sie noch in Diensten. Das Schlafgemach der Signora gehörte der Vergangenheit an. Sie nahm keine Befehle mehr entgegen.

Ärgerlich beschloß Ramona, sich fertigzumachen und in die Stadt zu gehen. Nur der Anblick der Herrlichkeiten in den eleganten Läden würde sie aufheitern können. Hier würde sie keinen weiteren Augenblick bleiben!

Vor der Haustür stieß sie auf die Altarwächterin, die sich gerade zum Pinkeln hingehockt hatte.

Sogleich begann Nonna Pino zu keifen: »Satan. Roter Teufel. Hörner. Seht nur, wie ihr die Hörner wie weißes Haar vom Kopf stehen.«

»Sie sind vielleicht ein altes Ekel!« sagte Ramona zu ihr und suchte vorsichtig einen Weg zwischen den Rinnsalen, die auf sie zuflossen.

Noch bevor sie das Ende der Via Vecchia Poggioreale erreicht hatte – und es sei darauf verwiesen, daß die Gasse nicht lang war – hatte sie eine Schar Männer und Halbwüchsiger im Schlepptau wie einst die Bediensteten und Tagelöhner. Sie hatte ihre Macht also keineswegs eingebüßt. In der Enge der Stadt schien ihr Duft sogar noch stärker zu sein als auf dem Gut, wo ihn der Wind verteilte.

In einer Stadt von der Größe Neapels waren natürlich zahlreiche Nasentypen zu Hause. Die Adlernase, die römische Nase, die Knollennase, die zarte, die dicke, die gebrochene Nase, die Hakennase und die platte, die schiefe, die große, die kleine und die mittelgroße Nase. In der Prozession, die sich an Ramonas Fersen heftete, war alles vertreten. Und jede wetteiferte mit ihren Nachbarn um den größten Anteil an dem verlockenden Duft.

Die Straßen hallten wider vom geräuschvollen Schnüffeln der Massen geblähter Nüstern. Dergleichen hatte man in der Stadt noch nicht erlebt. Ekstatisch hielten die

Nasenbesitzer die Augen geschlossen, wenn ihnen Ramonas Wohlgeruch einen Moment lang einen kurzen Blick auf den Traum, den Haremszauber, den Quell ewigwährender Freuden gewährte.

Es freute Ramona zwar, daß sie noch immer über ihre Macht verfügte, doch zum ersten Mal in ihrem Leben hatte sie auch Angst davor. Das waren fremde Männer und nicht die vertraute Schar von Kuhhirten und Gärtnern, deren Elan sie mit einer gezielten Beleidigung zum Erschlaffen zu bringen vermocht hatte.

Auf ihrem Weg in die Innenstadt brachte Ramona den Verkehr zum Erliegen. Das Getute der Hupen war ohrenbetäubend, als Kutschen und Karren stehenblieben und auch die Reiter innehielten. Selbst die Pferde hoben den Kopf und stießen ein unheimliches Wiehern aus, überrascht von dem Duft, den sie noch nie gerochen hatten, der ihren auf den unberührten Prärien der Vorzeit lebenden Ahnen jedoch vertraut gewesen war. Drei Straßenzüge weiter erschnüffelten sogar die Hunde Ramonas Duft und kamen herbeigeeilt. Ihr tolles Kläffen tat in den Ohren weh.

Fest entschlossen, ihren Ausflug zu den schönen Geschäften fortzusetzen, ließ Ramona sich nicht beirren. Die Hüte, Schuhe, Kleider, Handschuhe und Schirme waren einfach zu verlockend. Immer wenn sie ihren Schritt beschleunigte, taten ihre Verfolger und die Hunde es ihr gleich. Eine wahrhaft lächerliche Prozession ergoß sich von der Piazza Dante aus in die Via Toledo. Die reichen Einkaufenden, die Laufburschen, Kaufleute, Weinhändler, Schuhmacher, Apotheker, Kellner und Priester drehten sich um und starrten Ramonas Gefolge an. Wem ihr Duft in die Nase geriet, gesellte sich dazu. In dem Pandämonium fiel es Ramona schwer, vor den glitzernden Schaufenstern ihre Auswahl zu treffen. Immer wieder mußte sie weitergehen, weil sich die Männer so dicht an sie herandrängten, daß sie gar nichts mehr sehen konnte.

Elegante Schaufensterpuppen, die eine unheimliche Ähnlichkeit mit echten Frauen hatten, verlockten sie dazu, Confezione di Spinelli zu betreten. Die Horde von Bewunderern folgte ihr, und es kam zu einem heftigen Gedrängel, als sie die Hutabteilung betrat. Die Bäckerburschen, Kaminfeger und Wasserträger blieben ihr auf den Fersen und beobachteten sie genau. Was würde die Göttin als nächstes tun?

Die Verkäuferin ließ sich gar nicht erst dazu herab, Ramona eines Blickes zu würdigen, sondern tupfte mit ihrem Staubwedel über die Vitrinen und zupfte hier eine Schleife zurecht und dort einen glitzernden Zierrat.

»Ich will den hier und den hier und den hier aufprobieren«, sagte Ramona, wobei sie auf die verlockendsten Hüte wies, die sie sehen konnte.

»Ach ja?« erwiderte die Verkäuferin dreist. »Und hat die feine Dame auch das nötige Kleingeld dabei?« fragte sie höhnisch und musterte Ramonas erbärmlichen Aufzug, das altmodische, abgetragene Gewand mit seinen deutlich sichtbaren Flicken, die billige, häßliche Haube.

»Heute nicht«, entgegnete Ramona wahrheitsgemäß. »Aber bald. Sobald mein Mann eine Anstellung findet.«

»Nun, dann würde ich doch vorschlagen, daß Sie dann wiederkommen«, versetzte die Verkäuferin und läutete nach dem Geschäftsführer. Dieser rief einen elegant uniformierten Pagen, der Ramona und ihr Lumpengefolge schmählich aus dem Laden komplimentierte.

Bei Fontana

Tränen füllten Ramonas Schutzbrille, als man sie aus den prächtigen Räumen auf die Straße trieb. Welch eine Schande! Wenn sie nun ein vorbeifahrender *visconte* gesehen hatte? Es war alles ein großer Irrtum. Bald würde sie das Geld haben; genug Geld, um jeden Hut in dem Laden zu kaufen, und dann würde diese freche Verkäuferin für ihre Unverschämtheit büßen müssen.

Wenn doch Rinaldo nur schon früher etwas unternommen hätte, dann wäre ihr diese Demütigung erspart geblieben. Warum hatte er sich nicht schon gestern, gleich nach ihrer Ankunft, auf Arbeitssuche begeben? Er hatte so viel Zeit verplempert. Es war alles ganz und gar seine Schuld. Gerade als Ramona Rinaldo wegen seiner Trägheit verfluchte, näherte sich ihr ein feiner Herr und lüftete den Hut.

»Signora, ich habe den Vorfall in der Hutabteilung von Spinelli miterlebt. Ich muß sagen, ich fand die Verkäuferin höchst unverschämt. Ich kenne Signor Spinelli persönlich und werde unbedingt mit ihm über die schlechten Manieren seines Personals sprechen.«

Bei diesen Worten bekam Ramona große Augen und trat einen Schritt näher, um den Mann genauer anzusehen, der Signor Spinelli persönlich kannte.

»Ich bitte Sie, Signora, machen Sie sich keine Gedanken über die schreckliche Behandlung, der sie ausgesetzt waren, und erlauben Sie mir, Sie mit einer Tasse Kaffee zu erquicken.«

Ihren Arm am Ellbogen haltend, schob er sie über die Straße ins Café Fontana. In einem solchen Etablissement war Ramona noch nie gewesen. Ehrfurchtsvoll bestaunte sie die vergoldete Ausstattung und die Dekorationen. Überall hingen Spiegel, und sie konnte sich von allen Seiten betrachten. Ihr Kleid war wirklich sehr häßlich. Wie nachlässig von Rinaldo, ihr kein besseres zu besorgen.

Man führte sie zu einer mit rosa Samt gepolsterten Eckbank, und der feine Herr setzte sich neben sie. Es war genau wie in einer Kutsche, sogar noch großartiger als in der *carozza* der Signora, wo sie sich mit Vittorino Broschi, dem pockennarbigen Kutscher, hinzulegen pflegte.

Schwer atmend sog ihr Begleiter ihren Duft ein. Er stellte sich als Signor Pastini vor.

»Ich bin Ramona«, erwiderte sie hoheitsvoll und wollte ihren Kaffee auf einmal hinunterschütten. Das Unglück wollte es, daß sie sich die Kehle verbrannte und spuckte den Kaffee auf das weiße gestärkte Tischtuch. Den Damen an den benachbarten Tischen blieb vor Verblüffung der Mund offen stehen. Anschließend hielten sie mit ihrer Mißbilligung nicht hinter dem Berg.

»Also ehrlich, Modesta, die Leute, die man heutzutage hier hereinläßt«, entrüstete sich eine ältliche Matrone mit Lorgnon gegenüber ihrer Begleiterin. »Der reinste Abschaum. Das Fontana ist auch nicht mehr das, was es einmal war.«

»Bitte, machen Sie sich keine Gedanken«, sagte der Signor und tupfte Ramonas Busen mit einer Serviette ab. »Der Kellner wechselt das Tischtuch.«

Der Kellner erschien umgehend mit einem neuen blütenweißen Tischtuch und einer weiteren Tasse Kaffee. Diesmal trank Ramona bedächtiger.

Sie redeten über die Pferderennen, die Oper, die Gicht der Prinzessin Pasqualata, den letzten Ball im Palast und die hohen Lebenshaltungskosten in der Stadt. Zugegeben, die meiste Zeit sprach der Signor, doch Ramona bestritt ihren Anteil am Gespräch mit den dreistesten Lügen und war mit der Unterhaltung höchst zufrieden.

Die Zeit verging sehr angenehm. Dann, nachdem Ramona auch das zarte Gebäck auf dem Silbertablett verputzt hatte, ließ der Signor die Katze aus dem Sack. Er fragte sie, ob sie ihn zu seinem nahegelegenen Haus begleiten wolle. Wenn ihr das jedoch nicht recht sei, könnten sie auch ein Zimmer in einem Hotel nehmen.

»Signor, Sie sind wirklich außerordentlich liebenswürdig«, erwiderte sie. Sie hatte ihre Herrin diesen Satz benutzen hören und ihn für die Zukunft in ihrem Gedächtnis verstaut. »Ich fürchte jedoch, ich kann heute weder mit Ihnen nach Hause noch in ein Hotel gehen, weil man Mann mich jeden Augenblick erwartet.«

»Das höre ich mit Bedauern«, entgegnete Signor Pastini und zupfte an seiner Moustache. »Bitte gestatten Sie, daß ich Ihnen meine Karte gebe. Sollten Sie jemals Hilfe brauchen, wenden Sie sich an mich.«

Ramona nahm die Karte, die er ihr hinhielt. Goldene Buchstaben waren darauf geprägt, aber sie sagten ihr natürlich nichts. Die Nonnen im Konvent hatten mehr als einmal versucht, Ramona das Lesen beizubringen, aber ihr Gehirn hatte sich geweigert, die kleinen Schnörkel zu behalten. Irgendwann war die himmlische Geduld der guten Schwestern erschöpft, und sie hatten das Handtuch geworfen. Ramona gab das dem feinen Herrn gegenüber natürlich nicht zu. Sie steckte die Karte ein, verabschiedete sich mit einem Knicks und rauschte aus dem Lokal, von den wenig wohlwollenden Kommentaren der Damen begleitet, die dort von Rechts wegen hingehörten. Arme Ramona. Wie müssen ihr die Ohren von den Bemerkungen dieser Zicken geklungen haben! Signor Pastini mußte seine Liebesglut von seiner alten Köchin löschen lassen. Dadurch kam das Mittagessen verspätet auf den Tisch, und seine Frau hatte für den Rest des Nachmittags schlechte Laune.

Auf der Straße musterte Ramona noch einmal die Karte, konnte sie aber nicht ergründen und steckte sie weg. Nun segelte sie hocherhobenen Hauptes die Via Toledo entlang. Die Begegnung mit dem feinen Herrn hatte ihr ihr Selbstvertrauen wiedergegeben, und der häßliche Vorfall bei Spinelli war so gut wie vergessen.

Den Kopf in den Wolken und von einem stets wechselnden Gefolge behindert, wanderte Ramona den Rest des Tages durch die Straßen voll eleganter Passanten, bis sie vermutete, daß Rinaldo von der Arbeit zurück sei. Sie lechzte danach, damit anzugeben, daß sie in einem Café gewesen war, und wollte unbedingt das Geld für ihre Einkäufe in Empfang nehmen. Wenn man sie an der Oper ernstnehmen sollte, mußte sie unter allen Umständen angemessen gekleidet sein.

Wie durch ein Wunder fand Ramona den Weg nach Hause, wenngleich die Strecke, die sie mit ihren Bewunderern zurücklegte, alles andere als die kürzeste war. Sie machte solche Umwege, daß einer der Schildkrötendompteure, die das Schlußlicht bildeten, nach vorn gerannt kam, um sich zu erkundigen, ob sie sich verlaufen habe. Ramona tat so, als wäre er Luft. Sie war inzwischen viel zu hochfahrend, um mit gemeinen Leuten auch nur zu reden. Schließlich stieß sie durch reinen Zufall auf die Via Vecchia Poggioreale. Rinaldo hatte Recht gehabt. Alles in allem hatte ihr heute das Glück gelacht.

Nonna Pino regte sich entsetzlich auf, als sie die Horde sah, die Ramona bis zur Tür folgte. In der Via Vecchia Poggioreale gab es für gewöhnlich keine Menschenaufläufe. Dafür war es nicht die richtige Straße. Nonna Pino kletterte auf ihren Stuhl, um eine Ansprache zu halten.

»Ihr Perverser. Barbiere. Päpste. Ich kann euch sehen. Ich sehe eure Teufelsfratzen. Falsche Propheten, ihr. Bildet euch ja nicht ein, daß ihr mich mit euren Masken und Zähnen täuschen könnt. Ich mag zwar eine alte Frau sein, aber ich kenne mich aus!«

»Nun reg dich doch nicht auf, Mutter!« drängelte sich Amalasunta schreiend durch die Krippenbauer, Oktopusköche und Zitronenpflücker.

»Vorschrift 175.« Amalasunta gestikulierte ärgerlich. »Männerhorden auf der Straße sind verboten. Karneval feiern ist verboten. Aufruhr ist verboten. Versammlungen sind verboten. Nicht gestattet. Strengstens untersagt.«

Ramona bahnte sich ihren Weg ins Haus und ließ Amalasunta und ihre Mutter auf der Straße zurück, mochten sie doch die Männer bewachen. Die Verehrer waren unschlüssig, was sie nun tun sollten, und die meisten schlenderten zu zweit oder zu dritt davon, bis nur noch eine Handvoll Jungen im Schatten übrigblieb, die gegen alle Vernunft darauf wartete, noch vor Anbruch der Nacht einen Blick auf Ramona werfen zu können.

Ramona war überrascht, Rinaldo schon in der Wohnung anzutreffen.

»Was für eine Arbeit hast du gefunden?« lautete ihre erste Frage. »Bist du Erzbischof oder General geworden?«

»Ramona, man wird mich doch nicht zum Erzbischof machen, und auch nicht zum General. Wir müssen auf dem Teppich bleiben.«

»Bankier?«

»Man kann nicht so einfach Bankier werden; so leicht ist das nicht. Feine Herren werden Bankiers. Man muß dazu Leute kennen. Man muß etwas von Geschäften verstehen. Ich bin Bienenzüchter, Ramona. Ich weiß, wie man mit Bienen umgeht. Von Bankgeschäften verstehe ich gar nichts.«

Ramonas Gesicht wurde immer länger. »Gut. Bist du dann Kavallerieoffizier geworden, Rinaldo?« fragte sie mit einer Spur Ungeduld in der Stimme.

Er schüttelte den Kopf.

»Dirigent?«

»Nein, Ramona. Ich verstehe doch nichts von Musik.«

»Dann ein reicher Kaufmann?«

»Nein.«

»Ich verstehe nicht, was du mir sagen willst, Rinaldo«, sagte sie kopfschüttelnd. »Was hast du denn für eine Arbeit angenommen?«

»Ramona, ich wollte es dir nicht sagen, weil ich dich nicht erschrecken wollte. Aber wenn du mich so bedrängst, muß ich es dir sagen. Ich habe den ganzen Tag damit verbracht, durch die Straßen zu laufen und nach Arbeit zu suchen. Ich habe überall nachgefragt, auf Baustellen, in Fabriken, in Hotels, Läden, Cafés und auf den Märkten. Es gab keine Arbeit. Ich habe nichts gefunden.«

»Ich verstehe nicht, was du meinst, Rinaldo«, sagte Ramona und hielt den Kopf in den Händen, als verspürte sie heftige Schmerzen. »Willst du damit sagen, daß du keine Arbeit angenommen hast?«

»Ich habe keine angenommen, weil es keine gab«, lautete seine Antwort.

»Aber Rinaldo, wenn du keine Arbeit gefunden hast, wie soll ich denn dann morgen Kleider kaufen? Und wenn ich keine neuen Kleider habe, wie soll ich denn dann zur Oper gehen? In diesen Lumpen kann ich mich dort nicht sehen lassen, das steht fest.«

»Es tut mir leid, Ramona, aber du kannst morgen keine Kleider kaufen.«

Ramonas rosa Augen füllten sich mit Tränen, wo sie wie Weichtiere in ihrer Muschel lagen. Sie zog heftig die Nase hoch.

»Und wann kann ich sie mir dann kaufen, Rinaldo?«

Es brach ihm das Herz, sie so traurig zu sehen.

»Ich mache mich morgen wieder auf den Weg, sobald es hell wird. Es hieß, in der Fabrik in Posillippo könnte es vielleicht Arbeit geben. Es ist ein weiter Weg, aber mir macht das nichts aus. Und wenn das nicht klappt, könnte ich vielleicht auf einem Schiff etwas finden. Ich probier es morgen mal bei der Werft. Heute war die Schlange so lang, daß sich das Warten nicht gelohnt hätte.«

»Aber Rinaldo, ich will nicht, daß du in der Fabrik in Posilippo oder auf einem Schiff arbeitest. Wenn du Admiral würdest, wäre es etwas anderes, aber ein ganz gemeiner Seemann ... Das wäre mir nicht recht.«

»Irgendwo müssen wir aber anfangen, Ramona. Wenn wir erst einmal auf eigenen Füßen stehen und ein wenig Geld gespart haben, dann sieht alles schon ganz anders aus. Dann kannst du in die Stadt gehen und dir all die wunderschönen Sachen kaufen, die du so gerne haben willst. Und dann kannst du auch an der Oper singen. Aber im Augenblick müssen wir nehmen, was wir kriegen können. Das verstehst du doch, nicht wahr, Ramona?«

Die Prophezeiung des Buckligen

Am nächsten Morgen, als er das Haus verließ, war Rinaldos Herz schwer. Er hatte nicht gedacht, daß es so mühsam werden würde, Arbeit zu finden. Die ganze Strecke nach Posillipo legte er zu Fuß zurück, um die Ausgabe für die elektrische Straßenbahn zu sparen. Doch als er ankam, waren keine Stellen frei. Die Gerüchte in der Bürstenfabrik waren falsch gewesen. Wieder zog er durch die Straßen, aber ohne *raccomandazione* war das Arbeitfinden in einer Stadt, in der alles auf Gefälligkeiten beruhte, in der Tat schwierig.

Währenddessen machte sich Ramona daran, ihre eigenen Pläne in die Tat umzusetzen. Es war ja klar, daß sie nicht warten konnte, bis Rinaldo Arbeit gefunden hatte. Ihr Vertrauen in ihn war gestern sehr erschüttert worden. Sie konnte einfach nicht glauben, was er ihr da erzählte. Keine Arbeit! Überhaupt keine Arbeit in einer Stadt von dieser Größe? Er war ein Faulpelz, das war's. Sein mangelnder Ehrgeiz beunruhigte sie. Sie wollte mehr vom Leben haben. Sie würde sich die Welt erobern und ihre Träume verwirklichen.

Als erstes würde sie sich von dem Buckligen die Zukunft weissagen lassen. Wenn sich der heutige Tag als Glückstag herausstellen sollte, würde sie sich umgehend zum Opernhaus aufmachen. Obwohl es noch sehr früh war, klopfte sie lautstark an die Tür ihres Nachbarn. Es war doch wohl Zeit, daß er aufwachte!

Rupinello war unsterblich in Ramona verliebt. Schon beim allerersten Hauch ihres Dufts, der in seine weichen, rosa Nasengänge eindrang, hatte es ihn erwischt. Und doch wußte er tief im Herzen, daß Ramona seine Liebe nie erwidern würde. Mitleid würde sie vielleicht für ihn empfinden, vielleicht aber noch nicht einmal das.

Er wußte, daß sie sich seiner für ihre Zwecke bedienen würde. Sie würde ihm gestatten, sie anzubeten. Sie würde ihm erlauben, sich einzubilden, zu hoffen und zu träumen, daß sie seine Liebe eines Tages erwidern würde, aber in Wirklichkeit würde sie ihn verachten.

Ausbeuten würde sie ihn. Beim kleinsten Zeichen würde er springen müssen. Trösten würde er sie müssen und ihr Mut machen – auf Kosten seines eigenen. Ohne Gegenleistung würde sie ihm alles wegnehmen, was er hatte, und noch mehr. Sie würde ihn bis aufs Blut aussaugen.

Doch obwohl er das alles wußte, liebte er sie. Mehr vielleicht, als wenn die Dinge anders gestanden hätten. Denn Männer sind merkwürdige Kreaturen und lieben das am meisten, was ihnen verboten ist.

Rupinello, von dem heftigen Pochen an seiner Tür geweckt, sah im Geiste schon das Haus in Flammen stehen oder von Mördern bedroht und öffnete seine Tür mit einer Flasche bewaffnet. Doch auf der Schwelle stand die Frau seiner Träume. Er trat beiseite, um die warme, milchige, wie ein Kätzchen schmeichelnde Ramona zur Tür hereinzulassen.

»Sag mir meine Zukunft voraus, Kleiner«, befahl sie ihm.

Rupinello rieb sich den Schlaf aus den Augen. Ihr reifer, unerträglich schöner Duft nahm von seinem Zimmer Besitz. Er atmete tief ein. Atmete, als hinge sein Leben davon ab. Die zarten Gänge in seiner Nase – ein wenig bemerkenswertes, mit alten Pockennarben bedecktes Organ – transportierten die Botschaft des Parfüms zu den Sensoren seines Gehirns, das wie ein mit Rum getränkter Kuchen in Verlangen schwamm.

Er wußte nicht, was er in welcher Reihenfolge tun sollte. Er wollte tanzen, schwimmen, singen, weinen, lachen und wie ein Maultier schreien, wie eine Katze miauen, wie eine Schlange zischen und wie der große Vulkan persönlich Feuer speien. Doch er konnte sich nur noch gerade in einen Sessel fallen lassen und von dort besinnungslos zu Boden gleiten. Ramona beobachtete seine Qual ohne jedes Mitgefühl.

»Nun mach schon«, sagte sie ungeduldig. »Ich kann nicht den ganzen Tag warten.«

Rupinello stolperte zu dem Kasten, in dem er die Utensilien seines Gewerbes aufbewahrte: seine Karten, Zauberamulette und Nummernblöcke. Dann bedeutete er Ramona, sich ihm gegenüber an einen kleinen Tisch zu setzen. Er spürte, daß ihr Duft eine Kraft war, die ihm die Fähigkeit raubte, unabhängig und für sich allein zu leben. Von nun an würde er für immer ihr Sklave sein.

Mit seinen winzigen Händen mischte er langsam und rhythmisch die Karten, bemüht, seine Energie auf sie zu übertragen, doch in Wahrheit hatte er gar keine Energie mehr. Seine körperliche und geistige Reaktion auf Ramona erschöpfte ihn völlig. Er nahm die Königin vom Stapel und legte sie vor Ramona hin.

»Bin ich das?« wollte sie wissen.

Rupinello nickte ernst. Dann, nachdem er die Karten ein weiteres Mal gemischt hatte, legte er sie vorschriftsmäßig auf den Tisch.

Die erste Karte war das Urteil: Das Urteil wartete auf Ramona. Die nächste Karte würde offenbaren, wie dieses Urteil aussehen würde.

Er drehte die Karte um: Die neun Schwerter. Sie standen für Schmerz und Not. Rupinello erschauderte.

»Sieht es schlecht aus?«

»Nein«, log er sie an, »nicht schlecht. Die Karten wollen mir nur heute nichts sagen. Lassen Sie mich stattdessen Ihre Hand sehen.«

Ramona streckte ihm die Handfläche hin. Sofern überhaupt möglich, sah es da noch schlimmer aus als in den Karten. Qualen, Elend, Wahnsinn, Verzweiflung und Tod. Alles war da, sonnenklar. Rupinello rieb sich die Augen. Er war noch schlaftrunken, das war schuld.

»Sieht es nicht gut aus?« fragte Ramona schließlich.

»Oh ja, doch. Es sieht durchaus gut aus«, log Rupinello wieder. Wie hätte er ihr die Wahrheit gestehen können?

»Und was steht in meiner Hand? Ist heute ein guter Tag für mich? Habe ich Erfolg an der Oper? Werde ich Primadonna?«

»Ohne Zweifel.«

»Dann muß ich mich auf den Weg machen«, sagte Ramona und stand auf. »Ich darf keine Zeit mehr verlieren. Ich muß sofort zur Oper San Carlo. Du bist ein guter Weissager. Du sagst das Richtige. Nicht wie die anderen. Die sagen immer nur Schlechtes und nichts Gutes voraus. Du sprichst wirklich die Wahrheit, das weiß ich.«

Sie gab ihm für seine Bemühungen ein Küßchen. Es war so klein, daß es fast ein Nichts war, aber ihm bedeutete es dennoch etwas. Als sie schwungvoll sein Zimmer verließ, hatte sie wieder Mut gefaßt.

Kaum war sie weg, sackte Rupinello in sich zusammen. Warum war er nur so klein und bucklig? Mit Sicherheit würde sie ihn lieben, wenn er nur anders aussähe.

Er hatte seine Gabe mißbraucht und gelogen. Ihm war elend. Aber er hatte die Wahrheit einfach nicht über die Lippen gebracht. Seine Finger wanderten zu der Karte auf dem Stapel, die er nicht umgedreht hatte. Der Tor. War er der Tor?

Erschöpft kroch Rupinello wieder in sein kleines Bett. Der heutige Tag hatte nicht gut begonnen. Er würde bis morgen warten, bevor er wieder hinaus in die grausame Welt ging.

Ramona singt vor

Ramona war fest entschlossen, die Gunst der Stunde zu nutzen. Vor Energie berstend verließ sie die Wohnung. Bei ihrem Anblick kreischte Nonna Pino: »Teufelin. Leichenschänderin. Braut Luzifers!« und schwenkte dabei ein riesiges Ungetüm von Kruzifix.

Ramona ignorierte die Irre und konzentrierte sich auf den nächsten Schritt. Da sie unmöglich in Lumpen vorsingen konnte, würde sie sich ein elegantes Kleid in Tebaldis Altkleiderladen in der Via Acquaviva ausleihen, an dem sie auf ihrem Rundgang vorbeigekommen war.

Policarpo Tebaldi war gerade dabei, seinen Rolladen hochzuziehen, als Ramona ankam, einige Zechbrüder und Bestatter im Schlepp. Es dauerte nicht lange, da hatte Policarpo Tebaldi ihren Duft eingeatmet und ihre Verfolger wie die Fliegen verscheucht. Er führte Ramona in den Laden und schloß die Tür. Ramona sagte ihm, was sie brauchte, aber ohne ihm den eigentlichen Grund dafür zu offenbaren. Policarpo Tebaldi zeigte ihr seinen Vorrat. Der war nicht groß, aber Ramona hatte bereits gelernt, gewisse Kompromisse zu schließen, und außerdem war sie der Meinung, daß fast jedes Kleid besser sei, als das, was sie anhatte.

Durch einen glücklichen Zufall war Brunella Tosti, die über Tebaldis Laden wohnende Hure, in Not geraten und hatte zur Tilgung ihrer Schulden einen Teil ihrer Garderobe versetzt. So fand Ramona ein königsblaues Gewand aus billigem, kratzendem Satin mit einer passenden Federboa und einem verbeulten Zylinder in einem heftig kontrastierenden Grünton. Sie war entzückt. So etwas Schönes hatte sie ihr Lebtag nicht getragen. Sie ging mit dem Kleid zur Umkleidekabine am Ende des Ladens, die Policarpo Tebaldi so geschickt mit Spiegeln bestückt hatte, daß er seine Kunden beim Anprobieren genau beobachten konnte.

Mit viel Mühe gelang es ihr, sich in das Kleid zu zwängen. Sie und Brunella Tosti trugen völlig unterschiedliche Größen und waren unterschiedlich gebaut, soviel stand fest. Brunella war wohl einen guten Kopf größer, aber dafür nur halb so üppig wie Ramona. Doch diese quetschte sich in das Kleid und zog solange daran herum, bis genügend Nähte geplatzt waren, daß sie hineinpaßte. Das Ergebnis kam ihr wie Zauberei vor. Das elegante Gewand hatte sie völlig verwandelt. So hatte sie noch nie ausgesehen. Ramona fühlte sich wie eine Königin, obwohl sie wie eine Hure daherkam. Um das Ensemble zu vervollständigen, stülpte sie sich den Hut auf. Dann rauschte sie aus der Umkleidekabine, um Policarpos Beifall entgegenzunehmen, der auch nicht lange auf sich warten ließ. Ehrlich gesagt hatte sich vor seinem Mund Schaum gebildet. Das ganze schmuddelige Lädchen war in Ramonas goldenen Duft getaucht. Die elenden alten Lumpen schienen wie neu, und sogar der Dreck hatte seinen eigenen Reiz bekommen, sah er doch plötzlich wie ein Häuflein Feenstaub aus. Selbst die Ratten wirkten freundlicher.

Und so machte sich Ramona auf den Weg, um bei der Oper ihr Glück zu machen. Ihre eigene Kleidung und zwei *carlini,* die sie aus Rinaldos geheimer Reserve stibitzt hatte, ließ sie bei Policarpo Tebaldi zurück. Dieser verlor keine Minute und zog sich Ramonas Kleider über. Eingehüllt in ihren Duft, konnte er sich einbilden, in ihrer Haut zu stecken.

Wieder im Freien schob Ramona ihre Brille zurecht und überlegte, welchen Weg sie nehmen sollte.

»Fünf Grän«, lautete das Angebot eines vorbeigehenden Briefträgers.

»Sechs«, überbot ihn ein Verkäufer von Schlachtabfällen mit zwei Tabletts voll Gedärm auf dem Kopf.

Ramona sah beide verständnislos an. Wovon redeten sie? Ehrlich, in dieser Stadt gab es wirklich merkwürdige Leute.

Sie schritt in die Richtung, in der sie die große Oper von San Carlo vermutete. Unglücklicherweise war es jedoch genau die entgegengesetzte Richtung, sie führte zum Gefängnis. Im Nu versammelte sich wieder eine Schar Männer um sie: Kesselflicker, Scherenschleifer und Halsabschneider. Ramona warf den Kopf zurück und machte so große Schritte, wie sie nur konnte. Wenn sie sich beeilte, würde sie noch in der heutigen Vorstellung ihr Debüt geben. Zwar würden vorher noch Kostümproben nötig sein, aber im umfangreichen Opernfundus gab es mit Sicherheit Kleider, die ihr gerecht wurden. Sie wäre nicht bereit, alles und jedes zu tragen. Keineswegs. Sie würde sich wie eine echte Diva gebärden und, wenn nötig, schwierig sein.

Die Männerschar, durch Glühwürmchenverkäufer, Transvestiten und Berufstrauernde aus den dreihundert Bestattungsinstituten der Stadt erweitert, hetzten hinter ihr her und blökten:

»Wieviel verlangst du?«

»Ich zahle jede Summe.«

»Sieben Grän.«

»Acht.«

»Neun.«

»Nimmst du als Bezahlung auch einen frischen Seebarsch an?«

»Ich gebe dir einen Schafskopf.«

»Soviel Limonade, wie du trinken kannst.«

Ramona ignorierte alle und jeden. Die vulgären Männer lösten Übelkeit bei ihr aus. Beim Anblick der hoch in den Himmel ragenden eisernen Einfriedung des Gefängnisses erkannte sie, daß sie die falsche Richtung eingeschlagen hatte, und machte abrupt kehrt. Das stürzte ihre Verfolger in Verwirrung. Sie schoben und zogen in alle Richtungen, blieben aber wie durch Gummi miteinander verbunden. Einen Augenblick lang verloren sie Ramona aus den Augen, bis plötzlich ein ungewöhnlich großer Eierverkäufer ihre leuchtend blaue Schleppe um die Ecke der Via Giovanni Porzio verschwinden sah. Ein Wettrennen setzte ein. Wer würde sie zuerst einholen?

Ramona wurde immer schneller, so sehr zog es sie zu ihrem Ziel. Rennend überquerte sie die Piazza Garibaldi und stürmte den Corso Umberto entlang. Sie war überrascht, wie weit es bis zur Oper war, aber sie war so wild entschlossen, daß ihr Flügel an den Füßen wuchsen. Endlich kam die ganze Schar bei der Oper an. Ramona schüttelte den Staub aus ihren Röcken und richtete ihren Hut. Dann stieg sie die Freitreppe zum Portal empor.

Der Pförtner kam Ramona entgegen, und nachdem er einen langsamen Atemzug durch seine prachtvolle Nase genommen hatte, wußte er, daß sein Leben bis zu dieser Sekunde nichts weiter als eine tragische Täuschung gewesen war. Er atmete Ramonas Duft ein und begriff das ganze Universum. An jenem Abend ging er nach Hause und schlug seine Frau mit einem Kerzenleuchter tot. Sonst hätte er sein Leben nicht mehr ausgehalten.

Schweigend die Hand hebend, bremste er den Schwarm von Schuhputzern, der hinter Ramona brandete. Sie verstanden das Zeichen und hielten inne. Einige *carabinieri* näherten sich, als sie den Auflauf auf der Freitreppe der Oper bemerkten. Mit den Schlagstöcken in der Hand versuchten sie, die Ansammlung von Straßenräubern und Gaunern zu zerstreuen und die Ordnung wiederherzustellen. Etliche Verhaftungen wurden vorgenommen, als die erwachsenen Männer sich an das Geländer klammerten und schluchzend darum baten, für den Rest ihres Lebens dort bleiben zu dürfen.

Im Inneren des Gebäudes erläuterte Ramona dem Pförtner, daß sie vorsingen wolle. Nach einer Verbeugung führte er sie durch die Korridore, die so dick mit Teppich ausgelegt waren, das sie sich wie das Gras im Garten der Signora anfühlten. Wenn die Signora sie jetzt nur sehen könnte! Wie neidisch sie wäre! Die Wände waren mit den Porträts berühmter Sänger und Sängerinnen behängt: Die Melba, die Patti und die Anselmi sowie der große Caruso persönlich. Bald würde Ramonas Bild dazugehören.

Nach einer Weile erreichten sie die Bürosuite von Giambattista Po, dem Künstlerischen Direktor der Oper. Was für ein Anblick bot sich diesem! Zuerst dachte er an einen Scherz. Doch dann sog er die Luft ein. Er stand auf, doch der Duft stieß ihn mit aller Macht zurück, so daß er wieder auf seinem Stuhl landete. Wenn nötig, hätte er sich auf den Teppich fallen lassen und wie ein Welpe auf den Rücken gelegt und mit dem Schwänzchen gewackelt.

Doch es war nicht nötig, denn Ramona war willens, das Nötige zu tun – für ihre Pläne tat sie alles.

»Was kann ich für Sie tun, *signorina?*« fragte er, ihre Hand ergreifend. Hinter seinem Schreibtisch hatte er groß gewirkt, doch als er hinter ihm hervorkam, zeigte sich, daß er nicht größer als ein Knabe war.

»Ich bin Ramona Drottoveo«, sagte sie affektiert. »Ich bin gekommen, um zu singen.«

»Ich verstehe«, erwiderte Signor Po, der seine Chance witterte. »Und darf ich fragen, Signorina Drottoveo, wo Sie ausgebildet wurden? An der Scala vielleicht, oder ...?« Er ließ die Frage im Raum stehen, während er Ramona im Geiste auszog, den billigen Tand entfernte und sich die feisten bläulichen Backen ihres Hinterns und ihre strammen Beine vorstellte.

»Ausgebildet?« fragte Ramona verwirrt.

»Mit Sicherheit wurde Ihre Stimme an einem der großen Konservatorien ausgebildet, *Signorina*? Oder vielleicht haben Sie Ihre Ausbildung im Ausland erhalten?«

Ramona wurde heiß und unbehaglich zu Mute. Sie hatte nicht damit gerechnet, daß man ihr eine Menge Fragen stellen würde. Sie blickte auf den Teppich und überlegte, ob sie weinen sollte.

»Ihre Stimme ist also noch unausgebildet, *Signorina*?«

Nickend blickte Ramona auf.

»Nun, umso besser. Eine Stimme in ihrem natürlichen Zustand. Eine wilde Blume ist so viel süßer als eine im Gewächshaus gezüchtete, wenn Sie mir den Vergleich gestatten. Wenn Sie Talent haben – und wie ich Sie so vor mir sehe, Ramona Drottoveo, ist mir mehr als klar, daß sie das haben – ist die Kleinigkeit einer fehlenden Ausbildung ... nun, es macht nichts. Macht überhaupt nichts.«

»Ich möchte singen«, erklärte sie im Gefühl, die erste Hürde genommen zu haben.

»Natürlich wollen Sie das«, sagte er mit einem Kopfnicken, als sei es das Natürlichste auf der Welt. »Und Sie sind hier genau richtig, denn ich bin der Mann, der Ihnen helfen kann.«

»Ja?« fragte sie freudig.

»Ja«, erwiderte er und schloß gleichzeitig seine Bürotür ab und steckte den Schlüssel ein.

»Warum schließen Sie ab, Signor?«

»Weil ich Sie bitten möchte, mir eine kleine Vorstellung zu geben, mir eine Kostprobe ihrer Kunst zu gewähren, damit ich Ihnen weiterhelfen kann. Und wir wollen dabei doch nicht gestört werden, oder? Nicht während Sie mir ihr wundervolles Talent zeigen.«

Bei diesen Worten näherte sich Signor Po Ramona und ohne Zögern oder Einleitung versenkte er seinen Kopf in ihrem Busen, um ihre Haut besser riechen zu können. Welch süßes Ersticken! Er ertrank in ihrer Essenz; schwamm darin; verschlang sie. Er stöhnte und klagte aus tiefster Lust. Er merkte noch nicht einmal, wie der billige Satin ihm die Haut zerkratzte. Am nächsten Tag sollte er einen entstellenden Ausschlag bekommen, der ihn mehrere Wochen lang plagen würde. Dann, ohne aus dem saftigen Teich aufzutauchen, leistete er ein wenig phantasievolle Beinarbeit – nicht umsonst hatte er seine Laufbahn als Tänzer begonnen – und bugsierte Ramona quer durch den Raum, so daß sie sich plötzlich, ohne sich der zurückgelegten Strecke überhaupt bewußt geworden zu sein, ausgestreckt auf seinem Sofa wiederfand.

»Werde ich heute in der Abendvorstellung auftreten können, Signor?« fragte sie, als er, den Kopf noch immer zwischen ihren Brüsten vergraben, die Beine grätschte.

»Wir wollen die Dinge doch nicht überstürzen, Signorina«, kam die gedämpfte Antwort. »Lassen wir uns doch Zeit. Ich muß genau wissen, wo ihr Talent liegt, damit ich weiß, welche Rolle ich Ihnen geben kann. Entspannen Sie sich, Signorina, die Einzelheiten besprechen wir später.«

So gestattete Ramona dem Künstlerischen Direktor, ihre Talente gründlich zu erkunden. Er tauchte völlig in den Brunnen des betörenden Aromas ein, und endlich mischte er, vor Entzücken weinend, den mageren Spritzer seiner eigenen kleinen Quelle darunter.

Währenddessen lag Ramona auf dem Rücken und tröstete sich mit dem Gedanken, wie bald sie, Ramona Drottoveo, die Diva des Hauses sein würde. Sie würde zum Stadtgespräch von Neapel werden. Sicher würde es dann Einladungen zu den ganzen wunderbaren Festen, Zirkusveranstaltungen und Bällen regnen, die überall in der Stadt stattfanden.

Als Signor Po die exaltierten Höhen der Lust überschritten hatte, zu denen Ramona ihn geführt hatte, verfiel er in eine todesähnliche Ohnmacht, aus der es kein Erwachen gab. Ramonas Schütteln und Ohrfeigen blieben ohne Erfolg. Schließlich, nachdem alle herkömmlichen Methoden versagt hatten, blieb ihr nichts anderes übrig, als ihn großzügig mit dem kalten Wasser einer Blumenvase zu bedenken.

Prustend kam Signor Po ins Leben zurück, eindeutig pikiert ob der Methode, derer sich Ramona zu seiner Wiedererweckung bedient hatte. Sein Anzug war nämlich ruiniert. Sein Gesicht wurde purpurrot, und seine Nase pochte. Alarmiert, weil mittlerweile soviel Zeit verstrichen war, beeilte er sich, Ramona loszuwerden. Er wußte, daß seine Feinde seine Abwesenheit längst bemerkt haben mußten. Die Vipern Fanzago und Bottiglieri lauerten schließlich geradezu auf einen letzten Fehler seinerseits, um die Intendanz zu überzeugen, daß er den Laufpaß verdient habe. Doch kampflos würde er sich nicht geschlagen geben, das stand fest.

»Ich danke Ihnen verbindlichst, Signorina Drottoveo«, sagte er brüsk, während er Chrysanthemen von seiner Weste ablas und die Bürotür aufschloß. Als das merkwürdige Paar auftauchte – von Signor Po tropften grünes Wasser, Farn und zwergwüchsige Liebesblumen – polierte der Hausmeister Panfilo gerade hingebungsvoll den Türknopf.

»Du da, beseitige mal die Schweinerei«, bellte der Künstlerische Direktor Panfilo an, wobei er über seinen Anzug wischte, um die letzten Blütenblätter zu entfernen.

»Aber Signor, Sie haben mich ja noch gar nicht vorsingen lassen«, protestierte Ramona, während sie zum Eingang geschoben wurde.

»Das war nicht nötig, Signorina. Was ich wissen mußte, weiß ich nun. Ich muß Ihnen gestehen, daß zur Zeit alle Sängerposten besetzt sind. Leider ist das der Fall, und ich kann keine freie Stelle aus dem Ärmel schütteln. Nein, noch nicht einmal für ein so charmantes, begabtes Mädchen wie Sie. Aber sobald eine Stelle frei wird, hole ich Sie in meiner Kutsche ab, und Sie werden die Diva sein. Vielen Dank, daß Sie vorbeigekommen sind. Einen guten Tag wünsche ich Ihnen.«

Mit diesen Worten küßte er Ramona die Hand und war verschwunden, bevor sie ein weiteres Wort hervorbringen konnte.

Mit Sicherheit war es bei ihrem Vorsingen nicht mit rechten Dingen zugegangen. Sie wußte, daß sie hätte singen müssen. Trotz ihrer leichten Enttäuschung glaubte sie dennoch alles, was Signor Po gesagt hatte. Solange es keine freie Stelle gab, konnte sie nicht auftreten. Doch schon sehr bald würde sie dort oben auf der Bühne als erste Sopranistin stehen. Im großen und ganzen und alles in allem war sie mit ihrem Tagewerk zufrieden und erwartete zuversichtlich, am nächsten Tag ins Theater geholt zu werden. Bis dahin würde mit Sicherheit eine Stelle freigeworden sein.

Die Oper

Am folgenden Tag wurde Ramona tatsächlich abgeholt. Sie stand gerade am Fenster und übte Una Voce Poco Fa und andere Arien, die sie bei den musikalischen Soireen der Signora gehört hatte. Es waren nicht besonders getreue Wiedergaben, aber Ramona versah sie mit dem ihr eigenen Charme. Die Passanten schauten nach oben, als sie die brüchige Stimme vernahmen, und schüttelten gepeinigt den Kopf. Einige lachten sogar laut.

Ramona drohte gerade einem besonders stimmgewaltigen Fischweib mit der Faust, weil dieses sich beschwerte, die Katzenmusik habe ihren Tintenfisch vergiftet, da bemerkte sie eine vornehme Kutsche, die aus der Richtung der Via Arenaccia in die Via Vecchia Poggioreale einbog. Sie wurde von vier Rappen mit blauen Federbüschen am Kopf gezogen. Der Kutscher trug ebenfalls eine blaue, mit Gold paspelierte Livree, und hinten standen zwei Lakaien mit hohem Helm in derselben Livree. Das Gefährt war auf Hochglanz poliert. Es war aus dunklem Holz, mit einem goldenen Wappen geschmückt, und das Geschirr und alles andere war genau nach Ramonas Geschmack. Ja, es war die Art Kutsche, die sie sich ausgesucht hätte, um während der *passeggiata* die Runde durch die Stadt zu machen.

Sie beobachtete, wie die Kutsche vorfuhr. In diesem Stadtteil standen feine Kutschen nicht gerade auf der Tagesordnung. Genaugenommen war es die erste, seit Ramona hier abgestiegen war.

Anstatt vorbeizufahren, hielt die Kutsche vor dem Haus. Ein Lakai stieg herab, öffnete den dem Haus zugewandten Schlag und klappte die Treppe auf. Und wer stieg aus? Kein anderer als Signor Po! Doch Ramona war nicht überrascht, sie hatte ihn schließlich erwartet.

Instinktiv richtete sie sich das Haar und sah zu, wie die Straßenjungen und ihre boshaften Nachbarinnen sich Almosen heischend um die Kutsche drängten und die Abdrücke ihrer schmierigen Finger auf dem glänzenden Holz hinterließen.

Mit behandschuhter Hand bedeutete ihnen Signor Po, sich gefälligst zu entfernen. Diejenigen, die Ramona am wenigsten mochte – und dazu gehörten auch die Castorelli – ließ er von seinem Kutscher auspeitschen. Nonna Pino wurde so unbarmherzig gezüchtigt, daß sie wie ein Häuflein Elend im Dreck lag. Bei diesem Anblick jubelte Ramona. In die Höhe blickend sah der Signor sie im Fenster, lüftete den Hut und verbeugte sich galant.

Die Castorelli, geschlagen, aber noch immer unterwürfig, wiesen ihm den Weg in ihre bescheidene Behausung und führten ihn das stinkende Treppenhaus hinauf zur Wohnung, wo sie, Ramona, zu seinem Empfang bereit war.

»Ich bin gekommen, um Sie abzuholen, Signorina Drottoveo«, sagte er schlicht und zog sie aus ihrer Wohnung in die wartende Kutsche. Die Huren, die Bordellbesitzer und die Wucherer sahen mit großen Augen zu, wie

Ramona in ein neues Leben des Geldes und des Luxus schritt, von dem sie allenfalls träumen konnten.

Signor Po wollte sich in der Kutsche über Ramona hermachen. Sie reagierte kokett, ließ sich aber nicht erweichen. Schließlich sei sie eine verheiratete Frau, und wenngleich ihr viel daran läge, alles ihrer Karriere Förderliche zu tun, wolle sie doch allein durch ihren Gesang berühmt werden. Bei diesen Worten standen Signor Po Tränen in den Augen, doch er bewunderte ihre Standfestigkeit und schickte ein leises Gebet zur Jungfrau Maria und bat sie um eine Braut, die es an Tugend mit Ramona aufnehmen würde.

Wie ein Pfeil flog die Kutsche durch die Straßen und hatte bald die Via San Carlo erreicht. Schon hatte sich eine Menschenmenge zusammengefunden, die die neue Diva feiern wollte, und Ramona winkte den Prinzen, Baronen und Herzögen zu, die sich auf der Freitreppe des *teatro* drängten. Dann wurde sie von einer ganzen Heerschar livrierter Türsteher ins Foyer geschoben. Wie viele Kronen und Krönchen gingen fast zu Bruch, nur weil ihre Träger Ramonas Aufmerksamkeit erregen wollten!

Die Geschwindigkeit, mit der sie in die beste Garderobe zur Anprobe gebracht wurde, machte sie ganz benommen. Siebzehn Garderobieren kleideten sie in Sekundenschnelle ein. Dann traten sie einen Schritt zurück, um Ramona zu bewundern. Alle brachen in Tränen aus, so schön war sie.

Ramona begutachtete sich in dem langen Spiegel am anderen Ende des Raumes. Er bestätigte, was sie schon immer gewußt hatte: Sie sah großartig aus. Es hatte nur der richtigen Kleidung bedurft, um ihre schwindelerregende Schönheit zu offenbaren, so wie man einen Edelstein polieren und mit einer kostbaren Fassung versehen muß, bevor er wahrhaft funkeln kann.

Signor Po durfte eintreten, und da er sowieso eine Neigung zu Ohnmachten hatte, verlor er prompt das Bewußtsein. Ramona sah sich gerade nach einer Blumenvase um, als ein Trupp Diener herbeieilte und den Ohnmächtigen durch üppige Mengen Riechsalz und Branntwein wiedererweckte. Der zweitbeste Anzug des Signor war noch einmal davongekommen.

»Signorina Drottoveo«, seufzte er, als er wieder bei Sinnen war, »nie im Leben habe ich einen schöneren Anblick genossen.«

Ramona warf ihm einen koketten Kuß zu, bevor die Garderobieren sie wieder umringten, ihr das Kostüm für den zweiten Akt und dann alle weiteren anzogen. Jedes war schöner als das vorhergehende. Wie ein Pfau stolzierte Ramona auf und ab.

Plötzlich war die Zeit für die Proben gekommen, und eine Flut von Theaterleuten schwemmte Ramona die Stufen hinauf zur Hinterbühne. Das Licht ging an, das Orchester begann mit der Ouvertüre, der Vorhang öffnete sich, und da stand sie, Ramona Drottoveo, mitten auf der Bühne von San Carlo. Alle spitzten die Ohren, um den ersten Ton zu hören. Ramona öffnete den Mund und genau im richtigen Augenblick erklang der reinste und schönste Ton, den je eine menschliche Stimme gebildet hatte. Ramona sang eine Arie nach der anderen, und mit wachsendem Selbstvertrauen schwebte ihre Stimme wie eine Taube zum Himmel empor, so daß selbst der taube Hausmeister Panfilo, der die Böden am hintersten Ende des Hauses wischte, Mop und Eimer stehen ließ und sich seinen Tränen hingab.

Auch wenn es nur eine Kostümprobe gewesen war, ergossen sich nun die Sträuße auf die Bühne, sobald der letzte unvergeßliche Ton aus Ramonas Kristallkehle erstorben war. Ramona machte einen tiefen Knicks, die Augen geschlossen. Tränenteiche hatten sich in den dichten Gummiringen um ihre Brille gebildet. Schauer zogen ihr über den Rücken. Endlich hatte sie es geschafft.

Signor Po, der sich den Weg über die mit Fresien, Rosen und Veilchen bestreute Bühne zu ihr bahnte, war zum zitternden Wrack geworden. Er fand keine Worte für seine Gefühle, er konnte nur unverständlich stammelnd in sein seidenes Taschentuch heulen. Der Traum, den jeder Künstlerische Direktor hegte, war wahr geworden, und er, Giambattista Po war es gewesen, der die große Entdekkung gemacht hatte. Ramona Drottoveo war ganz und gar sein Werk.

Bevor sie wußte wie, war die Zeit für die Abendvorstellung gekommen. Das Ereignis hatte sich in der ganzen Stadt herumgesprochen, und nicht ein einziger Sitz der dreitausend Plätze des Theaters blieb leer.

Ramona war fast fertig. Ein Team von Maskenbildnern hatte sich ihres silbernen Haares angenommen, es wie *gelato* zu einem exquisiten Berg aufgetürmt und mit einer Tiara gekrönt. Ihr geschminktes, mit weißem Puder überzogenes Gesicht wirkte ganz anders, als wenn es seinen normalen Rosaton hatte. Man hatte sie davon abhalten wollen, ihre Brille aufzusetzen, aber die hellen Lichter taten ihr in den Augen weh, und so erlaubte man ihr, sie zu tragen. Schließlich konnte man doch nicht den Unmut der Primadonna riskieren!

Ramona fühlte die bunten Schmetterlinge des Lampenfiebers in ihrem Magen mit den Flügeln flattern, als sie sich den Weg durch das Labyrinth hinter der Bühne bahnte. Ihr großer Augenblick war gekommen. Man führte sie zu ihrer Ausgangsposition und ließ sie dann dort allein auf der Bühne stehen, die so groß wie eine Piazza war. So verlassen hatte sie sich noch nie in ihrem Leben gefühlt. Sie glättete die Falten ihres Gewandes, stand aufrecht, den Bauch eingezogen, holte tief Luft und war bereit. Da gingen die Lichter an und blendeten sie. Sie hatte doch ihre Brille nicht vergessen?

»Ramona«, sagte eine Stimme, die ihr bekannt vorkam. Nur, was machte diese Stimme hier, hinter der Bühne in der Oper? Es war nämlich Rinaldos Stimme.

»Ramona, hilf mir! Ich hatte einen grauenvollen Alptraum. Der Imker war hier, hier im Zimmer. Er hat uns beobachtet.« Beim Schein des Lichts, das Rinaldo angemacht hatte, sah er aschfahl aus. Seine Augen waren vor Angst kreisrund, und er japste nach Luft.

Ramona bemühte sich zu verstehen, was geschehen war. Wie war sie plötzlich aus der Glitzerwelt der Oper in die kalte, deprimierende Mietwohnung in der Via Vecchia Poggioreale gekommen? Wo waren ihre schönen Kleider? Sie warf einen Blick an sich hinunter und sah, daß sie wie Aschenputtel wieder ihre Lumpen trug. Wo war ihre Hochfrisur? Sie tastete nach ihrer Tiara. Verschwunden! Wo war das Orchester? Die Menschenmassen? Ihre begeisterten Verehrer? Die Blumen? Der Champagner? Die Schmetterlinge?

Alles war weg. Und sie war von einem Augenblick zum anderen wieder in ihrem entsetzlichen Leben gelandet. Wie sie weinte, als sie entdeckte, daß alles nur ein Traum gewesen war. Sie kratzte Rinaldo, sie biß ihn sogar. Es war alles allein seine Schuld. Wenn er sie nicht geweckt hätte, würde sie jetzt singen. Der eigentliche Augenblick von Ruhm und Ehre war ihr versagt geblieben. Es war alles nur ein Traum gewesen. Ein wunderschöner Traum.

Rinaldos Besessenheit

Wäre Ramona ein klein wenig klüger gewesen, wäre ihr klar geworden, daß man sie hinters Licht geführt hatte. Daß Signor Po nur sein Spielchen mit ihr getrieben hatte; sich einen Nachmittag lang zwischen zwei Terminen die Zeit mit ihr vertrieben hatte. Daß er sie nie nach San Carlo holen würde.

Es war jedoch typisch für Ramona, daß sie sich statt dessen selbst einredete, recht zu haben. Folglich wuchs ihr Vertrauen in Signor Po sogar noch, und sie erlaubte sich keinen einzigen schlechten Gedanken über ihn. Sie war ihm so gewogen, daß sein Stecken in ihrer Erinnerung zu einer Größe anwuchs, auf die jeder Mann hätte stolz sein können.

Rinaldo hatte noch immer keine Anstellung gefunden. Er gab jedoch nicht auf und verbrachte seine Tage damit, die Straßen abzuklappern. Doch sein Optimismus war gebrochen. Ihr ganzes Geld war verbraucht. Ramona hatte angefangen, sich zur Deckung ihrer Ausgaben Geld von Rupinello zu leihen, was Rinaldo schrecklich fand. Er hatte in seinem ganzen Leben noch keine Schulden gemacht.

Ramona überschüttete ihn mit Vorwürfen, weil er ihr nicht wie versprochen den Flitterkram, den sie sich wünschte, kaufen konnte. Rinaldo verfiel in Schwermut.

Nachts suchten ihn Alpträume heim. Abend für Abend rief er die Fürbitte der Sieben Schläfer von Ephesus an, aber sobald er die Augen schloß, suchten ihn der rastlose Bienenzüchter und die summenden Bienen mit Ramonas Gesicht heim. Die Last seiner Schuld wuchs in ihm wie ein Krebsgeschwür. Dann kam der Tag, als er spürte, daß er vom Geist des Toten besessen war.

Eines Abends ging er in die Chiesa di Santa Maria del Fede in der Nachbarschaft ihrer Wohnung. Er wußte nicht recht, warum. Fromm war er nie gewesen. Seit Jahren hatte er keine Kirche betreten, wenn man von seiner Eheschließung absah. Doch nun kniete er pötzlich im Beichtstuhl und schüttete Padre Buonconte sein Herz aus.

»Du hast eine schwere Sünde auf dich geladen, mein Sohn«, sagte der Padre, nachdem Rinaldo seine Geschichte beendet hatte.

»Eine schwere Sünde. Kein Wunder, daß der Geist des Imkers sich nicht zur Ruhe legen will, sondern dir rachsüchtig folgt. Du hast ihm die Frau gestohlen. Er findet dich am Tag nach seiner Hochzeit mit ihr in seinem Bett! Man findet ihn tot auf; er hat sich aus Verzweiflung das Leben genommen. Eine schreckliche Sünde. Er ist nicht in den Genuß der Letzten Ölung gekommen. Er starb, ohne seine Sünden bereut zu haben. Dann verschwindet der Leichnam und wird nicht begraben. Oh, was für Seelenqualen! Mich überrascht es nicht, daß er dich heimsucht, denn in seinen Augen warst du es, der ihn in den Tod geschickt hat.«

»Ich weiß es, Vater«, schluchzte Rinaldo, die Hände

vors Gesicht geschlagen. »Ich trage die Schuld, und ich verabscheue mich für das, was ich getan habe.«

»Aber wie steht es mit der jungen Frau?« fragte der Priester. »Bereut sie, was sie getan hat?«

»Meine Frau ist unschuldig. Sie ist ein Kind, Padre. Sie hat nicht gesündigt. Der Sünder bin ich, ich allein bin schuldig. Und ich muß den Preis bezahlen.«

»Auch sie ist des Ehebruchs schuldig, mein Sohn. Auch sie hat Anteil an dieser schrecklichen Geschichte. Ihre Sünde kannst du nicht auf dich nehmen. Freisprechen von der Sünde kann uns nur der Herr unser Gott. Du mußt sie zur Beichte bringen, denn wenn sie nicht bereut, kann sie nicht gerettet werden.«

»Ich werde versuchen, sie herzubringen«, versprach Rinaldo ohne Überzeugung, denn er kannte Ramonas Meinung über Geistliche nur zu gut. »Aber wie ist das mit dem Geist, Padre?«, fuhr er fort, denn ihn schauderte vor Angst bei dem Gedanken an die kommende Nacht.

»Ich komme morgen zu euch und werde eine Austreibung vornehmen. Vielleicht gelingt es uns, der gequälten Seele Ruhe zu verschaffen. Nun geh in Frieden und erwarte mich morgen. Ich werde meinen Körper und meine Seele durch Fasten vorbereiten.«

Rinaldo verließ die Kirche. Wenn es dem Priester gelänge, ihn vom Geist des Bienenzüchters zu befreien, sollten sie das als Warnung betrachten und Neapel verlassen. Vielleicht sollten sie zurück auf das Gut gehen. Vielleicht würde der Verwalter einlenken, wenn er von ihrem Pech in der Stadt hörte, und sie wieder aufnehmen. Es war einen Versuch wert.

Von einer Rückkehr auf das Gut wollte Ramona jedoch nichts wissen. Sobald Rinaldo davon anfing, steckte sie sich die Finger in die Ohren. Ihr Stolz gestattete es ihr nicht zuzugeben, daß ihr Aufenthalt in der Stadt ein einziges Fiasko gewesen war. Außerdem empfand sie ihre Situation gar nicht als verzweifelt. Jeden Tag konnte sie in die Oper gerufen werden, und dann würde Rinaldo seine Worte zurücknehmen müssen. Sie würde doch nicht zulassen, daß die Frauen auf dem Gut mit dem Finger auf sie zeigten und sie auslachten. Lieber würde sie sterben. Außerdem gefiel es ihr in der Stadt, sie liebte die Stadt. Wie konnte Rinaldo behaupten, er liebe sie und sie von dem Ort wegbringen wollen, wo sie am glücklichsten war? Wenn er sie von hier wegführte, würde er sie töten, davon war sie überzeugt.

»Ramona, ich liebe dich mehr als das Leben«, schwor Rinaldo, verletzt von ihrem Vorwurf, daß er sie nicht liebe.

»Dann mach mich glücklich«, sagte sie einfach.

Rinaldo blieb nichts anderes übrig, als ihren Wünschen nachzukommen, und gegen sein besseres Wissen stimmte er zu, weiterhin in der Stadt zu bleiben. Dann erzählte er ihr von seiner Abmachung mit Padre Buonconte.

»Ich will hier keinen Priester sehen«, erklärte sie bestimmt.

»Aber er ist ein guter Mensch, er wird uns helfen.«

»Wir müssen uns selbst helfen, Rinaldo. Priester nützen uns nichts.«

»Aber Ramona, wie sollen wir denn den Geist loswerden, der uns heimsucht?«

»Welchen Geist? Ich sehe keinen Geist. Du siehst ihn, Rinaldo. Ich glaube, du wirst verrückt. Guendalina Fumagalli, die Wäscherin, ist auch verrückt geworden. Das war, kurz bevor du nach La Casa gekommen bist. Sie hat das ganze frische Leinen im Vorratsschrank durchgekaut. Du hättest die Signora erleben sollen! Man hat Guendalina zum *manicomio* in Carinola gebracht. Dort hat man ihr das Haar abgeschnitten, und irgendwann hat sie ihre Zunge verschluckt und ist gestorben. Ich bin mir nicht sicher, Rinaldo, aber ich glaube, wenn du verrückt wirst, wirklich verrückt, Rinaldo, dann liebe ich dich nicht mehr.«

»Oh Ramona, wie kannst du nur sagen, daß du mich nicht mehr liebst? Ich werde nicht verrückt. Ich will die Dinge nur zum Guten wenden, will uns wieder glücklich machen. Hier stimmt etwas nicht. Etwas ist ganz und gar nicht in Ordnung.«

»Alles ist in bester Ordnung. Du spinnst. Laß uns davon aufhören, ja? Ich kriege Kopfschmerzen, und mit Kopfschmerzen kann ich morgen nicht singen.«

»Ich glaube, daß du diejenige bist, die hier spinnt«, entgegnete Rinaldo in einem seltenen Anfall von Ärger. Mit funkelnden Augen forderte sie ihn auf, weiterzureden. Er war zu weit gegangen, um einen Rückzieher zu machen. Da ließ er es heraus.

»Dich wird man nie in der Oper singen lassen.«

Ramona wandte ihm den Rücken zu und sprach tagelang kein Wort mehr mit ihm. Der Stachel in ihrem Herzen sollte nie wieder verschwinden.

Die Austreibung

Am folgenden Abend kam der Priester. Er hatte vorschriftsmäßig eine violette Stola umgelegt und wollte sich gegen Ramonas Protest daran machen, den Geist zu beschwören.

Doch kaum hatte der Priester die Wohnung betreten, drang ihm Ramonas Duft in die Nase, und die Furcht vor der Versuchung durch den Teufel ergriff ihn. Lautlos betend flehte er die Heilige Jungfrau an, ihn zu retten, doch selbst sie konnte seinen Körper nicht davor bewahren, auf die einzige ihm zur Verfügung stehende Weise zu reagieren. Noch heute Abend, gelobte er daraufhin, wolle er für seine Schwäche sühnen und sich vierzig Tage lang mit Weidenruten geißeln und mit Eiswasser übergießen.

Ramona stand mißmutig dabei, als Padre Buonconte mit pochenden Lenden und schweißbedeckter Stirn sein Trickkistchen auspackte. Er spürte die Gegenwart des Teufels, seine höhnische Verlockung. Mit zitternden Fingern packte er seine Glöckchen, Kerzen, das Kruzifix und ein Weihwassergefäß aus. Er hatte sogar Heiligenreliquien mitgebracht. Mit Grandezza holte er den Finger der für

Geisterbeschwörungen zuständigen Santa Maria Margherita hervor. Der Finger war so schwarz und verschrumpelt, daß Ramona vor ihm zurückschreckte. Zu guter Letzt packte er Weihrauchgefäße und eine Bibel aus. Doch der Duft stieg ihm immer mehr zu Kopf, und vergeblich wehrte er sich gegen die unreinen Gedanken, die er auslöste.

»Und bewahre mich vor der Versuchung, oh Herr«, flüsterte er immer wieder unhörbar, während er den Weihrauch entzündete und das Räuchergefäß in jedem Winkel der Wohnung kräftig schwenkte, um Ramonas Fleischgeruch zu übertönen.

Doch bei einem solchen Gegner hatte der Weihrauch keine Chance. Ramonas Duft reagierte prompt auf die Herausforderung und vermehrte sich um ein Hundertfaches. Er breitete sich im ganzen Stadtviertel von Villaria aus und führte zu einem beispiellosen Auflauf von Männern, die in ehrfürchtiger Stille vor der Wohnung ausharrten.

Drinnen sprenkelte Padre Buonconte freigiebig mit seinem Weihwasser herum. Er war deutlich nicht mehr in der Lage, sich auf seine Aufgabe zu konzentrieren, und schon bald triefte der ganze Fußboden. Immer wieder ermahnte er sich, daran zu denken, warum er hier war. Lautlos murmelte er die Litanei und forderte den ruhelosen Geist des Imkers auf, sich zu entfernen, aber er schaffte es nicht, seinen Worten den nötigen Nachdruck zu verleihen. Er wußte, daß auch er diese Wohnung zu seinem Aufenthaltsort erwählen würde, wenn er als ruheloser Geist auf der Erde wandelte, da der hier herrschende Duft der Himmel auf Erden war.

Noch immer mit sich selbst kämpfend griff der Padre in einer geradezu heroischen Anstrengung nach dem großen

Holzkruzifix. Es in Armeslänge über seinem Kopf haltend, faßte er all seinen Mut zusammen.

»Imker«, sprach er mit lauter Stimme. »Imker, wir flehen die Heiligen um Fürbitte an. Wir beten darum, daß dein ruheloser Geist durch das Fegefeuer gehen und schließlich seinen Frieden im Herrn finden möge. Diese Wohnung ist nicht der dir bestimmte Ort. Ich rufe dich an im Namen der heiligen Mutter Maria. Begib dich dorthin, wo deine Seele von der Sünde gereinigt wird, um von dort für immer in das Reich der Gnade einzukehren. Begib dich hinweg im Namen unserer Lieben Frau!«

Rinaldo bekreuzte sich eifrig. Ramona verschränkte standhaft die Arme über der Brust und brach ihr Schweigen noch immer nicht.

Bei dem Priester, der, wie eingeräumt werden muß, kein junger Mann mehr war, begann sich die Anstrengung bemerkbar zu machen. Er strauchelte unter dem Gewicht des schweren Kruzifixes. Der Duft hatte ihn trunken gemacht. Seine Standhaftigkeit war verflogen. Schluchzend fiel er auf dem nassen Boden auf die Knie. Auch Rinaldo kniete sich hin, denn er hielt das Ganze für einen Teil des Rituals. Ramona jedoch sah die Wölbung unter dem Gewand des Priesters und lachte höhnisch auf. Sie waren doch alle gleich, diese Diener Gottes.

Die Männer draußen wurden unruhig. Die Castorelli nutzten die Gunst der Stunde sowie die kalte Nacht und verkauften Becher mit heißer Suppe und verdünnten Wein, den sie von einem Tisch vor dem Haus ausschenkten. Nonna Pino profitierte vom quasi-religiösen Eifer der Menschenmenge und sammelte für die Instandhaltung ihres Heiligenaltars. Sie nahm mehr Geld ein, als San Gennaro in seiner alten Nische jemals brauchen würde. Ein stattliches Sümmchen davon zweigte sie für sich ab und barg es in dem Strumpf, den sie vor ihrem ewig herumschnüffelnden Schwiegersohn in ihrem Nachtstuhl versteckt hielt.

Nach einer Weile tauchte der Priester aus seiner Versenkung auf. Beim Öffnen der Augen sah der Gottesmann Ramonas Gestalt vor sich. Auffahrend schlug er hastig ein Kreuz, weil er sie in seiner Verwirrung für eine Inkarnation des Teufels hielt. Dann wandte er sich zu dem vom Geist besessenen Rinaldo, nahm den an eine schwarze Wildschweinwurst erinnernden Finger der Heiligen und besprengte mit dem wenigen noch verbliebenen Weihwasser alle Bereiche von Rinaldos Körper, wobei er psalmodierte:

»Möge die Heilige Jungfrau dich auf allen deinen Wegen geleiten. Bei Tag und Nacht, morgens und abends, zu jeder Zeit und an jedem Ort möge sie dich beschützen und vor dem Eifer böser Menschen bewahren. Vor den Angriffen böser Geister, aller Feinde, der sichtbaren sowie der unsichtbaren, vor den Anfechtungen des Teufels, vor den Verlockungen aller niedrigen Leidenschaften des Körpers und der Seele möge sie dich behüten, beschützen und erlösen. Amen.«

»Amen«, erwiderte Rinaldo.

Schließlich sammelte der im Glauben erschütterte Priester seine Utensilien zusammen und verließ das Haus. Draußen bestürmte ihn die Menschenmenge, die plötzlich zum Leben erwacht war. Der Bann war gebrochen.

»Was war denn da drinnen los, Padre?« wollten tausend Heizer, Schnittwarenhändler und Akrobaten wissen.

Wortlos, wie im Traum stolperte der Priester durch ihre Reihen.

Der Duft verebbte, und die Nasen der Einwohner des Viertels schrumpften wieder auf ihren vorherigen Umfang.

Rupinello fiel auf sein Bett, vom Aroma überschwemmt. Er konnte nicht länger denken. Er war zu einem stummen, verzweifelten Tier geworden, das blind und ohnmächtig auf der Weide blökte. Mit den Klauen wollte er sich die Brust zerfleischen und die Augen ausreißen, aber er wußte nicht wie. Hinter seiner Tür ließ er sich zu Boden fallen, um die Nase wie ein Rüde, der eine Hündin erschnuppert, an den Spalt über der Schwelle zu halten. Dort lag er schnüffelnd, bis der Duft sich verflüchtigt hatte und die Ekstase vorüber war. Schließlich übermannte der Schlaf seinen Spielzeugkörper, und als der Morgen ihn nach einer schweren, traumlosen Nacht weckte, tat ihm jedes Glied weh, und die Erinnerung an die Folter seiner Sinne quälte ihn.

Die Castorelli bauten den Tisch ab und trugen die Suppenterrine und die leeren Flaschen und Tassen ins Haus. In der Regel verfluchten sie ihre Mieter, doch heute verdankten sie Ramona einen unerwarteten warmen Regen. Die Aussicht auf weitere Verdienstmöglichkeiten hielt sie stundenlang wach.

Auch Nonna Pino konnte keine Ruhe finden. Sobald sie sich sicher war, daß ihr Schwiegersohn in seinem Bett lag, glitt sie geräuschlos aus ihrem eigenen und holte ihren Goldschatz aus dem Nachtstuhl. Sie liebkoste ihre Münzen im Dunklen, völlig ahnungslos, daß ihr Schwiegersohn ihren Hort längst entdeckt hatte und sich mit seiner Plünderung Zeit ließ.

Padre Buonconte war als veränderter Mensch durch die sich verlaufende Menschenmenge gehastet und in seine Kirche gestolpert, wo er sich in lautlosem Gespräch mit seinem Herrn vor dem Altar zu Boden warf. Sein alter Körper pochte vor Schmerz. Am folgenden Morgen fand ihn der Küster, steif und kalt, und obwohl er schon lange tot war, weinten seine Augen noch immer bittere Tränen.

Die Erscheinung wurde unter dem Namen Padre Buoncontes Wunder bekannt. Es dauerte nicht lange, und die Kirche wurde zur Wallfahrtstätte. Horden von Gläubigen strömten herbei, um die Tränen mit eigenen Augen zu sehen. Selbst nachdem die Leiche in der Krypta beerdigt worden war, flossen die Tränen noch immer und bildeten einen Tümpel auf dem Fußboden. Man sagte ihnen Heilkräfte nach, und die Pilger kamen sogar von Salerno und Avellino, um ihre offenen Beine und von Geschwüren befallenen Achselhöhlen in den *pozzo dolorosa* einzutauchen. Wie es sich für eine gute Krämerin gehörte, ließ Amalasunta keine Zeit verstreichen, sondern baute vor der Kirche einen Stand auf, wo sie Fläschchen mit falschen Tränen feilbot. Auf dem Höhepunkt des Kults wurde sie ihre Ware so rasch los, daß ihr Mann Mühe hatte, das trübe Wasser aus dem Brunnen zu schöpfen.

Ein Kind

Kurz nach der Geisterbeschwörung entdeckte Ramona, daß sie in anderen Umständen war. Das traf sie wie ein Schock, denn sie war schon lange in der Kunst der Empfängnisverhütung geübt. Doch ein Irrtum war ausgeschlossen, und ihre Schwangerschaft war sogar schon ziemlich weit gediehen.

Der Gedanke, daß sie ein Kind bekommen, dick werden und die schmerzhaften Wehen würde durchmachen müssen, stimmte sie alles andere als freudig. Sie wußte, daß ihre Opernträume damit endgültig besiegelt waren. Wenn Signor Po sie holen kam und aufgebläht wie einen Ballon antraf, würde er sie lassen, wo sie war, und keine Diva aus ihr machen.

Dann fiel ihr Rinaldo ein. Trotz des schrecklichen Preises, den der Priester gezahlt hatte, war es ihm nicht gelungen, Rinaldo vom Gespenst des Imkers zu befreien. Ganz im Gegenteil, die Austreibung war nach hinten losgegangen; Rinaldo dachte an nichts anderes mehr als an den Toten.

Vielleicht würde sich Rinaldo jedoch über die Nachricht freuen und sich gegen die Krankheit, die sein Gehirn tagtäglich weiter erweichte, zur Wehr setzen. Konnte die Geburt des Kindes ihnen das Glück zurückbringen, das sie gegenwärtig im Stich ließ? Konnte dadurch die Liebe, die sie einst für Rinaldo empfand, wiedererweckt werden? Konnten sie eine glückliche Familie werden? Eilig suchte sie Rupinello auf. Er sollte die Antworten auf ihre Fragen in seiner Kristallkugel lesen. Rupinello gab sich alle Mühe, sich das Entsetzen über das, was ihm das wolkige Glas verriet, nicht anmerken zu lassen, und versicherte einmal mehr, daß alles so eintreffen würde, wie Ramona es sich erhoffte.

An jenem Abend eröffnete sie Rinaldo behutsam die Neuigkeit. Es dauerte eine ganze Weile, bis er reagierte, denn er war wie gewöhnlich damit beschäftigt, eingebildete Bienen totzuschlagen.

»Es ist das Kind des Imkers«, sagte er mit wildem Blick.

Ramona verlor kein weiteres Wort. Sie wußte, daß zwischen ihr und Rinaldo alles aus war. Was war nur mit dem Mann geschehen, den sie einst geliebt und nach dem sie sich verzehrt hatte? Wohin war ihre Liebe verschwunden? Wie hatte sie vergehen können? Es war nichts weiter geblieben, als ein Schatten an der Wand, der in der Sonne verschwand und nichts als Erinnerungen und den Puls des Lebens hinterließ, das in ihrem Bauch anschwoll.

»Die Kristallkugel hatte Unrecht«, machte sie Rupinello später Vorwürfe. »Rinaldo ist das Kind völlig gleichgültig. In seinem Kopf ist nur noch Raum für den Imker.«

»Ich werde immer für dich dasein, Ramona«, murmelte der Bucklige mit Schaum vor den Lippen und vom flüssigen Licht der Liebe gefüllten Augen. »Für dich und das Kind.«

Ramona belohnte ihn mit einem Küßchen auf die Stirn.

Als sie sich über ihn beugte, löste sich eine Duftwolke aus ihrem warmen Busen und blieb wie Sirup an Rupinellos Körper festkleben.

Ramona wurde mit alarmierender Geschwindigkeit dicker und dicker. Ohne einen Gedanken an die Kosten zu verschwenden, gönnte sie sich jede Delikatesse, nach der es sie gelüstete. Manchmal erwachte sie mitten in der Nacht mit einem heftigen Verlangen nach Gnocchi in Sauce oder nach einem dampfenden Kaninchenragout. Sie brauchte nur an die Trennwand zu klopfen, ihre Bestellung aufzugeben und schon erhob sich Rupinello aus der stinkenden Wärme seines Bettchens und trottete in die kalte Nacht, um ihr zu besorgen, was ihr Herz, oder wie einige behaupteten, ihre Freßlust, begehrte.

Rinaldo teilte zwar noch das Bett mit Ramona, doch er schlief während dieser Krisen weiter. Er tauchte nur aus den Tiefen seiner Betäubung auf, um mit dem Imker zu sprechen, der seine Gedanken noch immer heimsuchte, auch wenn sie mittlerweile irgendwo unter den Überbleibseln seines Gehirns begraben waren.

Zwischenzeitlich irrte Rupinello auf der Suche nach Essen durchs Viertel. Zu dieser nächtlichen Stunde waren natürlich keine Garküchen mehr offen, und es kam vor, daß er mit leeren Händen zu seiner Herrin zurückkehrte.

Niemals in seinem ganzen Leben würde er diese entsetzlichen Nächte vergessen – selbst wenn er hundert Jahre alt würde, was unmöglich war, wie er wußte, da er sich selbst die Karten gelegt hatte. Die Flüche, mit denen ihn die Gift und Galle speiende Ramona bedachte, das Beißen und Kratzen, mit dem sie in ihrer Raserei über seinen wehrlosen Körper herfiel! Die Narben sollten nie wieder verschwinden. Doch noch schlimmer, noch viel schlimmer war seine Verzweiflung darüber, seiner Liebsten nicht das gebracht zu haben, was sie wollte. Wie er sich für sein Versagen und daß er sie unglücklich gemacht hatte, verabscheute!

So war Rupinello schließlich gezwungen, eine teure Vereinbarung mit der *rosticceria* in der Nachbarschaft abzuschließen. Ein Koch würde die ganze Nacht in Bereitschaft sein, falls plötzlich Schweinerippchen in Sauce Marco Polo oder saftige Fleischbällchen in Bratensaft gebraucht würden. Und zur Zufriedenheit aller Betroffenen kam es nie wieder zu häßlichen Szenen. Unruhig wartete Ramona oben in der Wohnung, bis Rupinello mit einer dampfenden *pentola* in den Armen zurückkam. Sogleich fiel sie über ihn her, entwand ihm den Topf und stopfte sich ohne ein Wort des Dankes das Essen in den Mund, als stehe sie kurz vor dem Verhungern.

Entzückt sah Rupinello ihr dann zu, so wie es anderen Menschen Freude bereitet, die Fütterung eines Elefanten im Zoo mitzuerleben oder ein einfaches Schwein sein Futter im Hinterhof fressen zu sehen. Vielleicht befriedigte es den Buckligen, daß Ramona mit der Nahrung, die er ihr besorgte, gewissermaßen etwas von ihm in sich aufnahm – daß er über den Umweg der Schweinekoteletts oder der gebratenen Hühnchen einen Weg in sie fand. Damit Ramona ungehemmt ihrem Appetit frönen konnte, bot Rupinello seinen Buckel nun von Sonnenaufgang bis Sonnenuntergang in den geschäftigen Straßen der Altstadt feil. Er senkte seine Preise, um seinen Kollegen die Kunden abzuwerben, und entfremdete sich auf diese Weise von der Gilde, in die er als kleiner Junge so stolz eingetreten war. Ohne deren Unterstützung wurde er bald zur Beute der Camorra und mußte einen Teil seiner Einnahmen als Schutzgeld abgeben. Es gab Tage, da war sein Buckel so oft berührt worden, daß er abends wund und blutig war, aber trotzdem reichten seine Einnahmen nicht. Nachdem seine mageren Ersparnisse aufgebraucht waren, verkaufte er die wenigen Stücke seiner Habseligkeiten, die etwas wert waren. Sein Firmanzug wanderte in das Altkleidergeschäft von Policarpo Tebaldi, und sehr bekümmert veräußerte er für ein paar Münzen die Miniatur seiner Mutter, die bei seiner verdrehten Geburt gestorben war.

Aber der Erlös aus seinen Verkäufen war so schnell ausgegeben, daß Rupinello sich etwas anderes einfallen lassen mußte. Er nahm eine Stelle im *Circo Donadio* an, der im Parco di Capodimonte stationiert war. Siebenmal pro Abendvorstellung wurde Rupinello aus einer Kanone abgefeuert, und an Samstagen, wenn zusätzlich eine Matinee gegeben wurde, mußte er die doppelte Anzahl von Schüssen über sich ergehen lassen. In der Stadt waren damals gerade die Zwerge knapp. Da Rupinello so klein war, erklärte sich der Manegenmeister Everardo Donadio bereit, es mit ihm zu versuchen. Es war eine kluge Entscheidung, denn Bucklige waren beim Publikum beliebt, und ein fliegender war eine umso größere Attraktion.

Schon bald nahm Rupinellos Gehör unter dem dicht an seinen Ohren explodierenden Schießpulver Schaden. Doch immer wenn er in seiner Rauchwolke halb erstickt quer durchs Zelt in das Sicherheitsnetz sauste, das ein Trüppchen Clowns für ihn bereithielt, galt sein einziger Gedanke Ramona. In dem Sekundenbruchteil, bevor er aufprallte, bildete er sich ein, im Kristallsee ihres Dufts zu schwimmen, weit mit den Armen auszuholen, sich auf den Rücken zu werfen, mit den Beinen zu stoßen und kräftig zu platschen. Dann landete er im Netz, und plötzlich war die Welt in Seilquadrate eingeteilt. Zappelnd versuchte er sich zu befreien. Den einen Arm hier, den anderen Arm dort, wurden seine Nase und Augen grausam gegen das Netz gepreßt.

Ramona verließ kaum noch die Wohnung. So gut wie alles war ihr zu mühsam. Sie war begeistert über Rupinellos neue Arbeit im Zirkus, war der Zirkus doch immerhin so etwas ähnliches wie die Oper. Ihr Lebtag hatte sie vom Zirkus geträumt, aber nun wollte sie nicht hingehen, obwohl sie die Möglichkeit gehabt hätte. Dickbäuchig wie sie war, wollte sie sich niemandem zeigen, und im übrigen waren ihr auch ihre Kleider zu eng geworden. So begnügte sie sich mit Rupinellos Erlebnissen und lauschte mit großen Augen seinen Geschichten von den Clowns, der bärtigen Dame, den Akrobaten und dem Löwenbändiger.

Essen war zu Ramonas Lebensinhalt geworden. Kaum hatte sie ihre rosa Augen geöffnet, die tiefer denn je in den Falten ihrer rosa Wangen lagen, dachte sie ans Essen. Ihre Arme schienen sich während der Schwangerschaft zu verkürzen. Rupinello hatte sie daher mit einem Stock ausgestattet, mit dem sie an die Wand klopfen konnte.

»Rupinello, Frühstück!« pflegte sie zu schreien. Dann, mit wachsender Dringlichkeit: »Frühstück!« Und Rupinello, der das Tablett bereits fertig hatte, erschien in der Tür. Frische Brötchen, Gebäck, Honig, eine große Wurst, Schinken, Eier, die Rupinello in seinem Wasserkesselchen weich gekocht hatte, Mozzarella und Kaffee. Manchmal, wenn die Geschäfte am Vortag gut gelaufen waren, lag da auch ein Papiertütchen. Es war mit Pralinen gefüllt, die Ramona über alles liebte.

Hatte Ramona das Tablett krümelfrei leergeputzt, durfte Rupinello als Belohnung für das Frühstück zu ihr ins Bett schlüpfen. Bis sie mit dem Essen fertig war, hatte Rinaldo die Wohnung bereits verlassen. Ramona machte sich nicht mehr die Mühe, ihren Mann zu fragen, wohin er überhaupt ging. Ihr reichte es, daß er frühmorgens verschwand und erst spätabends wieder nach Hause kam. Was er unterdessen anstellte, kümmerte sie nicht.

So legte sich Rupinello neben das Kind, das in ihr, von den Früchten seiner Arbeit genährt, heranwuchs, während sie ihm den Buckel streichelte, damit er ihr das Glück schenke, das er den anderen verkaufte. Er sah das Kind bereits als sein eigenes an. Wenn Santa Margherita seine Gebete erhörte, würde es mit einem winzigen Buckel, ungleich langen Beinen und einem Gesicht voller Wülste geboren.

Während er neben ihr lag und in ihrem Duft schwelgte, überlegte er, wie sein Leben wohl ohne Buckel verlaufen wäre. Wenn er mit einem Körper gerade wie eine Tanne und stark wie eine Eiche geboren worden wäre. Dann hätte das Leben ihm die Liebe nicht vorenthalten, dann hätte er ein Anrecht darauf gehabt wie alle anderen Menschen auch. Dann hätte Ramona ihn geliebt, wie sie einst Rinaldo geliebt hatte. Ja, sie hätte Leidenschaft für ihn empfunden, wie eine Frau sie für einen wohlgeformten Mann empfindet. Für einen Buckligen reicht es nur zu Mitleid.

Viel zu rasch mußte er sich zur Arbeit aufmachen, und mit der warmen Intimität des frühen Morgens war es vorbei. Rupinello mußte sich seinen Platz auf der Via Toledeo sichern und seinen Buckel zur Schau stellen, der noch warm von Ramonas sinnlicher Berührung war. Wie gern hätte er das Gefühl ihrer Berührung in einer Flasche bewahrt! Immer wieder hätte er die Flasche während des Tages entkorkt, damit sie ihm nahe blieb. Wie er sich gegen den ersten Kunden sträubte, der unverschuldet den Zauber von Ramonas Zärtlichkeit zunichte machte und Rupinello mit der stumpfen Berührung seiner sterblichen Finger sitzen ließ.

Ein Vulkanausbruch

Eines Nachts tat sich Ramona im Traum wieder einmal an riesigen Platten mit Kalbfleischpasteten, Ferkeln am Spieß und verschiedenen Kompotten gütlich. Eine ganze Prozession von Küchenbediensteten und Mägden entströmte La Casa. Sie zog mit Platten an ihr vorbei, die mit allen nur erdenklichen Genüssen, von *antipasti* bis zur *zabaglione* beladen waren. Immacolata Pescatore stand neben Ramona. Doch anstatt ihr – wie es in der Wirklichkeit der Fall gewesen war – auf die Finger zu klopfen, wenn sie von den schmackhaften Gerichten naschte, lächelte sie Ramona an und sagte: »Greifen Sie nur zu, Gnädige Frau.«

Ramona ließ sich nicht zweimal bitten. Das Wasser lief ihr im Mund zusammen. Der Speichel floß ihr die Wange hinab in die offene Tulpe ihres Ohrs und befeuchtete ihr weißes Haar, bis das Kissen durchweicht war.

Auf der anderen Hälfte der schmierigen Matratze lag ihr unerwünschter Ehemann Rinaldo. Ihm waren keine süßen Träume mit vollen Platten, Rostbraten und geschmeidigen Aalen beschieden. Er kehrte in seinen Träumen zwar auch zum Gut zurück, aber nicht in die opulente Küche, sondern in das trostlose Häuschen im Obstgarten.

In Rinaldos Traum kam ein Mädchen zur Welt. Als Abbild ihrer Mutter hatte sie weißes Feenhaar und rosa Wangen und Augen. Sie brachte die Freude zurück in das Leben von Rinaldo und Ramona. Nun waren sie eine richtige Familie.

Ein Perspektivenwechsel versetzte das Häuschen in die Stadt, wo es zwischen den elenden Bruchbuden in der häßlichen, schmutzigen Via Vecchia Poggioreale stand. Als sie gerade mit dem Baby spielten, öffnete sich die Tür und alles, was hell gewesen war, verdunkelte sich jäh. Eine Gestalt trat ein.

Vor dem Licht war sie nicht zu erkennen. Doch nachdem sich Rinaldos Augen an die Helligkeit gewöhnt hatten, erkannte er den Imker. Er war noch verwester als in Rinaldos bisherigen Träumen. Wie Regen tropfte ihm das Fleisch vom Gesicht. Seine leeren Augenhöhlen wandten sich dem Kind zu, und er streckte seine skeletthafte Hand nach ihm aus. Mit einem Satz stand Rinaldo vor dem Bettchen, um sein Töchterchen zu beschützen, aber der Imker hielt nicht inne. Er kam immer näher.

»Zurück!« schrie Rinaldo und streckte die Arme aus, um den Imker abzuwehren. »Laß sie in Ruhe! Zurück!«

»Ich bin gekommen, um ein Leben einzufordern für mein eigenes, das du mir genommen hast«, sagte der Imker und streckte seine Hände nach dem Kind aus, das in seinem Bettchen leise Laute von sich gab.

»Nein!« schrie Rinaldo. »Nein!«

Aber der Imker kam immer näher. Rinaldo konnte ihn nicht aufhalten. In seinen Armen war keine Kraft mehr. Sie waren weich wie Gummi. Rinaldo richtete sich jäh im

Bett auf. Im Fieberwahn riß er die Augen weit auf. Obwohl er schlief, rannte er in die Küche und packte ein Messer. Ramona, jäh aus ihrem Traumfest gerissen, suchte in der Dunkelheit nach ihrem Stock und klopfte an die Wand, um Rupinello zu Hilfe zu rufen. Dieser dachte natürlich, sie wolle etwas essen und hastete zur Garküche. Als er eine *pentola* mit *costine* anschleppte, wütete Rinaldo noch immer in der Wohnung und attackierte einen unsichtbaren Gegner mit dem Messer.

»Da!« schrie er und rammte ein Loch in die Wand. An einigen Stellen rieselte der Putz zu Boden, an anderen hatte das Messer die Wand vollständig durchbohrt, so daß der schwarze, sternengeschmückten Nachthimmel zu sehen war.

Ramona hievte sich aus dem Bett, das sie seit Wochen nicht verlassen hatte, und suchte Zuflucht hinter einem umgestürzten Tisch. Wie eine aufgeblähte Maus lugte sie dahinter hervor.

»Du buckliger Narr!« schrie sie. »Ich will doch nichts zu essen, ich brauche Hilfe. Du warst Ewigkeiten weg. Ich könnte längst ermordet sein.«

Der gescholtene Rupinello setzte seinen Kochtopf ab und machte sich daran, Rinaldo zu umkreisen, um ihn ohne Blutvergießen zu entwaffnen.

»*Attento!*« schrie Rinaldo und warf sich auf Rupinello. Mit einem kräftigen Satz, den der Bucklige in der Manege gelernt hatte, warf er sich zwischen Rinaldos Beine und machte einen Purzelbaum, der ihn wieder auf die Füße brachte. Das Messer landete in der Platte des umgestürzten Tisches, wo es unter der Wucht des Wurfs vibrierend steckenblieb.

»Ramona!« schrie Rupinello, der um die Sicherheit seiner Liebsten hinter dem wenig soliden Möbelstück fürchtete. Kein Laut war zu hören. Hatte das Messer sie durchstochen? Warum sagte sie nichts? Außer sich vor Angst und Wut stürmte Rupinello zu Ramona. Sie war verschwunden. Was hatte das zu bedeuten? In Panik drehte er sich um und brüllte wie eine Löwin, deren Junge in Gefahr sind. Jäh setzten sich die Castorelli senkrecht in ihren Betten auf, überzeugt, der Vulkan sei ausgebrochen.

In Windeseile suchten sie die Beutel mit dem Geld zusammen, die sie in der Wohnung versteckt hatten, und luden sie auf einen Karren, den sie extra für diesen Zweck angeschafft hatten. Auf der Straße war jedoch alles ruhig. Keine flüchtenden Menschen, die mit ihrem Besitz entkommen wollten und Maultiere und Karren mit allem Wertvollen beluden, angefangen bei Bettzeug und Kochtöpfen und aufgehört bei Möbelstücken und Großmüttern. Nein, die Nachbarn schliefen friedlich. Der Nachthimmel über dem Vulkan im Osten war auch nicht erhellt. Keine Schwefelwolken hingen in der Luft. Kein Ascheregen schwebte auf die Dächer. Nein, nicht der feuerspeiende Berg war die Ursache der Unruhe. Sie kam aus der obersten Wohnung ihres eigenen Hauses.

Nonna Pino war schrecklich verwirrt. Lag da nicht einer ihrer Socken im Karren ihres Schwiegersohns? Konnte der Teufel, der sich mit ihrem Geld davon gemacht hatte, ihr eigener Schwiegersohn sein?

Nachdem sie ihren Schatz in Sicherheit gebracht hatten, rannten die Castorelli hinauf zu den Räumen der Buffi. Ramona war nur durch ein Wunder dem Tode entgangen. Der Kochtopf mit den Rippchen war eine solche Verlokkung gewesen, daß sie ihre scheinbar sichere Zuflucht verlassen hatte und auf allen Vieren losgekrochen war, um sich über das schmackhafte Essen herzumachen. Während der Kampf tobte, saß sie in der hinteren Ecke des Zimmers, lutschte das Fleisch von den Knochen und leckte die Soße mit der Zunge auf.

Erstaunt wurden die Castorelli Zeugen, wie Rupinello mit Rinaldo um das Messer rang, das dieser aus dem Tisch gezogen hatte. Der Bucklige saß in der Grätsche auf dem Riesen. Ihm ging es längst nicht mehr um das Messer, sondern um sein Leben, seine qualvolle, elende Verkrüppelung, seine Eifersucht, seine unerwiderte Liebe, seine Hoffnungslosigkeit. Er würde nicht aufgeben, selbst wenn es ihn das Leben kosten würde.

Ramona leckte sich gerade die letzten Saucenreste aus dem Gesicht, nachdem sie mit den Schweinerippchen fertig war. Ungerührt sah sie dem Kampf zu. Ihr schien es gleichgültig zu sein, wer von den beiden als Sieger daraus hervorging.

Die Castorelli hatten jedoch eindeutig Partei für den Buckligen ergriffen.

»Bring ihn um, Rupinello!« schrie Amalasunta. »Jag ihm das Messer in den Hals!«

Ihr Mann flatterte in sprachloser Frustration wie ein Riesenvogel mit den Armen und zog Grimassen. Dann beging er den Fehler, nach Ramona zu grapschen, die, alle Viere von sich gestreckt, dickleibig auf dem Boden lag. Mit einer jähen, unvermuteten Bewegung packte sie die schuldige Hand mit den Zähnen und biß so kräftig zu, daß sie Adern und Sehnen durchtrennte. Das Blut schoß wie ein Geysir zur Decke.

Signor Castorelli konnte ja nicht schreien, und so bemerkte niemand, was passiert war. In diesem Augenblick wankte Nonna Pino in die Wohnung. Sie konnte sich kaum auf den Beinen halten. Alle Zimmer ihrer Tochter hatte sie auf den Kopf gestellt, doch von dem versteckten Geld keine Spur! Vor Wut und vom Treppensteigen war sie so erschöpft, daß sie dem Tod nahe schien.

»Sei verflucht, Amando Castorelli«, stöhnte sie und fiel über Rupinello und Rinaldo, die noch immer wie die Wahnsinnigen miteinander kämpften. Der Körper von Nonna Pina schaffte, was kein anderes Mittel zustande gebracht hatte. Rinaldo kam zu sich und erwachte aus seinem Wahn. Rupinello rollte sich auf den Rücken und blieb auf dem Boden liegen. Seine winzige Brust keuchte vor Anstrengung.

Alles stürzte sich auf Nonna Pino, die neben Rupinello lag und wie er nach Atem rang. Amalasunta beugte sich über ihre Mutter und lauschte auf ihre letzten Worte, während ihr Mann seine Hand mit einem dreckigen Lappen umwickelte, den er im Spülstein gefunden hatte.

»Sei verflucht, Amando Castorelli«, keuchte die Alte heiser. »Ich habe meinen Strumpf mit meinem Gold auf deinem Karren gesehen ...« Bei diesen Worten brach sie ab und rang nach Atem, um ihre Verwünschung im Sterben zu vollenden.

»Aber Mutter«, sagte Amalasunta in die Stille, »das ist doch nicht der richtige Zeitpunkt, jemanden zu verfluchen. Du solltest lieber deinen Frieden mit Gott machen.«

»Verflucht soll er sein«, japste Nonna Pino mit ihrem letzten Rest an Lebenskraft und sah ihren blutenden Schwiegersohn mit haßerfülltem Blick an. »Er hat mir mein Gold geraubt, die Ersparnisse meines Lebens. Dieb, sei verflucht. Du wirst eines qualvollen Todes sterben. Du wirst den Preis für deinen Verrat bezahlen. Tod über ihn. Tod. Tod ...« Damit fiel Nonna Pinos Kopf zur Seite, und ihre Augen nahmen den glasigen Blick der Toten an.

Amalasunta fing den letzten Odem ihrer Mutter mit den Lippen auf und schloß dann ihre Augen mit den Fingern. Nie wieder würde Nonna Pino all denen, die sie kannten, eine Freude bereiten. Nie wieder würde sie ihre entzückenden Bemerkungen über die Passanten in der Via Vecchia Poggioreale machen. Amalasunta konnte nicht anders, sie mußte eine Träne vergießen.

Was für eine Nacht! Was für eine Verheerung in der Wohnung der Eheleute! Während Nonna Pino starb, war Rinaldo zu Bett gegangen, wo er nun gesund schnarchte, denn der Kampf mit Rupinello hatte ihn zwar erschöpft, aber ansonsten unversehrt gelassen. Rupinello lag auf dem Boden neben dem Leichnam. Er hatte sich völlig verausgabt und zitterte am ganzen Körper. Von den Geschehnissen dieser entsetzlichen Nacht sollte er sich nie wieder erholen.

Auch Ramona lag noch immer auf dem Boden. Sie beobachtete aufmerksam die Szene. Die Aufregung, der Anblick und der Geschmack des Bluts hatten ihren Appetit angestachelt. Ungeduldig wartete sie darauf, daß Rupinello sich so weit erholte, um noch einmal zur Garküche zu gehen. Ihr Herz sehnte sich nach Kutteln. Kutteln mit Bohnen, *pancetta* und Parmesan. Mit einem krustigen Stück Brot zum Auftunken der Soße.

Signor Castelli war nicht länger in der Lage, die blutige Flut einzudämmen. In stetigem Strom ergoß sie sich auf den Boden. Die verletzte Hand war völlig gefühllos geworden. Er war in sehr schlechter Verfassung, half jedoch seiner Frau so gut er konnte, den Leichnam von Nonna Pino die Treppen hinunterzutragen.

Aus dem vitalen Mann auf dem Höhepunkt seiner Kräfte machte die Blutvergiftung rasch ein eingeschrumpftes Häufchen Elend, das keine Ähnlichkeit mehr mit Signor Castorelli hatte. Selbst Amalasunta erkannte ihn kaum wieder. Und doch wäre sie nie auf den Gedanken gekommen, einen Arzt zu rufen. Selbst damals, als Amando seine Zunge verloren hatte, waren sie allein damit fertig geworden. Amando war von selbst genesen. Der Blutverlust damals war noch viel schlimmer gewesen. Ihr Amando wußte ohne Zweifel, wie man blutete. Die Zunge hatten sie ein Jahr lang in einem Essigkrug auf dem Waschtisch aufgehoben, in der Hoffnung, daß ihnen eine gute Verwendung dafür einfallen möge. Als das nicht der Fall war, hatten sie sie an einen streunenden Hund verfüttert. Verschwendung hatten sie noch nie ertragen können. Der Hund hatte sich gefreut. Für sich selbst eine Mahlzeit daraus zuzubereiten, hatten sie sich doch nicht überwinden können.

Letzte rührende Worte an seine zärtliche Frau waren ja leider nicht möglich. Es kam noch nicht einmal zu letzten zärtlichen Liebesgesten, denn Signor Castorelli lag bis zum Ende im Fieberwahn. Sein Hinübergleiten war an nichts weiterem zu erkennen als an einem letzten Zucken, das jäh abbrach. Da wußte Amalasunta, daß er verschieden war.

Nur ein einziger Trost blieb Amalasunta bei dieser Doppeltragödie. Sie konnte ihren Mann und ihre Mutter ins selbe Grab auf dem Friedhof betten und sparte damit eine beachtliche Summe an Beerdigungskosten. Mit tiefer Zufriedenheit bestellte sie einen besonders breiten Sarg bei den Bestattern in der Via Casanova. Als er geliefert wurde, zwängte sie die beiden Leichname hinein, legte den Kopf des einen neben die Füße des anderen. Da überschnitt sich natürlich so einiges. Hier war ein Bein zu quetschen und dort ein Arm. Aber sie war sich sicher, daß ihr Mann ihrem Vorgehen zugestimmt hätte, denn sie sparte alles in allem an die 20 *scudi*, und ihrer Mutter, so argumentierte sie, war längst alles egal.

Und so kam es, daß Schwiegersohn und Schwiegermutter im Bauch der Erde zu merkwürdigen Bettgenossen wurden. Nonna Pino verfluchte ihren Schwiegersohn weiterhin, und dieser konnte, durch die qualvolle Enge in seiner Armfreiheit behindert, nur durch Verziehen seines Gummigesichts reagieren.

Der Irrtum

Während in der Chiesa di Santa Maria del Fede die Messe für das Doppelbegräbnis von Schwiegersohn und Schwiegermutter stattfand, wanderte Rinaldo ziellos durch die Straßen. Beim Einbiegen von der Via Torino in die Piazza Garibaldi sah er vor sich eine Gestalt die Straße überqueren. Instinktiv erkannte er sie sofort. Größe, Körperbau, Haltung. Lähmende Angst überfiel ihn. Nahm die Verfolgung denn nie ein Ende?

Es war der Imker, diesmal genau vor ihm, auf dem Gehsteig. Seine Ausstattung machte ihn in der Stadt besonders auffällig. Gesichtsmaske, Arbeitskittel, Stulpenhandschuhe und Gamaschen. Ein Bienenschwarm flog summend um ihn herum.

Rinaldo wußte, daß er ihn diesmal nicht würde entkommen lassen. Er konnte einfach nicht länger zulassen, daß der Imker ihn quälte und ihm das Leben zur Hölle machte. Nur mit schnellem Handeln konnte er dem ein Ende setzen, ein für alle Mal. Er würde den Imker jetzt sofort umbringen, hier auf der Straße, vor Zeugen. Dann würde es an seinem Tod keinen Zweifel mehr geben, und

Rinaldo konnte endlich wieder anfangen, sein eigenes Leben zu führen.

Rinaldo nahm Anlauf und warf sich dem Imker auf den Rücken. Dieser war von dem Angriff völlig überrascht und versuchte taumelnd herauszufinden, was los war. Doch dann konnte er Rinaldos Gewicht nicht mehr halten und stürzte unter ihm zu Boden.

Rinaldo bearbeitete den Imker mit Tritten und Stößen. Er drosch mit seinem enormen Kopf auf ihn ein, bis der Imker bewußtlos war. Selbst als dieser auf dem Gehsteig lag, den Schädel wie eine geborstene Walnuß in zwei Hälften gespalten, selbst da konnte Rinaldo noch nicht aufhören. Der Bienenschwarm summte weiter im Kreis herum, und Rinaldo hielt nur inne, um sich die Bienen aus dem Gesicht zu wischen. Immer wieder trat er auf den besinnungslosen Körper ein, zerfetzte in seiner Raserei alle inneren Organe und rächte sich beim Imker für jeden Alptraum, den er ihm verursacht hatte.

Auch als drei Beamte der *carabinieri* Rinaldo packten und festhielten, hörte er nicht auf, mit Armen und Beinen um sich zu schlagen. Es war wirklich Pech, daß er einem der Polizisten die Lippe aufschlug und sich das Blut auf dessen makellose Uniform ergoß und ein anderer ein blaues Auge nebst verdrückter Mütze davontrug.

»Ich bringe ihn um«, schrie Rinaldo. »Diesmal bringe ich ihn richtig um, damit er nicht länger auf Erden wandeln kann.«

Während die Zuschauer dem verletzten Imker halfen, verwandelte sich dieser vor Rinaldos Augen in einen alten Mann, mit einem anderen Gesicht, mit anderem Haar – alles war anders. Selbst Maske und Stulpenhandschuhe waren verschwunden, ersetzt durch einen gewöhnlichen weichen Hut und Ziegenlederhandschuhe.

»O du raffinierter Imker!« kreischte Rinaldo, der an dessen Tricks gewöhnt war. »Du bildest dir wohl ein, du könntest mir ein Schnippchen schlagen, indem du dich verwandelst. Aber das wird dir diesmal nicht gelingen. Ich kenne dich. Du bist der Teufel, der seine Gestalt ablegen kann wie die Sterblichen ihre Kleider.«

Dem zerschmetterten Körper des Alten entrang sich ein schauerliches Röcheln.

»Seine Spielchen würden jeden um den Verstand bringen«, fuhr Rinaldo fort, »aber nicht mich. Ich bin aus härterem Holz. Ich bin so klar im Kopf wie eh und je.«

Die Beamten brachten den noch immer brüllenden Rinaldo zum *manicomio* in San Chiara. Der Verletzte, stellte sich heraus, war gar kein Imker. Rinaldo hatte einen schrecklichen Fehler gemacht. Dem Tode nahe wurde der Alte ins Hospital gebracht, wo die Nonnen über das Ausmaß seiner Verletzungen entsetzt waren. Ohne Aufschub riefen sie seine Familie zusammen, und während der Priester ihm die Letzte Ölung erteilte, schworen die weinenden Söhne Nabore, Valdo und Oddo, ihren Vater zu rächen.

Der Bucklige im Himmel

Zwei Beamte kamen, um Ramona mitzuteilen, daß Rinaldo gehängt worden sei. Sie begrüßte die Nachricht ihrer erneuten Witwenschaft mit derselben Erleichterung wie beim ersten Mal.

Rupinello war natürlich im siebten Himmel. Bei seiner Heimkehr an jenem Abend beschloß er, die Gelegenheit beim Schopf zu ergreifen. Er hatte sich Mühe gegeben, ein besonders üppiges Abendessen für Ramona aufzutreiben. Die Spaghetti *vongole* türmten sich zu einem wahren Berg, es folgten Fleischklößchen mit einer Füllung aus Eiern, Käse, Sultaninen und Pinienkernen. Um den Schmaus abzurunden, hatte Rupinello eine Papiertüte Pralinen gekauft, Ramonas Lieblingsleckerei.

Während sie alles in sich hineinfraß, redete er auf sie ein.

»Ramona, ich will dich nicht beunruhigen, aber unsere Lage ist nicht gerade rosig.«

Sie sah ihn mit großen Augen an und saugte weiter die Spaghettifäden in den Mund.

»Eigentlich ist sie sogar ziemlich schrecklich. Signora

Castorelli hätte beinahe die Polizei gerufen, weil ihr die Todesumstände ihres Mannes merkwürdig vorkamen. Ich mußte ihr all meine Ersparnisse geben, um sie zum Schweigen zu bringen. Nun ist nichts mehr übrig.«

Er machte eine Pause und sah Ramona zu, die mit den Spaghetti schon fertig war und nun die restlichen Muscheln aufschlürfte, die noch vereinzelt auf dem Boden der Schüssel lagen.

»Wir müssen also darüber nachdenken, wie wir sparen können, sonst ...« Rupinello ließ die Worte im Raum stehen. Dann hob er geschickt genau zum richtigen Zeitpunkt den Deckel der *pentola* mit den Fleischbällchen. Ihr wundervolles Aroma saftiger Fleischesfülle breitete sich im Zimmer aus. Welch appetitliche kleinen Schönheiten! Grausam verschloß Rupinello den Topf und fuhr mit seiner Rede fort.

»Als allerletzten Luxus, Ramona, bevor wir am Hungertuch nagen, ist es mir gelungen, noch etwas ganz Besonderes für dich zu ergattern.«

Bei dem Gedanken, sie müsse Hunger leiden, stiegen in Ramonas rosa Augen Tränen auf.

»Ja«, fuhr der Bucklige fort, die Gunst der Stunde nutzend, »Pralinen. Die allerletzten, die wir aller Wahrscheinlichkeit nach jemals essen werden.«

Ramona zog heftig die Nase hoch. Keine Pralinen mehr. Nie wieder.

So gelang es Rupinello, Ramona davon zu überzeugen, daß er, um Geld zu sparen, zu ihr ziehen müsse, und er verschenkte keine Minute. Bereits am allerersten Abend schaffte er es, daß sie ihn in ihr Bett ließ. Bei ihrem Zustand und da sie keinerlei romantische Gefühle für ihn hegte, war an Liebe natürlich nicht zu denken. Doch Rupinello kam zum ersten Mal in seinem Leben in den Genuß, das Bett mit einer Frau zu teilen. Er war fest entschlossen, nach der Geburt nicht lange zu warten, bis er mit ihr schlief. Er würde sie kriegen, schwor er sich, durch die höchstpersönliche Gnade San Gennaros.

Der Neuankömmling

Bald darauf brachte Ramona das Kind zur Welt. Die ersten Schmerzen fühlte sie frühmorgens. Zuerst dachte sie, der Hunger zwicke sie, und sie machte sich über das Essen her, das Rupinello für sie dagelassen hatte.

Sie packte den Korb aus und hieb ihre Zähne in die Blutwurst und das riesige Weißbrot. Trotz der reichhaltigen Mahlzeit hielten die Schmerzen jedoch an, und sie kam auf die Idee, daß sie vielleicht krank sei. Konnte die Wurst schlecht gewesen sein? Wenn Rupinello ihr verdorbene Wurst gebracht hatte, würde sie ihm heute abend, wenn er vom Zirkus kam, den Marsch blasen. Vielleicht hatte sie ja Verdauungsbeschwerden. Oder war sie vielleicht doch noch hungrig?

Dann dämmerte ihr, daß die Schmerzen den Beginn der Geburt anzeigen könnten. Zum ersten Mal fehlte ihr Rinaldo, und sie wünschte, er wäre da und könnte ihr helfen. Wie sollte sie alleine klarkommen? Vor einiger Zeit hatte Rupinello von einer Hebamme gesprochen, aber damals war Ramona davon überzeugt gewesen, daß es noch eine ganze Weile bis zur Geburt sei, und sie hatten nichts unternommen.

Ramonas Erziehung im Konvent hatte sie auf eine Geburt nicht vorbereitet. Sie hatte keine Ahnung, wie man ein Kind zur Welt brachte. Sie wußte weder, was sie tun mußte, noch was sie erwartete. Inmitten ihrer ängstlichen Überlegungen floß plötzlich warmes Wasser aus ihr heraus. Sie hatte das Gefühl, als sei eine Leitung geplatzt. Das Wasser roch nach ihr, und das ganze Zimmer war mit ihrem Duft erfüllt, der nun tausendmal stärker war als sonst.

Nun packten sie Krämpfe und preßten erbarmungslos ihren Bauch. Ramona brach in lautes Geschrei aus. Irgendwelche boshaften Kräfte schienen sich ihres Körpers bemächtigt zu haben. Sie rief um Hilfe, doch niemand hörte sie. Oder wenn doch, ignorierte man sie. Bemerkenswerterweise war die ganze Via Vecchia Poggioreale wie leergefegt.

Rupinello war in der Innenstadt und ließ sich seinen Buckel streicheln. Von dort begab er sich direkt nach Capodimonte zur Frühvorstellung. Wenn er zufällig noch andere Arbeit fand, konnte es sein, daß er zwischen der Früh- und der Abendvorstellung gar nicht nach Hause kam. Dummer Buckliger, nie bist du da, wenn du gebraucht wirst.

Den ganzen Tag bis zum Abend wand sich Ramona in heftigen Qualen. Sie hatte das Gefühl, zerrissen zu werden. Der Schmerz war unerträglich. Sie war überzeugt, daß sie sterben würde. Wo nur Rupinello steckte? Warum kam er nicht nach Hause?

Sie mußte das Bewußtsein verloren haben, denn als sie zu sich kam, wischte Rupinello ihr das Gesicht mit einem feuchten Tuch ab. Der Schmerz war weg, und sie stellte erstaunt fest, daß sie im Schlaf ein kleines Mädchen zur Welt gebracht hatte.

Tränen stiegen Rupinello in die Augen, als er der Mutter das Baby reichte. Es war eine Miniaturausgabe von Ramona. Genau wie ihre Mutter hatte sie bonbonrosa Haut und Augen. Sogar das Haar war weiß, nur war es unnatürlich lang. Das Kind sah eigentlich wie eine kleine Fee aus. Rupinellos selbstsüchtige Gebete waren nicht erhört worden. Santa Margherita hatte ihre Ohren mit Wachs zugestopft. Von Rinaldo war allerdings auch keine Spur zu sehen. Es war, als sei der Säugling ganz allein Ramonas Werk.

Ramona fiel sofort wieder in Schlaf, so erschöpft war sie. Das Baby überließ sie Rupinello, sollte er doch damit fertig werden. Aber auch Rupinello war völlig verausgabt. Das ständige aus der Kanone gefeuert werden forderte einen hohen Zoll von seinem inzwischen ganz zerschlagenen Körper. Nun mußte noch ein weiteres Maul gefüttert werden, und wenn der Appetit des Babys auch nur annähernd dem der Mutter glich, waren die Aussichten finster.

Wenn sie nur zusammen weglaufen könnten, er, Ramona und das Kind. Dann könnten sie ihre Schulden vergessen und irgendwo ein neues Leben beginnen. Auf dem Lande vielleicht. Dort wäre es für das Kind sowieso besser. Vielleicht könnte er einen kleinen Hof finden und Bauer werden. Vielleicht würde ihm Ramona sogar zur Hand gehen.

Während Rupinello seinen Gedanken nachhing und sich immer mehr in seine Vorstellung einer ländlichen Idylle hineinsteigerte, fiel ihm etwas Merkwürdiges auf. Ramonas Duft hing nicht mehr in der Luft. Seltsam. Nur der übliche Geruch der Wohnung, Feuchtigkeit und Zerfall waren zu riechen. Bisher waren sie gemeinsam mit dem Gestank der offenen Abwasserleitungen und des Drecks im Viertel immer von Ramonas magischem Duft überlagert worden. Nun bestürmten diese widerwärtigen Gerüche Rupinellos Nase alle auf einmal und wetteiferten miteinander um Raum. Das Ergebnis war, daß ihm übel wurde und er seine Nase mit dem Ärmel bedecken mußte. Was war nur mit Ramonas Duft geschehen, mit dem Duft, den er über alles liebte? Wohin war er verschwunden?

Der Duft bleibt verschwunden

Die ganze schlaflose Nacht lang roch Rupinello den Gestank von Blut und Knochen aus der Abdeckerei. Er roch auch Amalasunta Castorellis Füße zwei Stockwerke tiefer. Der Rattenkot im Flur stach ihm in die Nase und der schale Pfeifentabak von Signor Scarpetta, der auf der anderen Straßenseite wohnte.

Ohne Ramonas Wohlgeruch fühlte er sich nackt, allein und verlassen, wie ein Fremder in einem fremden Land.

Bei dem schwachen Lichtschimmer schaute er Ramona an, die tief und fest schlief. Auf der Suche nach ihrem Duft beschnüffelte er sie wie ein Hund. Er schnupperte an ihrem Nacken, der auf dem Kissen ruhte. Er schnupperte auch an ihrem stumpfen Haar. Er lüftete die Decke und schnupperte darunter. Hier pflegte sich der Geruch wie eine Aura um ihre schlafende Gestalt zu sammeln. Hier war er immer am stärksten gewesen. Er hob ihr Nachthemd und beschnupperte die Hautfalten zwischen ihren Beinen, ihren gewölbten Bauch, ihren Busen. Keine Spur des berauschenden Duftes, der ihn während der vergangenen Monate zu ihrem Sklaven gemacht hatte.

Rupinello verbrachte die Nacht wachend. Er wartete darauf, daß der Geruch wiederkehrte. Er mußte wieder zurückkommen. Bitte, laß ihn zurückkommen! Er konnte es nicht ertragen, ohne ihn zu sein. Wie konnte der Duft nur so einfach verschwinden? Wo war der Duft hin? Er würde ihn suchen, und er würde ihn finden. Er würde ihm überall hin folgen.

In der Stunde vor der Morgendämmerung, in der Stunde der Klarheit und Selbsterleuchtung, in der wir die geheime Wahrheit erkennen, ging ihm auf, daß er Ramona nicht länger liebte. Mehr noch, er wußte jetzt, daß er sie nie geliebt hatte. Nun, da der Geruch von ihr genommen war, sah er sie zum ersten Mal so, wie sie wirklich war, und er fühlte sich abgestoßen von ihr. Von ihrem blutunterlaufenen Gesicht mit den plumpen Zügen, von der Art, wie ihr Mund im Schlaf offenstand, und dem ekligen Schaum, der daraus auf das Kissen floß. Voll Entsetzen sah er auf ihre häßlichen Nasenlöcher. Wie konnte er sich nur eingebildet haben, sie zu lieben? Nun haßte er sie beinahe. Wie konnte er sich so getäuscht haben?

Er fühlte sich so schrecklich töricht. Noch dazu war er ein Tor, der keinen einzigen *carlino* mehr besaß. Er schuldete der Camorra mehrere Wochen Schutzgeld und sah ständig über seine Schulter, weil er befürchtete, in einer stillen Abendstunde ein Stilett in seinen Buckel gerammt zu bekommen. Der Besitzer der Garküche, der bisher Ramonas Mahlzeiten geliefert hatte, drohte ihm ebenfalls mit Gewalt. Er habe bis zum Wochenende Zeit, seine Rechnung zu begleichen. Erst gestern hatte ihm Selmo Filangieri zur Warnung ein Schweineohr, mit Petersilie und Kapernsauce garniert, serviert. Vor Angst hatte er jetzt selbst ganz heiße Ohren. Solange er das Geld nicht aufgetrieben hatte, würde er nichts mehr zu essen bekommen.

Wie konnte er sie weiter füttern? Aus ihr war ein Magen mit einem Riesenmaul geworden, der sich an ihm gütlich tat.

Amalasunta Castorelli, die fröhliche Witwe, streckte jedesmal die Hand aus, wenn sie ihn sah. Nun steckten auch noch ihre leibhaftigen Füße in seiner Nase. Er konnte nicht weiter den Zahlmeister spielen. Es würde alles aufhören müssen. Sein Kopf drehte sich. Was konnte er nur machen? Wie konnte er sich befreien? Die ekligen Gerüche bedrängten seine Nase. Er konnte kaum noch atmen. Luft. Er brauchte Luft. Er mußte dem Gestank hier entfliehen. Er mußte nachdenken. Leise erhob er sich und schlüpfte nach draußen. Ramona und den Säugling ließ er schlafen. Er würde sich auf den Weg nach Capodimonte machen. Dort war die Luft frischer. Er würde durch die Pienienwälder wandern und nachdenken.

Einige Zeit später, als Ramona wieder zu Kräften gekommen war, beschloß auch sie, Luft zu schnappen und einen kleinen Spaziergang auf der Straße zu machen. Seit Monaten hatte sie die Wohnung nicht mehr verlassen, und sie verspürte den Drang, sich die Beine zu vertreten. Als sie aus dem Haus trat, ging ein Kaminfeger an ihr vorbei und hob noch nicht einmal die Augen vom Boden. Schlechte Nase, dachte sie.

Dann kreuzte ein Trüppchen von drei oder vier Austernfischern ihren Weg auf der Strecke zu den Docks. Nicht einer machte sich die Mühe, die Nase zu heben und zu schnüffeln. Wie seltsam. Fischer waren in der Regel die ersten, die ihren Duft entdeckten, weil ihr Geruchssinn von der salzigen See geschärft war. Ein Metzgerjunge fuhr auf dem Fahrrad an ihr vorbei, ohne sie eines Blickes zu würdigen. Als nächstes kamen Soldaten, von denen keiner aus der Reihe scherte. Was spielte sich hier ab? Es konnte doch wohl nicht sein, daß alle diese Männer verstopfte Nasen hatten?

Ramona lief weiter. Absichtlich trat sie einem Erzdiakon in den Weg. Der jedoch machte geschickt einen Bogen um sie und setzte seinen Weg fort, ohne daß sich sein Gewand auch nur eine Sekunde lang hervorwölbte. Und so ging es weiter. Bei all dem Treiben in der Via Vecchia Poggioreale an jenem Tag, von all den Akrobaten, Stukkateuren, Glühwürmchentrainern, Pfannkuchenverkäufern und Polizisten, die sich sofort immer um sie versammelten und ihr folgten, bemerkte sie kein einziger. Fast schien es, als würde Ramona Drottoveo nicht existieren.

Es war ein merkwürdiges Gefühl, nicht von einer Menschenmenge eingekeilt zu sein. Nicht ständig angefleht, beschworen und angestachelt zu werden. Sie bekam Angst und fühlte sich plötzlich klein und nichtig. Was war nur mit ihr geschehen?

Ramona kehrte in ihre Wohnung zurück und war höchst überrascht, als sie auf ihrem Bett den Säugling liegen sah. Sie hatte das Kind vollständig vergessen. Sie wollte es aufnehmen. Das Baby wehrte sich jedoch und wollte anscheinend nicht auf dem Arm gehalten werden. Es war sehr schwer und größer als in ihrer Erinnerung. Nicht daß Ramona dem viel Bedeutung beimaß. Sie war voll und ganz damit beschäftigt, daß sie möglicherweise ein gewöhnlicher Durchschnittsmensch geworden war. Wo war ihr Duft geblieben? Vielleicht war er ja von der Geburt erschöpft und mußte sich nur erneuern. In einigen Tagen würde er vielleicht mit frischer Kraft hervorbrechen.

Ungeduldig wartete sie auf Rupinello. Es ging ihr elend, und sie hatte Hunger. Wo steckte der Bucklige? Warum brachte er keine Pizza, keine *frittata*?

Was Ramona nicht wußte, während sie wartete und wartete und immer hungriger wurde, war, daß ihr kleiner Diener Rupinello nicht zurückkommen würde. Jene Nacht war zu einem Wendepunkt in seinem Leben geworden. Während die hungrige Ramona auf und ab lief, war Rupinello mit seiner neuen Liebe, der bärtigen Monalda Spantigati, auf dem Weg nach Rom. Vom Geruch verlockt, den Monalda Spantigati ihrem hormonellen Ungleichgewicht verdankte, übrigens ebenso wie die üppig braunen Borsten im Gesicht, hatte der Bucklige eingewilligt, ein Engagement bei Vanvitellis Zirkus in der Hauptstadt anzunehmen.

So befreite er sich auf einen Streich von dem riesigen Schuldengebäude, das er auf dem Fundament seiner törichten Liebe errichtet hatte. Die hungrigen Mäuler, die ausgestreckten Hände, die Camorra, die Garküche, Amalasunta Castorelli – sie konnten seinetwegen alle zur Hölle gehen. Er war frei! Frei! Mit welcher Freude hüpfte er die Straße entlang und hielt die Hand seiner behaarten Freundin! Er segnete die Schicksalsgöttinnen für ihr rechtzeitiges Eingreifen, für sein Entkommen aus dem Schlund, der ihn beinahe ganz verschlungen hätte. So töricht würde er nie wieder sein. Er hatte seine Lektion gelernt. Er wußte es nun besser. An der Nase würde er sich nicht mehr herumführen lassen.

Zum Zirkus

Schon bald lutschte Ramona Drottoveo an ihren Fingern. Sie konnte einfach nicht verstehen, wo der Bucklige steckte. Er hätte schon vor Ewigkeiten zu Hause sein müssen. Den ganzen Tag hatte sie ohne Essen aushalten müssen. Er hatte ihr noch nicht einmal einen Korb mit Frühstück und Mittagessen dagelassen. Was er sich wohl einbildete? Sie würde ihm die Ohren langziehen, wenn er endlich heimkäme und mit seinem rußigen Gesicht um einen Kuß bettelte. Heute Abend würde er keinen Kuß von ihr bekommen, das stand fest. Er mußte bestraft werden.

Verzweifelt beschloß sie, nicht länger zu warten, sondern selbst etwas zu essen aufzutreiben. Sie kratzte die wenigen Grän zusammen, die sie vor Rinaldo und Rupinello versteckt hatte und hastete zum Lebensmittelhändler an der Ecke der Via Arenaccia. Für ihr lumpiges Kleingeld bekam sie nicht viel, gerade mal einen kleinen Laib Brot und ein Stückchen Käse. Kaum war sie wieder in ihrer Wohnung, aß sie schnell alles auf, fühlte sich danach aber immer noch hungrig. Was würde sie nicht für Ravioli oder Rindfleischpastete mit Zwiebeln geben!

Als Ramona am nächsten Morgen erwachte, war Rupinello noch immer nicht aufgetaucht. Sie warf einen Blick auf das Baby. Es war über Nacht auf die doppelte Größe angewachsen, war aufgegangen wie Teig. Das kam ihr seltsam vor, aber sie hatte keine Erfahrung mit Säuglingen. Wie sollte sie wissen, was normal war? Sie beschloß, zum Zirkus zu gehen und nachzuforschen, was mit Rupinello los war. Vielleicht war er ja bei einem Unfall verletzt worden. Wenn man ihn ins Krankenhaus gebracht hatte, würde sie ihn dort besuchen. Er hatte mit Sicherheit Geld, von dem sie leben konnte, bis er wieder auftreten konnte. Zu lange dürfte er nicht faulenzen, das würde ihm nicht guttun.

Ramona zog sich an und machte sich auf den Weg nach Capodimonte. Es war ein wunderschöner Tag. Wäre sie nicht so hungrig, das Baby nicht so groß und schwer und die Strecke nicht so weit gewesen, hätte es ein angenehmer Spaziergang sein können. Wie sie so die Straße entlangschritt, blickte sie immer wieder über ihre Schulter, um zu sehen, ob ihr jemand folgte. Doch da drängten sich weder Gemeine noch Adlige. In der Via Casanova kam sie an elf Minnesängern vorbei, zwei Marionettenspielern, drei Präparatoren und siebenundzwanzig Beamten. Nicht einer heftete sich ihr an die Fersen. Nicht einer schnüffelte. Nicht einer machte eine lüsterne Bemerkung. Ihre schlimmsten Befürchtungen schienen sich zu bewahrheiten. Ihr Duft hatte sie verlassen, sie war nicht länger etwas Besonderes.

Was für ein weiter Weg bis zum Zirkus! Wenn man sich vorstellte, daß Rupinello diese Strecke zweimal am Tag zurücklegte! Manchmal sogar viermal. Kein Wunder, daß er immer müde war. Sie würde ihn beauftragen, ihr einen Kinderwagen zu besorgen. Das Baby war viel zu schwer zum Tragen. Zu guter Letzt sah sie das große Zirkuszelt in der Ferne aufragen. Als Ramona sich näherte, erblickte sie die Clowns, die Purzelbaumschläger und die Feuerschlukker, die ihre Nummern draußen in der Sonne übten.

Rupinello war nirgends zu sehen. Offensichtlich hatte er sich verletzt, wie sie befürchtet hatte. Die Gebrüder Donadio hätten wenigstens jemanden mit einem Korb Essen und Geld zu ihr schicken können! Großmütig sprach sie Rupinello von aller Schuld frei. Die Gebrüder Donadio waren die Übeltäter.

Ein kräftiger Mann in einem Lendenschurz aus Löwenfell ging an ihr vorbei.

»Wo steckt Rupinello? Was ist mit ihm passiert?« fragte sie, als er in die Hände spuckte und sein Training mit einem Paar Hanteln begann.

»Ich habe ihn nicht gesehen, gnädige Frau. Fragen Sie den Manegenmeister.« Er wies in die Richtung eines kleineren Zeltes, das in einigem Abstand von dem großen Zirkuszelt aufgeschlagen war. Rupinello hatte die junge Frau wohl in Schwierigkeiten gebracht. Kein Wunder, daß er auf und davon war. Sollte es der Manegenmeister ihr doch beibringen. Der große Massimo würde seine Hände von diesem Debakel lassen. Und hoch!

Eilig machte sich Ramona auf den Weg zum kleinen Zelt, entschlossen, mit ihrer Meinung über den Manegenmeister nicht hinter dem Berg zu halten.

»Aber meine Liebe«, erwiderte der schnauzbärtige Signor Donadio, als Ramona ihre Beschwerde zum Luftschnappen unterbrach, »da muß ein Mißverständnis vorliegen. Rupinello ist doch nicht verletzt! Durchgebrannt ist er! Dabei schuldet er mir noch Geld. Monalda Spantigati ist auch weg. Es heißt, sie seien zusammen nach Rom, zum Zirkus von diesem Kriechtier Vanvitelli. Man stelle sich nur mal vor, daß die Spantigati kein einziges Barthaar hatte, als ich sie beim Streichhölzerverhökern in der Via Mezocannone aufgelesen habe. Ich habe sie großgezogen. Ich habe ihren Schnurrbart gezüchtet. Noch nie in meinem ganzen Leben habe ich einen solchen Schnurrbart bei einer Frau gesehen. Was für ein großartiger, borstiger Wuchs! Und so zahlt sie es mir heim. Was für ein krasser Undank. Ich fange an zu kochen, wenn ich nur daran denke. Sie und der Bucklige. Wer hätte das gedacht? So fallen gleich zwei Nummern aus. Ich habe niemanden, den ich aus der Kanone schießen könnte, und ich habe keine Dame mit Bart. Und wie soll ich da das Zelt vollkriegen? Das wird ein Verlustgeschäft. Das Publikum wird zu dem Gauner Corenzio ziehen. Es heißt, er habe zwei Frauen mit Borsten. Zwillinge. Aber die können einfach nicht echt sein ...«

Ramona hatte sich umgedreht. Sie wollte nichts mehr hören. Ihr brummte der Kopf von der Tirade des Manegenmeisters.

»He, Signora, sie haben wohl keine Borsten, was? Keine behaarten Warzen oder Leberflecken? Ich könnte ihnen helfen. Ihre natürlichen Anlagen fördern. Mit einem Bart würden Sie wirklich sensationell aussehen. Ihre Farbe ist so ungewöhnlich. Eine rosa Frau mit einem weißen Bart. Denken Sie darüber nach! Was für eine Attraktion! Das Zelt würde aus allen Nähten platzen. Nur Stehplätze. Ich verlange nichts weiter, als daß sie darüber nachdenken, Signora ...«

Ramona verließ das Zelt. Nur ein Satz war in ihrem Kopf hängengeblieben. Der Bucklige war weg. Soviel hatte sie verstanden. Was sollte sie nun tun? Wie sollte sie überleben?

Stunden später gelangte Ramona wieder in die Via Vecchia Poggioreale, obwohl sie sich nicht daran erinnern konnte, wie sie den Weg zurückgelegt hatte. Beim Öffnen der Tür fiel ihr Amalasunta Castorelli ein. Die würde ihr helfen. Sie war eine reiche Frau. Hatten sie sich nicht stets bestens verstanden? Sie waren doch eigentlich eher Freundinnen als Vermieterin und Mieterin. Nein, mehr als Freundinnen, Schwestern. Amalasunta würde sie nicht verhungern lassen.

Milde Wohltätigkeit

Ramona legte das Baby auf die Treppe und klopfte an die Tür zu Amalasuntas Wohnung. Von drinnen drangen Kratzgeräusche zu ihr. Ratten natürlich. Die Abdeckerei zog sie an. Einige waren so groß wie Hunde. Sie schüttelte sich. Doch Amalasunta kam nicht an die Tür. Sie würde hineingehen. Sie hielten beide nichts von Förmlichkeit.

Ramona ging in den Salon. Er sah wie ein Lagerhaus aus. Jede Fläche war mit Waren bedeckt: Miniaturflaschen, Wachspüppchen in Priestertracht und Schachteln, in denen etwas lag, das wie Blutwurst aussah. Appetitlich war der Anblick nicht, aber Ramona war am Verhungern, deshalb steckte sie gleich drei auf einmal in den Mund. Aber das war ja gar keine Wurst. Da war Sägmehl drin und kein Fleisch. Voll Abscheu spuckte Ramona die falschen Würste wieder aus. Amalasunta konnte doch wohl nicht mit diesen ungenießbaren Würstchen reich geworden sein?

»Da ist jemand, ich sag es dir«, hörte Ramona die besorgte Stimme eines Mannes, die sie nicht kannte.

»Da ist niemand. Das sind nur die Ratten«, war Amalasuntas Stimme zu hören, merkwürdig honigsüß. »Du solltest mal sehen, wie groß die Ratten sind, die wir in diesem Viertel haben. Einfach riesig.«

»Jemand ist zur Tür hereingekommen, ich sag es dir«, ertönte wieder die Stimme des Mannes, diesmal von den Geräuschen begleitet, die jemand macht, der sich eilig in seine Kleider stürzt. »Er ist im Salon.«

Merkwürdig. Wessen Stimme konnte das sein?

»Da ist niemand, mein Prinz. Komm ins Bett.«

Amalasunta hatte also einen Prinzen bei sich! Ramona fuhr sich rasch durchs Haar. Hier war ihre große Chance. Wenn sie sich den Prinzen schnappte, wären all ihre Sorgen vergessen. Wenn nur ihr Duft sie nicht verlassen hätte, könnte sie ihn Amalasunta mühelos entreißen.

Ramona setzte sich auf eine der Kisten und nahm ihre verführerischste Pose ein. Doch es war gar kein Prinz, der aus Amalasuntas Schlafkammer auftauchte. Es war ein junger Priester mit rotem Gesicht unter der *biretta*, die er sich eilig auf den Kopf stülpte. Sein geistliches Gewand saß komplett verdreht, und er versuchte es noch zu richten, als er aus der Haustür stürzte und sich bemühte, eine gefaßte Miene zur Schau zu stellen.

Ihm folgte Amalasunta. Auch sie kämpfte mit ihren Kleidern. Ihre Honigstimme hatte sich verflüchtigt. Ramona sah, daß sie alles andere als willkommen war.

»Was bildest du dir eigentlich ein, hier einzudringen, wenn ich meinen Seelsorger bei mir habe?« fauchte Amalasunta.

»Es tut mir leid«, erwiderte Ramona, »aber ich habe Hunger. Ich dachte, es ist vielleicht noch etwas von den geschmorten Innereien übrig.«

»Geschmorte Innereien, in der Tat! Was für eine Unverschämtheit! Nein, ich habe keine geschmorten Innereien übrig. Ich habe gar nichts übrig. Und nun mach, daß du fortkommst!«

»Aber Amalasunta Castorelli, ich muß mit Ihnen sprechen. Rupinello ist weg.«

»So ist ihm endlich der Kronleuchter aufgegangen, was? Gut für ihn. Und wie gedenkst du die Miete zu bezahlen?«

»Darüber wollte ich mit Ihnen sprechen. In Anbetracht der Tatsache, daß Sie und ich immer so gute Freundinnen waren ...«

»Freundinnen, daß ich nicht lache! Die Miete ist am Freitag fällig. Entweder du zahlst oder du sitzt auf der Straße. Und nun raus hier!« Damit öffnete Amalasunta die Tür und schob ihre Freundin, ihre Schwester Ramona, ins stinkende Treppenhaus.

So viel zum Thema Wohltätigkeit.

»Die habe ich noch nie gesehen, Bubbone«

Wen konnte Ramona noch um Hilfe bitten? Da war natürlich Signor Po von der Oper. Obwohl er sie nie für einen Auftritt hatte rufen lassen, würde er ihr mit Sicherheit helfen, wenn er wüßte, was ihr zugestoßen war. Er würde es nicht zulassen, daß sie verhungerte, nicht nach dem, was sie einander bedeutet hatten. Da war auch noch der feine Herr, der sie ins Fontana eingeladen hatte. Wie hieß er noch? Signor Pastini, sie war sich dessen sicher. Sie kramte in ihrer Schublade herum und fand seine Visitenkarte. Eingerissen und fleckig, aber mit ihrer Hilfe würde sie ihn finden.

»Gut, daß ich so gescheit bin«, sagte Ramona zu dem Baby, das über Nacht schon wieder gewachsen war. »Ich werde uns retten. Wir müssen jetzt zwar noch einmal losgehen, aber diesmal werden wir nicht hungrig heimkehren.«

Und so setzte Ramona ihre Brille auf und machte sich auf den Weg zum San Carlo. Statt der schönen Kleider der Brunella Tosti trug sie jetzt ihre eigenen Lumpen, aber sie hoffte, daß Signor Po den Unterschied nicht bemerken würde. Sie hastete mit dem riesigen Säugling auf dem Arm durch die Stadt und hoffte, daß sie bald eine üppige Mahlzeit bekommen würde. Sie stolperte die Treppe zur Oper hinauf und betrat das Foyer. Diesmal hatte ein anderer Pförtner Dienst, nicht der freundliche Mann, der sie zu Signor Po gebracht hatte. Der frühere Pförtner war seines Amtes enthoben worden. Er saß noch im Gefängnis und harrte der Hinrichtung wegen der grausamen Ermordung seiner Frau.

»Das Haus ist geschlossen, Signora«, teilte ihr der neue Pförtner mit.

»Ich wünsche Signor Po zu sprechen«, erwiderte Ramona.

»Signor Po ist nicht mehr am San Carlo, Signora.«

»Nicht mehr hier?« fragte Ramona, voller Panik. »Aber ich muß ihn sprechen.«

»Tut mir leid, aber er ist nicht mehr da. Es kam zu Meinungsverschiedenheiten zwischen ihm und der Direktion. Ich kann Ihnen nicht helfen. Einen guten Tag.« Damit schob er Ramona auf die Treppe und schloß rasch die Tür hinter ihr.

Verschlagen nickte der Pförtner dem tauben Hausmeister Panfilo zu, der gerade mit einem Mop vorbeikam.

»Wieder eines von den *bastardi* des Signor Po, Panfilo!« bellte er. »Das ist das dritte in dieser Woche.«

Der Hausmeister zuckte die Schultern. Was gingen ihn die *bastardi* des Signor Po an. Er hatte genügend eigene Sorgen.

Das war's dann wohl, was Signor Po anlangte. Mit dem bißchen Kraft, das ihr noch blieb, beschloß Ramona, ihr Glück bei Signor Pastini zu versuchen. Sie bat einen Passanten um eine Wegbeschreibung zu der Adresse auf der Karte und machte sich auf den Weg zum Haus an der Piazza Matteotti. An dem imposanten Eingangsportal läutete sie die Glocke, und nachdem sie eine ganze Weile gewartet hatte, öffnete ein hochnäsiger Diener die Tür.

»Lieferanten am Hintereingang«, schnüffelte er verächtlich und gönnte ihr keinen Blick.

»Ich bin keine Lieferantin«, erwiderte Ramona ärgerlich. »Ich bin gekommen, um Signor Pastini zu besuchen. Bitte seien Sie so freundlich, ihm zu sagen, daß ich ihn zu sprechen wünsche.«

»Ich bin sicher, daß der Signor Personen wie Sie nicht empfängt«, entgegnete der Diener verächtlich. »Außerdem ist der Signor sowieso nicht zu Hause.«

»Nun, dann sagen Sie ihm bitte, daß ich da war und morgen wieder vorbeikomme.«

Ohne sie einer Antwort zu würdigen, schloß der Diener die Tür und ließ Ramona mit dem Baby stehen. Was sollte sie nun tun? Sie hatte niemanden mehr, an den sie sich wenden konnte. Doch gerade als sie sich umdrehte um wegzugehen, fuhr eine Kutsche vor, und Signor Pastini stieg aus. Dem Himmel sei Dank. Das war ihre Chance. Noch war nicht alles verloren.

»Signor, erinnern Sie sich an mich?« rief Ramona und wandte sich ihm mit einer jähen Bewegung zu.

»Ich habe Sie noch nie in meinem Leben gesehen«, erwiderte der Signor und warf einen mißtrauischen Blick auf das Baby.

»Aber mein Herr, erinnern Sie sich nicht, wir haben im Fontana Kaffee getrunken. Sie fragten mich, ob ich mit Ihnen in ein Hotel gehen würde. Sie sagten, daß sie mir helfen würden. Sie haben mir ihre Visitenkarte gegeben.« Sie hielt ihm den schäbigen Fetzen hin.

»Sie müssen sich täuschen, Signora. Ich habe Sie noch nie in meinem Leben gesehen. Guten Tag!«

Der Signor machte einen Bogen um sie und schritt auf seine Eingangstür zu, die sofort von dem hochnäsigen Diener geöffnet wurde.

»Aber mein Herr«, flehte Ramona. »Bitte …«

»Die habe ich noch nie gesehen, Bubbone«, sagte der Herr zu seinem Diener, als dieser die Tür zum zweiten Mal vor Ramonas Nase zuschlug.

»Wie ich mir bereits dachte, mein Herr«, erwiderte der Diener mit offenkundiger Befriedigung.

Die Verführung des Signor Filangieri

Ramona kehrte nach Hause zurück, wo Amalasunta ihre Wohnung gerade einem ihrer Verehrer zeigte. Der Signor testete die Bettfedern mit einem verliebten Blick, und Ramona hörte Amalasunta sagen:

»Sie geht am Freitag. Dann kannst du mit deinem Zeug kommen.«

»Ich bin rechtzeitig zur Siesta da«, erwiderte er strahlend.

»Nicht ganz so schnell«, sagte Ramona. »Bis Freitag habe ich das Geld, darauf können Sie sich verlassen.«

Ohne sie zu beachten, führte Amalasunta ihren Verehrer die Treppe hinunter, wobei die beiden Pläne für seinen Einzug in Ramonas Wohnung schmiedeten.

Alles war schief gelaufen. Nun begann sie doch ernsthaft darüber nachzudenken, ob sie nicht besser auf das Gut zurückkehrte. Die Signora würde sie wieder aufnehmen. Sie würde sie nicht wegschicken. Es wäre zwar eine Erniedrigung, ihr Scheitern in der Stadt zuzugeben, aber das Überleben kam vor dem Stolz. Wenn sie nicht aufs Gut zurückkehrte, würde sie umkommen, so viel stand fest.

Aber wie sollte sie reisen? Für die Kutsche hatte sie kein Geld. Sie konnte nur hoffen, daß es ihr gelingen würde, einen Platz auf irgendeinem Gefährt zu erbetteln. Abreisen würde sie morgen. Jetzt konnte sie nicht fahren. Es war bereits spät, und sie war vollkommen erschöpft. Sie mußte sich ausruhen.

Nun bereute sie, daß sie nicht mit Rinaldo zum Gut zurückgekehrt war. Sie war töricht gewesen. Er hatte recht gehabt, Neapel war nicht der richtige Ort für sie. Es war nicht ihre Heimat. Hier sahen die Nachbarn fröhlich zu, wie man verhungerte. Auf dem Lande würde so etwas nie vorkommen.

Ein Klopfen an der Tür schreckte Ramona auf. Im Schatten des verdreckten Korridors lauerte ein Mann, Selmo Filangieri, der Inhaber der Garküche mit demselben Namen.

Der Signor trat ein und stellte einen riesigen Korb, das Abendessen für seine Familie, auf den Boden. Er hatte gerade seinen Laden zugemacht und war auf dem Weg nach Hause. Der Duft von gebratenem Fleisch vermischte sich mit dem von saftigen Saucen aus Knoblauch, Käse und Tomaten und frischem Backwerk. Ramona stand kurz vor einer Ohnmacht. Für jemanden in ihrer Lage war es die reinste Qual.

»Der Bucklige schuldet mir Geld«, knurrte Signor Filangieri. »Wenn er weg ist, wer bezahlt mich dann?«

»Ich kann Sie auch nicht bezahlen, Signor«, sagte Ramona, »ich bin fast am Verhungern. Könnten Sie mir ein wenig von dem geben, was Sie in Ihrem Korb haben? Nur ein bißchen gebratenes Fleisch, etwas Brot, etwas Käse ...«

»Sie müssen mich für einen Idioten halten!« donnerte Signor Filangieri los. »Ein bißchen gebratenes Fleisch, etwas Brot ... Daß ich nicht lache! Von mir kriegen Sie keinen Krümel mehr, hören Sie? Ich will mein Geld!«

»Vielleicht, Signor«, sagte Ramona, deren rosa Augen eine Gelegenheit erspähten, »vielleicht könnten wir ja zu einem Arrangement kommen ...«

Bei diesen Worten näherte sie sich Signor Filangieri, streckte die Brust heraus und legte ihre schmuddeligen Hände auf seinen Hosenlatz. Es bestand kein Zweifel daran, was ihr durch den Kopf ging. Der Signor war entsetzt.

»Ich will mein Geld!« sagte er mit stählerner Stimme, bevor er Ramona grob zur Seite stieß, seinen Korb aufnahm und die Tür hinter sich ins Schloß fallen ließ. Die Treppen hinunterstürmend schrie er: »Stellen Sie sich auf den Besuch der Schuldeneintreiber ein!«

»Schuldeneintreiber!« Wie entsetzlich das Wort in Ramonas Ohren klang, als sie mit Prellungen übersät auf dem Boden lag.

Das wackere Hackebeil des Liberio Borrelli

Mittlerweile hatte Amalasunta andere Pläne für die Vermietung von Ramonas Wohnung. Und ihre Meinungsänderung sollte die schrecklichsten Folgen haben. Am nächsten Morgen ging Amalasunta in die kleine Metzgerei in der Via Camillo Porzio, um Liberio Borrelli mitzuteilen, daß er die Räume doch nicht haben könne. Am vergangenen Abend hatte sie mit dem Krippenmacher Rambaldo Melandri zu Abend gegessen und beschlossen, daß nun Rambaldo an der Reihe war und Liberio sein Bündel schnüren mußte.

Liberio schnitt das Schweinefilet, das er gerade unter dem Messer hatte, weiter in Scheiben, bis er fertig war, und wischte sich dann die Hände an seiner blutverschmierten Schürze ab. Verzweiflung hatte ihn erfaßt, doch er behielt seine Gefühle für sich. In Wahrheit war er nämlich an der Witwe Castorelli interessiert, nicht an ihren Zimmern. Und im übrigen war der Witwe Gold und nicht die Witwe das eigentliche Ziel seines Strebens. Vor seinem geistigen Auge stand der geräumige Laden, der ihn sein ganzes Leben angespornt hatte. Die Schaufenster rechts und links vom Eingang. Die strahlend weißen Fliesen. Die elegante Kundschaft. Er sah zu, wie Amalasunta seinen Laden verließ, dann folgte er ihr in sicherer Entfernung.

Mittlerweile machte sich Ramona daran, die Stadt zu verlassen. Sie hatte so gut wie keine Habseligkeiten. Zu packen hatte sie nichts. Doch bevor sie sich auf den Weg machte, mußte sie unbedingt etwas essen. Wie konnte sie das bewerkstelligen? Sie würde Amalasunta berauben, natürlich! Warum hatte sie nicht schon früher daran gedacht? Sie ließ das Riesenbaby im Korridor liegen und ging in die Wohnung im Erdgeschoß.

Beim Öffnen der Wohnungstür verriet ihr das Quietschen von Sprungfedern und leises Liebesgestöhn, daß ihre Hauswirtin nebst Freund zu Hause waren, und sie machte sich unerschrocken an die Durchsuchung der Wohnung. Im Salon, in dem sich merkwürdige Waren türmten, fand sie nichts. Desgleichen in der Küche. Sie suchte alles ab, sah in der Kaffeekanne, im Salzfaß, ja sogar im Mülleimer nach. Nichts.

Nicht einmal in den Schränken fand sie etwas Eßbares, nur die schmutzigen Töpfe und Teller des Eintopfs vom Vorabend, die auf dem Spülbrett standen. Amalasunta war so knauserig, daß alles fein säuberlich ausgekratzt war. Doch selbst der dünnste Film von Bratensaft bedeutet für jemanden, der an fortgeschrittener Unterernährung leidet, eine Mahlzeit: Ramona leckte alles blitzblank. Es wurde ihr klar, daß sie trotz der damit verbundenen Gefahr auch das Schlafzimmer durchsuchen mußte.

Zum Glück für Ramona waren Amalasunta und ihr überschäumender Priester voll bei der Sache und bemerkten die Diebin in ihrer Mitte nicht. Ramona sah in den Nachttopf, den Wandschrank, sie durchsuchte die Taschen der eilig abgeworfenen Kleider; alles, was sie fand, waren ein paar Grän im Schuh des Geistlichen. Das mußte reichen. Sie wußte, daß hier Millionen versteckt waren, aber sie konnte es nicht riskieren, entdeckt zu werden. Ramona verließ die Wohnung auf Zehenspitzen und rannte auf die Straße. Dann fiel ihr ein, daß sie das Baby zurückgelassen hatte. Ohne lange zu zögern, ging sie wieder ins Haus, nahm das Baby auf den Arm und entkam.

Draußen beobachtete Liberio Borrelli die Szene von einem Hauseingang aus. Ihm schwammen alle Felle weg. Er hatte gewußt, daß er mit zwei Dentisten, einem Krippenmacher und drei Beamten in Wettbewerb stand, aber von dem attraktiven jungen Priester, der soeben mit seinem eigenen Schlüssel im Haus verschwunden war, hatte er keine Ahnung gehabt.

Ihm war klar, daß seine Chancen angesichts solcher Konkurrenz gleich Null waren. Die Jahre waren ins Land gegangen, und er war nicht jünger geworden. Sein Haar war so dünn geworden, daß er die noch vorhandenen Strähnen von einem Scheitel im Nacken nach oben kämmen mußte. Er wußte, daß sein Traum von dem Geschäft mit den Doppelschaufenstern in der vornehmen Via San Guiseppe ohne Amalasuntas Gold ausgeträumt war.

Wie Liberio Borrelli so dastand und über seine trostlose Zukunft nachdachte, begann es zu regnen. Die glänzenden Tropfen zerstörten im Nu das Kunstwerk seines Barbiers. Die dünnen Strähnen gehorchten der Schwerkraft. Sie sanken auf seinen Kragen und legten seine Glatze unrühmlich frei. Die Würdelosigkeit überwältigte ihn.

Er faßte einen Entschluß und sein Schlachterbeil, überrumpelte die Liebenden und hackte sie zu Tode. Während Amalasunta ihm mit glasigen Augen vom verdreckten Boden aus zusah, wohin ihr Kopf gerollt war, stellte er die gesamte Wohnung auf den Kopf.

Vielleicht erstrahlten die glasigen Augen ja im Triumph, als der Schlachter kein einziges Goldstück entdeckte. Der Schatz war so gut versteckt, daß ihn nie jemand finden sollte.

Zu guter Letzt flüchtete Liberio Borrelli in an Wahnsinn grenzender Verzweiflung vom Ort seiner Untat, so daß der Verdacht auf die verschwundene Bewohnerin der oberen Wohnung fiel, auf die bonbonfarbene Frau, deren Mann ebenfalls ein Mörder gewesen war.

Wieder auf dem Lande

Auf der Landstraße

Ramona kaufte so viel Brot, wie sie für ihre zwei Grän bekam, verschlang es und machte sich dann auf den weiten Weg zurück zum Gut. Pflaumengroße Regentropfen drangen mit unanständiger Treffsicherheit durch ihre Kleidung, und ihre Schutzbrille war ganz beschlagen. Doch sie schien es nicht zu bemerken. Durch den Botanischen Garten hastend, warf sie manchmal aus Furcht, man könne ihr auf den Fersen sein, einen Blick über die Schulter. Sie stürmte geradezu durch die Viertel von Il Moiariello und San Efremo Vecchio nach Ponti Rossi. Erst als sie die Straße nach Aversa erreicht hatte und in der Ferne das weite Land sah, verlangsamte sie ihr Tempo.

Ab und an überholte sie ein Wagen oder Karren, und sie winkte den Kutschern zu, um mitgenommen zu werden. Doch nach einem kurzen Blick zogen diese die Zügel an, legten noch einen Zahn zu, und Ramona blieb mit Dreck bespritzt zurück. Wie sie das Leben ohne ihren Duft haßte! In der guten alten Zeit hätte ein ganzer Konvoi von Fuhrknechten sie angefleht, doch bitte mit ihnen zu fahren.

Und wie schwer das Baby war. Es war so viel größer als andere Babys. Und es wuchs so schnell. Obwohl es erst einige Tage alt war, sah es schon wie ein einjähriges Kleinkind aus, oder sogar noch älter. Was für ein Pech, daß ich ein so unnormal großes Kind habe, dachte sie. Während sie sich mit ihrem Baby abschleppte, wurde es ständig größer und schwerer, und die bereits geschwächte Ramona wurde immer schwächer.

Daß ihr Duft verschwunden war, lag eindeutig an dem Kind, und darum konnte Ramona es noch weniger leiden. Auf der anstrengenden Reise, fern vom geräuschvollen Treiben der Stadt, konnte sie klarer denken, und sie stellte fest, daß ihre Pechsträhne mit dem unerwünschten Erscheinen des Kindes eingesetzt hatte. Sie entwickelte eine heftige Abneigung gegen das Geschöpf, das ihr so schwer im Arm lag. Was für eine Last, wenn man so hungrig, müde und naß war wie sie. Wie gern würde sie es für eine Weile irgendwo ablegen, um sich auszuruhen.

Als sie das Kind an den Straßenrand legte, begann es zu schreien. Was für ein entsetzlicher Lärm! Wie ihr die Arme wehtaten! Es wäre so schön, das Kind nicht länger tragen zu müssen. Nie wieder tragen zu müssen. Und wenn sie es einfach hier liegen ließe und allein weiterginge? Ihre Chancen mitgenommen zu werden, wären bestimmt größer. Es lag bestimmt an dem plärrenden Baby, daß die Fuhrknechte nichts von ihr wissen wollten. Allein säße sie jetzt schon längst auf einem Wagen, wäre ausgeruht und im Trockenen. Die Fuhrknechte würden ihr natürlich auch etwas von ihrem Proviant abgeben. Nach einem Berg *penne* mit Rindsragout sehnten sich ihre Geschmacksknospen im Augenblick am meisten. Vielleicht hätte einer sogar etwas Gebäck dabei. Wahrscheinlich würde er sie bis zum Tor des Landguts bringen, möglicherweise aber sogar ganz hineinfahren, damit sie nicht die lange Zufahrt hinaufzulaufen brauchte.

Wenn sie das Baby vorsichtig in den Straßengraben legte, wäre es in Sicherheit, bis es jemand entdecken würde. Jemand, der ein Baby haben wollte. Der könnte es dann mit nach Hause nehmen. Es war ja kein schlechtes Baby, wenn man denn eines haben wollte. So mancher würde es mit Freuden aufnehmen, dessen war sie sich ganz sicher.

Ramona legte das Baby also in den Straßengraben. Es schrie noch immer. Dann entfernte sie sich, ihre schmerzenden Arme und Schultern reckend und streckend. Nun konnte sie sich ganz um sich selbst kümmern. Gewissensbisse, das Baby verlassen zu haben, empfand sie keine. Es war schlicht eine Frage des Überlebens.

Sie wanderte weiterhin die Straße entlang und kam nun schneller voran. Zwei Fuhrwerke rollten in kurzem Abstand an ihr vorbei, doch wieder wollte keines sie mitnehmen. Einer der Kutscher bedrohte sie sogar mit der Peitsche, als sie gegen seinen Willen aufzusteigen versuchte. Es war ein Glück, daß sie das Baby nicht dabeihatte, sonst wäre es womöglich noch verletzt worden.

Nachdem sie etwa eine Stunde lang allein weitergewandert war, machte Ramona aus irgendeinem Grund auf dem Absatz kehrt und ging wieder zurück. Sie begriff selbst nicht, warum ihr Körper die Richtung geändert hatte, warum ihre Beine sie wieder zurücktrugen. Mühsam schleppte sie sich voran, bis sie an die Stelle kam, wo sie das Baby abgelegt hatte. Es war verschwunden. Im Graben saß ein pummeliges Kleinkind, mit verräterisch weißem Haar und rosiger Haut. Als die Mutter näherkam, sah das Kind sie haßerfüllt mit seinen rosa Augen an. Ramona schauderte. Die Geschwindigkeit, mit der sich dieses Kind entwickelte, hatte etwas Übernatürliches.

»Komm mit!« befahl Ramona.

Das Mädchen weigerte sich, die Hand zu ergreifen, die die Mutter ihr hinhielt. Es wich sogar davor zurück. Ohne Hilfe krabbelte es aus dem Graben und trottete an Ramonas Seite die Straße entlang. Das kam Ramona zwar seltsam vor, aber sie war dennoch erleichtert, daß sie das Kind nicht mehr schleppen mußte.

Es regnete noch immer unerbittlich. Der Hunger zehrte an Ramona. Vor Müdigkeit waren ihre Beine so schwer, daß sie ihre ganze Willenskraft aufbieten mußte, um sie zu bewegen. Immer wieder stolperte sie und fiel hin, wobei sie immer schmutziger wurde. Jedesmal fiel ihr das Aufstehen schwerer. Während Ramona sich abmühte, sah das Mädchen ihr boshaft zu und schien den Tod der Mutter herbeizuwünschen.

Es war mitten in der Nacht, als Mutter und Tochter schließlich das Landgut erreichten. Ramona griff mit letzter Kraft nach dem großen Glockenzug am Eingangsportal von La Casa. Dann fiel sie taumelnd, das Seil noch in der Hand, zu Boden. Das Gebimmel, das sie auslöste, war so heftig, daß alle Bewohner von La Casa in ihren Betten erschreckt in die Höhe fuhren.

Ramona Drottoveo ist wieder da!

Die Bediensteten strömten in der großen Eingangshalle zusammen, und man suchte gemeinsam nach einer Erklärung für das verheerende Läuten. Ob die Signora aus dem Reich der Toten zurückgekehrt war, um sie heimzusuchen? Oder wollten irgendwelche Banditen sie alle im Schlaf ermorden? Dalinda Scandone, die schwachsinnige Küchenmagd, deren Verstand in den vergangenen Monaten nicht schärfer geworden war, bleckte ihre gelben Zähne und hub zu greinen an. Sie verstummte erst, als ihr Liebhaber, der Küchenjunge Roberto Pedretti, ihr einen Schlag auf den Kopf versetzte. Immacolata Pescatore und Semprebene Metrofano, die Jungvermählten, (ja, sie hatten sich schließlich die Hand fürs Leben gegeben) tauchten als letzte auf. Unter dem prüfenden Blick der Anwesenden erröteten sie wie ein junges Paar.

»Heilige Mutter Gottes, dieses Getöse weckt uns noch den Signor auf«, zischte Immacolata. Seit dem Unglück, bei dem seine Frau ums Leben gekommen war und er eine beinahe tödliche Verletzung des Kopfes davongetragen hatte, verhielt sich der Signor höchst wunderlich. Wenn er des Nachts erwachte, kroch er manchmal auf allen Vieren über die Marmorböden von La Casa und schnüffelte wie ein Bluthund, oder, noch schlimmer, er drang in die Quartiere der Dienerschaft ein und preßte seine Nase an die Körper der Schlafenden. Folglich zitterte der ganze Haushalt bei dem Gedanken, ihn zu stören.

»Männer, haltet euch bereit, unser Leben zu verteidigen!« fuhr Immacolata fort. »Und nun, Ugo Rossi, öffne das Portal!«

»Warum denn ausgerechnet ich?« maulte Ugo, der vor Angst am hintersten Ende der Schar kauerte. Doch als er sah, wie sich das rechte Auge der Wirtschafterin kaum wahrnehmbar verengte, rannte er los und schob die Riegel zurück. Der Leibhaftige persönlich war weniger furchterregend als Immacolata Metrofano, wenn sie in Rage geriet. Die anderen Männer hatten die Fäuste erhoben, um im Notfall zuzuschlagen, und Dalinda Scandone schwang ihr Kruzifix und stieß die seltsamsten Verwünschungen aus.

Doch als die Riegel zurückgeschoben waren und das große Portal weit in die Nacht gähnte, war zum Erstaunen aller niemand zu sehen. Kein Geist der Signora. Keine Teufel mit gesträubtem Fell. Keine Leichenschänder. Keine Räuber mit Mistgabeln. Die Glocke schien ganz von selbst zu bimmeln. Doch dann hob Immacolata, die den ihr gebührenden Platz an der Spitze eingenommen hatte, die Laterne und entdeckte zu ihren Füßen einen Haufen Lumpen, zumindest sah es zuerst so aus, als sei es ein Haufen alter Kleider. Aus dem Haufen ragte eine schmutzige Hand hervor, die den Glockenstrang umklammert hielt.

Behutsam – um sich nicht zu beschmutzen – löste Immacolata den Glockenzug aus der Hand, und der Sonne gleich, die nach einem Gewitter hinter den Wolken hervorbricht, hörte das schreckliche Gebimmel endlich auf. Der Himmel sollte gepriesen sein, wenn das Getöse nicht durch die Wachspfropfen in den Ohren des Signor gedrungen war!

Aber was war mit dem Haufen Lumpen? Finger waren darin, so viel war deutlich geworden, schmutzige Finger obendrein. Tito Livio Feriani, der Kammerdiener des Signor, machte einen Schritt nach vorn. Er trug ein Zierschwert, mit dem er sich im Augenblick der Not bewaffnet hatte. Mit einem sauber ausgeführten Streich legte Tito bloß, was sich unter den Lumpen befand. Vereint stießen die Frauen einen Schrei aus, der wie ein Ballon über der Menschenmenge stehenblieb.

Ramona Drottoveo war wieder da!

Sie war bewußtlos. Durch und durch naß. Doch der ermattete Körper mit der gummiverkleideten Schutzbrille dort auf der Freitreppe gehörte unverkennbar ihr.

»Sie kann es gar nicht sein«, sagte Ernesto Conticello, der Rosengärtner, und ließ die Nasenlöcher seines höchst sensiblen Riechorgans spielen. »Der Duft fehlt.«

Alle Diener richteten ihre Nase in Richtung der Freitreppe und holten tief Luft. Ernesto Conticelli hatte recht: Der Duft war nicht da.

»Sie muß es aber sein«, sagte Ugo Rossi zögernd. »Wer sieht denn sonst noch so aus?«

»Und was machen wir jetzt?« fragte Semprebene Metrofano, der es nicht erwarten konnte, wieder mit seiner frischgebackenen Ehefrau ins Bett zu gehen.

»Machen wir doch einfach die Tür wieder zu«, schlug Beata Viola, die Silbermagd, fröhlich vor. »Vielleicht ist sie ja morgen früh weg.«

»Schäm dich, Beata«, erwiderte Immacolata Metrofano. »Wir können sie doch nicht einfach abweisen. Bei all ihren Fehlern – und ich räume gerne ein, daß es viele sind – braucht sie jetzt erst einmal Hilfe. Hol sie herein und bring sie in ihrem alten Zimmer unter.«

Als sich mehrere Hände nach Ramona ausstreckten, fiel der Lichtkreis der Laterne auf ein Kind. Die Bediensteten japsten nach Luft. Das Kind war ein Ebenbild Ramonas. Durch und durch naß, aber unverwechselbar. Etwa drei oder vier Jahre alt. Wie war das möglich? Wie konnte Ramona nach der kurzen Zeit, die sie in der Stadt gewesen war, mit einem so großen Kind wiederkommen? Besorgt sahen die Diener einander an. Das waren wahrlich keine guten Vorzeichen!

Fieber

Die ganze Nacht hindurch lösten sich die Mägde am Krankenbett ab. Es war offensichtlich, daß Ramonas Leben nur noch an einem seidenen Faden hing. Sie stand am Rand des Grabes. Zweimal schien sie sogar tatsächlich zu sterben. Sie hörte auf zu atmen. Eilig schickte man Pupolo Floscio los, Padre Jacopo zu wecken. Wie immer im zu kurzen Nachtgewand, das seine behaarten Knie frei ließ, kam der Priester murrend, um Ramona die Letzte Ölung zu erteilen. Wie sehr hatte sich seine einstige Geliebte verändert! Entsetzt erinnerte er sich der Gefühle, die er für dieses abstoßende Mädchen gehegt hatte.

Doch beide Male hatte Ramona Drottoveo für all diejenigen, die im Dunkel der Hintertreppe auf ihr Ableben hofften und sich freudig aufmachen wollten, die Neuigkeit ihres Todes auf dem Gut zu verbreiten, eine Überraschung parat. Mit einem kräftigen Schnarcher holte sie tief Luft und gesellte sich wieder zu den Lebenden.

Das Fieber wütete in ihrem Körper wie ein Waldbrand. Dalinda Scandone, die ihre Wache nur sehr unwillig übernahm, füllte mit dem Schweiß, den sie aus den Schwämmen wrang, mit denen sie Ramonas Stirn abtupfte, sieben ganze Eimer. Fast hätte Dalindas Angst vor der Pest den Sieg davongetragen, und sie hätte sich geweigert, Ramona zu pflegen, doch ihre Angst vor Immacolata Metrofano war noch größer. Mit Unmut im Herzen wischte sie Ramonas Stirn, abwechselnd Gebete aufsagend und Verwünschungen ausstoßend. Den Männern, die die Eimer von Hand zu Hand weiterreichten, fiel auf, daß der Inhalt nicht mehr duftete. Welch ein Unterschied zu den Tagen, als Ramonas Schweiß noch ein wahnsinniger Wohlgeruch anhaftete. Damals hätten die Männer bis aufs Blut um den letzten Tropfen gekämpft.

Ramona gab keinen Laut von sich. Kein Stöhnen, kein Seufzen, kein Ächzen entwich ihren Lippen. Keine Halluzinationen spielten mit ihrem Gehirn. Im Krankenzimmer und außerhalb überschlugen sich die Spekulationen. Warum diese schrecklichen Fieberschübe? Zeigte sich darin tatsächlich, wie viele behaupteten, Gottes ausgleichende Gerechtigkeit? Mußte Ramona zu guter Letzt doch den Preis für ihre Bosheit und Unzucht bezahlen? Was war ihr in der großen Stadt zugestoßen? Was war aus Rinaldo Buffi geworden? Was hatte zu ihrem unerwünschten Wiederauftauchen hier in La Casa geführt? Und was war mit dem Kind? Das Kind war das allergrößte Rätsel. Man hatte es gewaschen und zum ersten Mal in seinem Leben richtig gefüttert. Beim Einschlafen gab es Laute von sich, die an Singen erinnerten. Wie konnte es nur so schnell gewachsen sein?

Als endlich der nächste Morgen dämmerte, lebte Ramona noch immer, aber nur so eben. Der neue Arzt, ein Doktor Stipa, der nun den kränkelnden Signor umbalzte, fragte an, ob er einen Blick auf die ungewöhnliche Patientin werfen dürfe. Er wollte die Kammerzofe, die seinen alten Studienfreund Blocco aus der Bahn geworfen hatte, gern mit eigenen Augen sehen. Der Schock machte ihn fassungslos. Während ihrer Studienzeit war ihm zwar aufgefallen, daß Blocco leicht sein Herz verlor. Doch das hier war einfach nur noch lächerlich. Mit dieser Frau hatte sich die Natur einen Witz erlaubt. Wie konnte diese Kreatur seinen Freund dazu veranlaßt haben, sich das Leben zu nehmen? Das würde er nie begreifen. Selbstbewußt sagte Doktor Stipa Ramonas unverzüglichen Tod voraus und verließ La Casa, um auf dem Heimweg Bloccos Witwe Alfonsina einen Besuch abzustatten. Er hatte an der Hochzeitsfeier teilgenommen und glaubte sich zu erinnern, daß Alfonsina nicht schlecht ausgesehen hatte.

Die Nachricht von Ramonas Rückkehr verbreitete sich wie ein Lauffeuer auf dem ganzen Gut. Die nicht im Schloß Arbeitenden kamen herbei und versammelten sich im Hof. Sie wußten zwar nicht, was sie dort tun sollten, wollten aber unbedingt am Ort des Geschehens sein. Obwohl es überall hieß, daß der Duft verschwunden sei, wollte es niemand so recht glauben, bis er selbst im Krankenzimmer gestanden und die Luft eingeatmet hatte, die um die Patientin zirkulierte. Schon bald reichte die Schlange durch den Hof über die Küche und die Hintertreppe bis hinauf zu Ramonas Dachkammer. Es störte Immacolata Metrofano zwar sehr, daß man in ihr Reich eindrang, sie war jedoch der Meinung, daß es für den Augenblick das beste sei, den Dingen ihren Lauf zu lassen. Hatte erst einmal jeder auf dem Gut Ramona gesehen, würde das Leben wieder seinen normalen Gang gehen.

Einer der ersten Besucher war Trofimo Barile, der Gastwirt, der sich aus beruflichen Gründen für alles unter der Sonne interessierte. Es war schließlich seine Pflicht, seine Gäste auf dem laufenden zu halten. Die Wendung der Ereignisse hatte ihn, wie man sich denken kann, nicht im geringsten überrascht. Am Abend konnte man ihn hören, wie er sich hinter dem Schanktisch der Schwarzen Kröte über einen ähnlichen Fall ausließ. Dabei ging es um eine Milchmagd, die einen elfjährigen Sohn zur Welt gebracht hatte.

Ein regelmäßiger Besucher im Krankenzimmer war der Schweinehirt Stiliano Mamiliano. Jede Minute, die ihm seine Schweine ließen, kam er angekrochen, um verstohlen Ramonas Haar zu streicheln. Manchmal flüsterte er ihr etwas ins Ohr, in der Hoffnung, daß sie ihn trotz ihrer Bewußtlosigkeit hören konnte.

Es dauerte nicht lange, bis Stilianos Mutter Bibiana und die anderen Busenfeindinnen Ramonas, Saturnia Floscio, Gloriana Tomascelli und Andromeda Doria, schadenfroh an ihrem Bett saßen und auf eine Verschlimmerung ihres Zustands warteten. Sie hatten vorsorglich ihr Strickzeug und abgesehen von ihrem Flickberg auch noch die Erbsen mitgebracht, die fürs Abendessen enthülst werden mußten. Der Anblick, den sie boten, erinnerte an die alten Weiber, die sich bei öffentlichen Hinrichtungen ein Stelldichein zu geben pflegten. Jeden Neuankömmling klärten sie über Ramona Drottoveos Zustand auf und harrten optimistisch des Schlimmsten.

Das Kind vertraute man der Obhut der Hebamme Milvia Lucentini an. Alle waren baß erstaunt, als es sagte, sein Name sei Blandina. Auf alle weiteren Fragen verweigerte es jedoch die Antwort. Blandina schien Freude am Singen zu haben, und selbst wenn sie weinte, traf sie immer genau den richtigen Ton. Die lange Reise hatte ihr nichts ausgemacht, und sie jagte schon bald die Pfauen im Garten der Signora, riß die Orchideen ab und biß die Hilfsgärtner mit ihren scharfen Zähnchen. Ihr Haar war nun schon so lang, daß es ihr bis zur Taille reichte, und wenn sie rannte, schwebte es wie ein Schleier hinter ihr her. Ihre Züge waren feiner als die ihrer Mutter, und trotz ihrer ungewöhnlichen Farben war sie ein sehr hübsches Kind. Man war übereinstimmend der Meinung, daß sie eines Tages eine Schönheit sein würde. Als Milvia Lucentini hinter ihr herrannte, um zu verhindern, daß sie sich an den kleinen Nektarinen vergriff und die Veilchen zertrampelte, drang ihr ein schwacher Duft in die Nase, der von Blandina ausging. Sie konnte ihn nicht einordnen, aber irgendwie kam er ihr bekannt vor.

Rinderbouillon

Niemand wagte sich auszumalen, was im Fall von Ramonas Gesundung auf dem Gut los sein würde, und die Tagelöhner baten denn auch in ihrem Abendgebet Santa Notburga um Ramonas schnelles Ableben. Doch die Schutzheilige der Dienstleute dort droben im Himmel spielte mit allen Katz und Maus und blies mit ihren heiligen Wangen mal Leben in Ramonas Lunge, mal quetschte sie es mit ihren Riesenfingern wieder heraus.

Zu guter Letzt hatten alle das ewige Auf und Ab von Ramonas Gesundheitszustand, der regelmäßig in der Schwarzen Kröte verkündet wurde, satt, sogar diejenigen, die Ramona mit Leib und Seele haßten. Da begriff Santa Notburga endlich, daß ihr Treiben nicht länger unterhaltsam war, und fällte eine Entscheidung.

»Als junger Mann wohnte ich in der Gegend von Le Murge«, sagte Trofimo Barile eines Abends, etwa einen Monat nach Ramonas Rückkehr aus Neapel, »da machte ich die Bekanntschaft eines alten Mannes, der bereits seit vierzig Jahren im Sterben lag. Den einen Tag stand er von seinem Krankenlager auf und tanzte, den nächsten lag er steif wie ein Brett im Bett und war reif für die Bestattung. Wiederum einen Tag später spielte er die Geige. Nicht daß er im Umgang mit diesem Instrument sehr geschickt gewesen wäre, aber schließlich können wir nicht alle in San Gregorios Gunst stehen. Ja, liebe Freunde, einmal hatten wir ihn tatsächlich bereits unter der Erde, da hörten wir, wie es gegen den Sargdeckel klopfte, und waren gezwungen, ihn wieder auszugraben. Bei dieser Gelegenheit bot er auf seinem eigenen Grab den Messertanz dar. So ging es weiter. Menschen, die zu Beginn seines langen Sterbens frisch und munter gewesen waren, wurden scharenweise vor ihm dahingerafft. Wenn sein Haus nicht durch einen Blitzschlag Feuer gefangen hätte, würde er noch heute unter uns weilen.

Und deshalb, liebe Freunde, sollten wir uns darauf einstellen, daß es mit Ramona Drottoveo noch jahrelang so weiter gehen kann. Wir dürfen uns nicht mit unseren Erwartungen an den Rand der Erschöpfung bringen. Der Herrgott wird seine Entscheidung zur rechten Zeit fällen.«

Stiliano Mamiliano war der einzige Zuhörer, der von des Wirtes Weisheit nichts wissen wollte. In der randvollen Schenke hielt er zwar den Mund, er war aber dennoch überzeugt, daß die Entscheidung über Ramonas Schicksal kurz bevorstand.

Es war noch früh, als er am nächsten Morgen durch den Garten nach La Casa eilte, die Treppe hinaufsprang und in das Krankenzimmer platzte. Genau in der Sekunde seines Eintretens riß Ramona die Augen sperrangelweit auf. Stiliano war der erste Mensch, auf dem sie ruhten – worin er ein günstiges Omen sah. Dann öffnete sie die Lippen und schrie mit kräftiger Stimme: »Frühstück!«

Wie seltsam, daß sie wußte, welche Tageszeit es war, obwohl sie einen ganzen Monat lang bewußtlos im Bett gelegen hatte.

Ramona Drottoveo lebte. Daran bestand kein Zweifel mehr. Plötzlich war das Zimmer voller Leute, die Zeuge ihres Aufwachens werden wollten. Immacolata Metrofano bahnte sich den Weg durch die Menschenmenge – immerhin war es ihr Reich.

»Dalinda Scandone, hol eine Tasse Rinderbouillon und vielleicht ein wenig von dem Joghurt aus Schafsmilch und mische etwas Honig darunter, das belastet die Verdauung nicht«, befahl sie der Küchenmagd.

»Würste«, schrie Ramona, deren rosa Augen Funken sprühten. »Pastete aus Nierentalg, gefüllt mit zartem Rindfleisch im eigenen Saft. Einen großen Büffelmilchmozzarella. Aprikosenkompott. Eine ganze Schweinelende. Schnecken. Eis.«

Die Anwesenden hielten die Luft an und sahen auf Immacolata Metrofano, die in Würde erstarrte.

»Dalinda Scandone, hol die Rinderbouillon. Ramona Drottoveo spricht eindeutig im Fieberwahn.« Mit diesen Worten segelte sie mit der Hoheit der Signora aus dem Zimmer und begab sich unverzüglich zu ihrem Mann, der mit seinen Leuten die Haselhecke an der langen, schmalen Wiese, die immer feucht war, instand setzte.

»Würste verlangt sie zu essen!« schrie ihm Immacolata mit rotem Kopf schon von Ferne zu.

Semprebene schlug verzweifelt die Hand vors Gesicht. Schon ging der Ärger los!

Im Krankenzimmer legte sich nach einer Weile der Aufruhr, und die Neugierigen, die sich hineingedrängelt hatten, um Ramona Drottoveo ins Leben zurückkehren zu sehen, drängelten sich wieder hinaus. Dalinda Scandone erschien wie befohlen mit einer kleinen Tasse Rinderbouillon, die sie der Kranken mit einem großen Löffel und alles andere als sanft einflößte. Ramona war zwar enttäuscht, daß man ihr keine Wurst servierte, fiel aber gierig über die Brühe her.

»Das reicht«, sagte Dalinda scheinheilig und entriß Ramona die Tasse, die diese mit der Zunge ausleckte. »Immacolata Metrofano hat gesagt, daß du bis zum Mittagessen nichts mehr kriegen darfst und dann auch nur ein bißchen Joghurt. Wir anderen kriegen Fleischklößchen in Tomatensoße mit Pilzen.«

Ramona machte eine rüde Geste, doch Dalinda hatte ihr schon den Rücken zugekehrt. Währenddessen hatte Stiliano Mamiliano am Bett gestanden und auf seine Chance gewartet.

»Ramona Drottoveo«, begann er schließlich. »Ich bin's, Stiliano Mamiliano.«

Ramona sah ihn mit großen Augen an und angelte mit der Zunge nach Bouillontropfen, die sich möglicherweise auf Wangen oder Kinn verirrt hatten.

»Mir macht es nichts aus, Ramona, daß dich der Duft verlassen hat. Ich glaube, ich ziehe sowieso den Duft meiner Schweine jedem anderen Duft auf der Welt vor. Ich brauche keinen anderen. Was ich aber brauche, ist eine Frau. Ich habe alle Mädchen gefragt, aber da ist keine, die mich haben will. Sie haben etwas gegen den Geruch, verstehst du, den Geruch meiner Schweine, der wie ein feuchtes Hemd an mir klebt. Aber ich will für dich und das kleine Mädchen sorgen, als wäre sie mein Kind. Auch meine Schweine sind einverstanden. Was meinst du dazu, Ramona Drottoveo, willst du meine Frau werden?« Er hatte alles eilig hervorgesprudelt und wartete nun atemlos auf Ramonas Antwort.

Nirgendwo auf Ramonas Gesicht war auch nur die geringste Spur von Brühe, und die Lippen hatte sich Ramona mittlerweile wund geleckt.

»Lieben tu ich dich nicht, das stimmt, Stiliano Mamiliano«, erwiderte sie. »Und ich erinnere mich von dem einen Mal, daß ich es mit dir gemacht habe, daß dein Ding sehr klein ist. Aber krieg ich bei dir Brathuhn mit Kartoffeln und Rosmarin? Auberginen gefüllt mit Tomaten und *pecorino*? Lasagne? *Maccherone* mit Käse überbacken und Fleischsauce mit Erbsen und Eiern? Tintenfischeintopf? Pfannkuchen mit ...«

»Ja, ja, das kriegst du alles«, sagte Stiliano Mamiliano freudig, vom Gefühl übermannt. »Meine Vorratskammer ist immer gut gefüllt. Es wird dir an nichts fehlen, Ramona Drottoveo, das verspreche ich dir. Du liebst mich zwar nicht, aber das kann ich ertragen. Ich verlange nur, daß du zu mir und meinen Schweinen freundlich bist.«

Noch bevor Ramona eine Antwort geben konnte, sprang die Tür auf und gab den Blick auf eine Gestalt frei, die Stiliano Mamiliano erbeben ließ und bewirkte, daß er sich, ohne das Ergebnis seines Heiratsantrags abzuwarten, verdrückte. Die Gestalt nämlich, die im Türrahmen stand, war der Signor persönlich, vor Wut schäumend, daß man ihm die Rückkehr seiner einstigen Geliebten verheimlicht hatte. Sein Gesicht, das von dem Unfall schwere Narben davongetragen hatte, war puterrot.

Die Tür knallte ins Schloß und die Reitgerte flog in hohem Bogen durchs Zimmer, als der Signor zu Ramonas Bett eilte und seinen Kopf laut aufschluchzend an ihrem Busen barg.

»Aaah!« stieß er gurgelnd hervor und holte dort tief Luft, wo sich nach seiner Erinnerung der Quell des wollüstigen Duftes befand. »Aaah!«

Es dauerte eine Weile, bis er sich dazu durchrang, wieder an die Oberfläche zu kommen. Währenddessen blickte Ramona verwirrt zu ihm hinunter. Sie erwartete natürlich, daß er sie von sich stoßen würde, sobald er bemerkte, daß der Geruch verschwunden war. Doch nichts dergleichen geschah.

»Endlich habe ich ihn wieder in der Nase«, schluchzte er, das so schrecklich verunstaltete Gesicht tränenüberströmt.

»Mein Liebling, ich weiß nicht, wie ich meine Freude ausdrücken soll.«

Bei diesen Worten brach er endgültig zusammen und war eine ganze Weile unfähig, ein Wort zu sagen. Seit dem Unfall hörte er Stimmen in seinem Kopf, und wenn sie zu ihm sprachen und er ihren Anweisungen lauschte, wurden seine Augen glasig.

Gespannt beobachtete Ramona ihn, in der Hoffnung, einen Hinweis zu erhalten, was hier eigentlich vorging. Schließlich nickte der Signor zustimmend und antwortete den Stimmen: »Ja, meine Führer.« Dann erlosch der starre Blick seiner Augen und ihm fiel ein, wovon er gerade gesprochen hatte.

»Während meiner schrecklichen Krankheit habe ich ununterbrochen von deinem Duft geträumt. Die Quacksalber behaupten, ich würde nie wieder etwas riechen können, aber du bist der lebende Beweis dafür, daß sie sich geirrt haben. Ich habe nun deinen wunderbaren Duft in der Nase. Er ist sogar noch viel bezaubernder als früher. Gestatte mir, mich darin zu vergraben. Darin zu ertrinken. Oh welche Wonne! Welche Lust! Oh! Oh! Oh!«

Mit diesem Ausruf begrub der Signor seinen Kopf, ja, seinen ganzen Körper unter Ramonas Bettdecke. Als Immacolata Metrofano einige Zeit später ins Zimmer trat, um nach Ramona zu schauen, machte sich das blanke Entsetzen auf ihren Zügen breit. Ihre schlimmsten Befürchtungen hatten sich bewahrheitet.

Die neue Signora

Obwohl die Trauerzeit für die verstorbene Signora noch nicht verstrichen war, machte man sich mit voller Kraft an die Vorbereitungen für die Hochzeit des Signor mit Ramona Drottoveo. Welch ein Skandal! Wie schockierend! Alle ehrbaren Leute landauf landab waren empört. Der Unfall lag schließlich erst drei Monate zurück. Seit der Lieferung des funkelnden Automobils, eines der ersten aus der Produktion der Fiatwerke in Turin, waren nicht mehr als zwölf Wochen ins Land gegangen.

Vor den Augen aller seiner Leute, die Fähnchen schwangen und Bravo riefen, hatte der Signor die Signora zum ersten Mal um das Gut fahren wollen. Man hatte die Signora sicher in Reiseplaids und Pelze gehüllt und mit einem Schirm, einer Riechsalzflasche und einem Glücksbringer ausgestattet, der San Christofero, dem Schutzheiligen der Reisenden, geweiht war.

Doch noch bevor sie den Stallhof verlassen hatten, gab es einen gewaltigen Donnerschlag, und der Motor flog in die Luft. Die Signora war auf der Stelle tot und wurde in tausend Einzelteilen in alle Winde zerstreut, so daß man sie nicht mehr einsammeln konnte. Den Signor hatte es mit rasendem Tempo durch die Luft geschleudert, bis er, das Steuer noch in Händen, mit dem Kopf nach unten auf der Kuppel des Apollotempelchens aufgeprallt war. Zwar war er mit dem Leben davongekommen, doch sein Kopf hatte durch den Sturz einen gewaltigen Schaden erlitten.

Der Unfall hatte dem Signor zwei wichtige Lektionen erteilt: Erstens würde er sich nie wieder einer Fortbewegungsmethode bedienen, bei der auf Pferde verzichtet wurde; zweitens würde er fortan das Beste aus jedem Tag machen, denn das Leben war eine höchst prekäre Angelegenheit. So duldete er keinerlei Einwände gegen seine Pläne, Ramona Drottoveo unverzüglich zu heiraten.

Der Signor war betört von dem Duft, den er in seiner Einbildung trotz seiner völlig zerstörten Nase zu riechen vermeinte. Die ihn heimsuchenden Stimmen drängten ihn, Ramona Drottoveo zu ehelichen, bevor ihm ein anderer sie – und ihren Duft – abspenstig machte. Obwohl noch weit davon entfernt, gesund zu sein, schickte er den Doktor Stipa und die anderen medizinischen Autoritäten nach Hause, überzeugt, sie wollten ihn sowieso nur schröpfen. Das einzige Heilmittel, das er seiner Meinung nach brauchte, war Ramona Drottoveo. Ihr Duft war ein Zaubertrank, der einen Mann zu Hochform auflaufen ließ. Wenn er der Herr und Meister dieses Duftes wäre, würde er ewig leben. Kopfschüttelnd packten die Ärzte ihre Taschen und verließen La Casa, nicht ohne die allerschlimmsten Folgen für den Signor zu prophezeien.

Ramona Drottoveo erholte sich rasch und spielte unverzüglich die Signora. Man hatte sie in deren Räumen untergebracht, und sie machte sich umgehend daran, sie nach ihrem zweifelhaften Geschmack neu ausstatten zu lassen. Blandina hatte die Rolle der Signorina für sich entdeckt und verschönerte die kostbaren Seidendraperien der Kinderzimmer mit Buntstiften und Malfarben.

Als die Dienerschaft von der bevorstehenden Eheschließung erfuhr, wurden viele krank, und einige segneten sogar das Zeitliche. Stiliano Mamiliano erholte sich zwar rasch von seiner Enttäuschung, hatte aber solche Angst, für seinen Heiratsantrag bestraft zu werden, daß er Geschwüre bekam. Dalinda Scandone wurde von Anfällen heimgesucht. Beata Viola wurde Opfer eines Ausschlags, der sie tagtäglich bei Anbruch der Dunkelheit heimsuchte. Ugo Rossi wuchs auf dem Hinterkopf ein drittes Ohr. Auch wer nicht bettlägerig wurde, machte die volle Skala der Gefühle von Unglauben über Wut bis zur Verzweiflung nebst jeder Nuance der dazwischenliegenden Qualen durch. Daß von allen Frauen auf der Welt ausgerechnet Ramona Drottoveo ihre neue Herrin werden mußte! Es war wie ein schlechter Scherz. Nur daß es ganz und gar nicht lustig war. Und da ihr Wohlgeruch sich offensichtlich verflüchtigt hatte, war die ganze Sache absolut unerklärlich.

Wenn man nur dem Signor die Augen öffnen könnte, ihm klar machen könnte, daß sein armes, kaputtes Gehirn sich nur an eine Erinnerung und nicht an den Duft selbst klammerte! Aber wer sollte ihn aufklären?

Wie konnten sie, vor allem die Frauen, ausgerechnet Ramona Drottoveo aufwarten? Oh, wie ihre ehemalige Herrin sich vor Wut im Sarg umdrehen würde! Immacolata Metrofano, die Hüterin des Haushalts, hatte am meisten unter der Situation zu leiden. Zog der Himmel sie etwa wegen ihrer Sünden zur Rechenschaft? Sie hatte in der Tat ein oder zwei Kleinigkeiten auf dem Gewissen, aber die konnten doch wohl nicht für diese schreckliche Entwicklung der Ereignisse verantwortlich sein? Mit Sicherheit nicht! Wie sollte sie das nur aushalten? Diese Frage stellte sie sich tausendmal pro Minute. Doch eine zufriedenstellende Antwort fand sie nicht. Erschöpft versank sie in eine Lethargie so tief wie der Brunnenschacht.

Vorbei war es mit ihrem eisernen Regiment in der Küche, und das Chaos ließ nicht lange auf sich warten. Niemand polierte mehr zweimal täglich die Kupferkessel, und schon bald waren sie rußverschmiert. Eingemachtes und Eingelegtes verfaulte in den Tontöpfen. Der Fisch fing an zu stinken. Am Fleisch taten sich die Maden gütlich. Der Wein schmeckte nach Kork. Obst und Gemüse faulten vor sich hin. Die Ratten fanden ihren Weg in die Keller, wo Getreide und Hülsenfrüchte lagerten. Immer mehr Schmutz sammelte sich an. Die Bakterien vermehrten sich. Dalinda Scandone, die seit Wochen keine Ohrfeigen mehr bezogen hatte, gab sich vor aller Augen der Unzucht mit Roberto Pedretti hin!

Auch auf ihre Kochkünste schien sich Immacolata Metrofano nicht länger etwas zugute zu halten. Sie schickte die Enten mit Federn und komplett mit den Eingeweiden in den Speisesaal. Altbackenes Brot wurde zur Alltäglichkeit. Ihre Mehlspeisen waren nicht länger leicht und luftig, sondern schwer und verdrossen und setzten sich wie Kleister in den Mägen derjenigen fest, die so töricht waren, davon zu essen. An den Krusten der Pasteten hingegen brachen sich die Esser die Zähne in nie gehörter Zahl.

In den Saucen schwammen Klumpen, und einmal schickte Ramona Drottoveo doch tatsächlich eine von der Tafel im Speisesaal, wo sie nun ihre Mahlzeiten einzunehmen pflegte, in die Küche zurück. Welch eine Schande! Mit furchtsamem Blick sahen die Dienstmägde zu und wagten sich nicht vorzustellen, wie die Küchenchefin auf diese Beleidigung reagieren würde. Doch selbst diese Erniedrigung riß Immacolata Metrofano nicht aus ihrer Schwermut.

Niemand begriff, was mit ihr los war, und ihr frisch vermählter Ehemann machte sich große Sorgen um sie. Nachdem sie dem Signor einen Hummer hatte servieren lassen, der ihn mit seinen Scheren an der Nase packte, wußte Semprebene Metrofano, daß seine Frau eine feste Hand brauchte, wenn sie nicht das Risiko ihrer Entlassung eingehen wollten. Danach verbesserten sich die Zustände in der Küche, doch Immacolata war eine gebrochene Frau und wurde nie wieder ihr altes Selbst.

Auf dem ganzen Gut machte sich Verzweiflung breit. Die Brunnen in den Gärten plätscherten in Moll. Die beschnittenen Sträucher und Bäume entwickelten merkwürdige Schwellungen. Blattläuse verseuchten frech den Rosengarten, was bei Ernesto Conticello nie gekanntes Herzweh auslöste. Die Maulwürfe gruben ihre Gänge aufwärts und verunzierten mit ihren Hügeln die makellosen Rasenflächen. Die Kühe gaben keine Milch mehr, und nichts, was man dagegen unternahm, hatte Erfolg. In der Meierei wurde der Käse sauer und die Butter ranzig. Die Zitronen verschrumpelten an den Zweigen. Die Rüben wuchsen in den merkwürdigsten Formen, was nur bedeuten konnte, daß der Teufel sein Unwesen trieb. Ein wütender Hornissenschwarm griff eine Gruppe Männer an, die im Obstgarten arbeitete. Die Folgen waren furchtbar. Die Tagelöhner wurden faul und unzufrieden und verbrachten ihre Zeit damit, sich zu beschweren. Semprebene Metrofano mußte Tag und Nacht zupacken, damit ihm nicht alles entglitt. Alle dachten an die schrecklichen Zeiten nach dem Tod des Imkers. Was für eine Heimsuchung doch diese Ramona Drottoveo war! Würden sie diese Plage jemals wieder loswerden?

Einige junge idealistische Diener sprachen davon, daß alle auf einmal kündigen sollten, um dem Signor auf diese Weise klarzumachen, was sie von seiner Wahl hielten. Da aber keine Aussicht auf eine andere Anstellung bestand, wären sie diejenigen, die den Schaden hätten. Es mußte doch noch andere Möglichkeiten geben! Aber niemand hatte eine zündende Idee.

Anlaß zu einem Hoffnungsschimmer war die Ankunft der verheirateten Schwester des Signor, der Signora Margherita aus Potenza. Sie sagte ihrem Bruder klipp und klar, daß er im Begriff sei, eine Riesendummheit zu begehen. Doch anstatt auf seine Schwester zu hören, bekam der Signor einen Wutanfall und warf sie auf Befehl der Stimmen in seinem Kopf die Freitreppe vor dem Eingangsportal hinunter. Die gebrochenen Rippen und das zertrümmerte Nasenbein der Signora Margherita veranlaßten die restliche Verwandtschaft, ihre Lippen zu versiegeln.

Die Hochzeit

Der Tag der Hochzeit brach an; rauchfarbene Wolken fegten über den Himmel. Mit Sicherheit stand ein Gewitter bevor, und ihre Schirme umklammernd eilten die Dorfbewohner zur Kirche, um einen Platz zu ergattern. Als die Stunde der Eheschließung geschlagen hatte, platzte das Kirchlein von der Zahl der Geladenen und der gaffenden Ungeladenen aus allen Nähten.

Das Gestühl war natürlich für die Honoratioren reserviert. Das gemeine Volk drängelte sich, wo immer es Platz fand. Trofimo Barile hatte es irgendwie bewerkstelligt, zwischen der Comtessa Magina und der ehrenwerten Signora Lydia zu sitzen, beide Cousinen zweiten Grades des Signor. Er unterhielt sie mit einer Geschichte, die er bei der königlichen Hochzeit im Fürstentum Liechtenstein erlebt hatte, und die Damen lauschten gebannt. Die anderen, selbst solche Autoritäten wie Immacolata und Semprebene Metrofano, mußten sich mit einem Stehplatz hinten in der Kirche begnügen, und Stiliano Mamiliano und Virna Fuga, die nicht vorwitzig genug waren, landeten hinter den Säulen.

In der Uniform des Husarenregiments, in dem er seinem Volk im letzten Krieg gedient hatte, erwartete der Signor seine Braut am Hochaltar. Die Einschußlöcher waren so fein geflickt worden, daß sie kaum mehr sichtbar waren, und das rechte Hosenbein, das bei der Explosion des Autos abgerissen worden war, war so geschickt angesetzt worden, daß selbst der Signor nicht mehr wußte, wo die Naht verlief. Die Orden auf seiner Brust glänzten heller als das Gold des großen Altarkreuzes.

Das prächtige, mit Gold und Marmor verzierte Grabmal seiner Frau, an dem er auf dem Weg zum Altar vorbeikam, beachtete er nicht. Es überragte das Kirchenschiff und wirkte ein wenig fehl am Platz, denn alles andere war vergilbt, wackelig und mottenzerfressen. Den Signor beseelte nur ein einziger Gedanke, und der galt Ramona oder, um genau zu sein, dem Wohlgeruch, dem er bald ehelich verbunden sein würde.

Die wartende Gästeschar wurde von Blandina unterhalten, die das Panis Angelicus und den Brautchor aus Lohengrin sang. Inzwischen hätte man sie für eine Siebenjährige halten können, und in ihrem weißen langen Spitzenkleid sah sie wie eine kleine Braut aus. Die Idee stammte vom Signor. Er war ein leidenschaftlicher Musikliebhaber und bezaubert von der Stimme seiner neuen Stieftochter. Ramona war von Blandinas Begabung weniger begeistert, obwohl sie natürlich wußte, daß sie nicht an ihre eigene heranreichte. Allerdings war sie wütend, daß es dem Kind gelungen war, sich an ihrem, Ramonas, Ehrentag einen Platz zu erschleichen. Sie biß jedoch die Zähne zusammen und verlor kein Wort, wußte sie doch, daß es unklug gewesen wäre, dem Signor schon vor dem Jawort zu widersprechen.

Endlich traf Ramona Drottoveo ein, wie es sich für eine

Dame von Welt gehörte, verspätet. Beim Verlassen der Kutsche stolperte sie über ihre Schleppe und wäre beinahe auf dem leeren Grab ihres ersten Mannes zu Fall gekommen, dem man den schlechtesten Platz auf dem Friedhof gegeben hatte, weil er sich das Leben genommen hatte. Auf den zerbröckelnden Grabsteinen und den Fratzen der Wasserspeier hockten die Raben und krächzten in merkwürdigen Zungen. Einem gewissen Vittorino Broschi, ehemaligem Postillon und Geliebten Ramonas, der zum dritten Hilfskutscher gemacht worden war, liefen Schauer über den Rücken. Ramona war jedoch so mit sich selbst beschäftigt, daß sie die schlimmen Omen gar nicht wahrnahm.

Bei ihrem Eintritt in die *chiesa* schluckten die Gäste vor Bestürzung, was wie ein gemeinsamer Japser ungläubiger Verblüffung klang. Ramona sah darin den Beweis für ihre unglaubliche Schönheit, doch als Schönheit hätten es die meisten wohl nicht bezeichnet. Niemand hatte je dergleichen gesehen: die enorme Krinoline, das aufreizende Dekolleté, die mit Schwanenfedern und bimmelnden Glöckchen herausgeputzte Hochfrisur, die groteske, mit Rubinen besetzte Schutzbrille. Der Gesamteindruck war monströs. Signora Crispina, die alte Tante des Signor, war ihm nicht gewachsen. Sie brach vor Schreck zusammen und verschied noch vor Ende des Gottesdienstes in der Sakristei.

Ramona schritt das Kirchenschiff hinunter, das nicht nur gefegt, sondern zu Ehren des Anlasses auch gewachst worden war. Sie zog eine hundert Meter lange Schleppe hinter sich her, verziert mit fünfzigtausend Zuchtperlen. Sie waren von siebzig Näherinnen aufgestickt worden, die rund um die Uhr hatten arbeiten müssen, um rechtzeitig fertig zu werden.

Am Hochaltar wartete der Signor auf Ramona. Er war der glücklichste Mensch auf Erden. Den fassungslosen Abscheu seiner Freunde mißinterpretierte er als die unwiderstehliche Lust, die Ramona zu wecken pflegte, und er war höchst zufrieden mit sich, den Preis errungen zu haben, nach dem sich alle Männer verzehrten.

Ramona war im siebten Himmel. In diesem Augenblick wurden alle ihre Träume wahr. Sie war in der Tat eine Feenkönigin. Nein, keine Fee, eine Göttin. Sogar eine Kaiserin. Sie war schön. Sie stand kurz davor, zur Signora zu werden. Die Augen all der feinen Leute lagen liebevoll und ehrfürchtig auf ihr.

Die Freunde des Signor waren sprachlos. Er hatte sich seit dem Unfall zwar reichlich merkwürdig aufgeführt, doch seine Eheschließung mit diesem häßlichen, vulgären Weibsbild konnte nur bedeuten, daß er nun endgültig übergeschnappt war. Sein ältester Freund, der Duc d'Alba, überlegte, ob er der Sache Einhalt gebieten sollte, da sich der Signor während der ganzen Messe laut mit den Stimmen in seinem Kopf unterhielt und offensichtlich unzurechnungsfähig war. Doch dann hielt *il duca* doch den Mund. So mancher hoffte noch immer, daß sich die Hochzeit als aufwendiger Scherz herausstellen würde, doch dem war nicht so. Die Eheschließung erfolgte nach dem Gesetz Gottes.

Später, beim Hochzeitsessen, wurden Speisen aufgetischt, die für fünftausend Gäste gereicht hätten. In ihrer Unersättlichkeit und um für alle Fälle gerüstet zu sein, hatte Ramona diesen Überfluß angeordnet. Immacolata Metrofano hatte sich zwar beim Signor beschwert, doch der hatte sie angewiesen, der neuen Herrin zu gehorchen und ihn mit den Geschäften des Haushalts in Ruhe zu lassen.

Die Dienerschaft in ihrem Quartier feierte nur halbherzig, denn alle machten sich Sorgen um die Zukunft.

»Du wirst als erste ausgepeitscht werden, Dalinda Scandone«, sagte Ugo Rossi, der nun eine Mütze trug, um seine Mißbildung zu verstecken. »Dich konnte Ramona Drottoveo noch nie ausstehen.«

Daraufhin fiel Dalinda Scandone lautlos in einen Krampf, während die mit schwarzen Crêpebandagen umwickelte Beata Viola mißmutig in einer Artischocke herumstocherte.

»Und du wirst entlassen, Ugo«, sagte sie. »Ich habe gehört, daß sie alle Diener durch gutaussehende junge Männer ersetzen will.«

»Ich bin jung und sehe gut aus«, erwiderte Ugo tapfer, aber er wußte, daß er mit seinem dritten Ohr keine Chance hatte.

Im Salon nahmen die Herrschaften einige wenige leichte Erfrischungen zu sich, nur Ramona erfreute sich ihres üblichen gesegneten Appetits und tat sich an den Kaviarcanapés, dem Champagnersorbet und den Trüffeltörtchen gütlich, die Immacolata Metrofano und ihre Mannschaft die ganze Nacht über zubereitet hatten.

Wie Ramona es genoß, von ihren einstigen Kollegen bedient zu werden! Während diese mit den schönsten, mit Köstlichkeiten beladenen Silberplatten zwischen den Geladenen die Runde machten, bellte sie beinahe ununterbrochen ihre Befehle:

»Du da drüben, bring mir noch Champagner! Noch mehr von den kleinen Pasteten! Noch mehr Torte!«

Und die bebenden Lakaien überstürzten sich. Wie wunderbar, die Signora zu sein.

Der Tag wäre rundum perfekt gewesen, wenn da nicht Blandina gewesen wäre. Die Gäste liebkosten und verhätschelten sie und baten sie immer wieder, ihnen etwas vorzusingen. Das Mädchen genoß es, im Mittelpunkt zu stehen. Sie bedachte ihre Mutter mit verächtlichen Blicken und ließ sich nicht lange bitten.

Die Hochzeitsreise

Mit der Hochzeitsreise nach Paris waren endgültig alle Träume Ramonas Wirklichkeit geworden. Allmorgendlich, wenn sie ihre Augen in der prächtig ausgestatteten Suite des Hotel de Crillon öffnete, wurde sie von der Freude überwältigt, nicht in ihrem alten Leben aufgewacht zu sein.

Wie wunderbar Paris war! Wieviel schöner als Neapel, wo sie einst gewohnt hatte und das sie für die glänzendste Stadt der Welt gehalten hatte. Im Vergleich zu Paris war Neapel das reinste Dorf. Paris!

Die Jungvermählten waren selig vor Glück. Sie gingen Kleider in den besten Läden in der Rue du Faubourg St. Honoré einkaufen; Schuhe und Hüte in den Arkaden des Palais Royal; Pelze in der Avenue Montaigne; Juwelen in der Rue de la Paix. Ramona suchte mit gierigen Augen, die nun von einer Spezialanfertigung geschützt wurden, die schönsten Toiletten aus, und der Signor erfüllte jede ihrer Launen. Anfangs blickte die Zunft der feinen Verkäuferinnen auf die merkwürdige Hure mit dem von Narben entstellten alten Knacker herab, der ständig mit sich selbst sprach, doch als sich herumgesprochen hatte, wie reich der Signor war und welche gesellschaftliche Stellung er in seinem Land einnahm, hätten sie nicht charmanter sein können.

Man bestellte Toiletten in allen Farben und Formen. Desgleichen Schuhe und Hüte. Die feinsten Pelze, die auf dem Markt waren und denen die Kürschner ihre Kunst hatten angedeihen lassen, wurden gleich im Dutzend bestellt. Und die Juwelen waren so prächtig, daß bewaffnete Leibwächter den Pagen begleiten mußten, der die Einkäufe trug.

Nachdem die Runde durch die Läden beendet war, gingen sie im Grand Véfour, bei Bofinger oder in Les Ambassadeurs dinieren, auch wenn Ramonas ungewöhnliche Tischsitten, ihr lautes Schlürfen und ihr Knochenabnagen die anderen Speisenden vor Widerwillen erstarren ließ. Danach schlenderten sie die großen Boulevards entlang oder unternahmen eine Kutschfahrt durch den Bois de Boulogne. Abends besuchten sie die Folies Bergère oder die Oper.

Die Oper! Wie Ramona die Oper liebte! Wäre ihr Leben anders verlaufen, hätte sie es sein können, die da unten auf der Bühne stand. Was für eine Mimi sie abgeben würde! Was für eine Carmen! Die Rollen hätten für sie geschrieben sein können. Eine Perücke auf dem Kopf, mit Rouge und Puder geschminkt und eine Toilette tragend, die selbst Marie Antoinette in den Schatten gestellt hätte, saß Ramona in ihrer Loge und betrachtete hypnotisiert die Vorstellung, ohne zu merken, daß alle anderen Anwesenden die Aufführung ignorierten und vor Ungläubigkeit sprachlos ihre Lorgnons auf sie gerichtet hielten.

Der Signor hingegen bekam das alles sehr wohl mit. Er hielt das Erstaunen für Bewunderung und beglückwünschte sich von ganzem Herzen, die neue Signora allen anderen Männern weggeschnappt zu haben. Sie, die jeden hätte haben können! Sie hatte ihn erwählt und denjenigen vorgezogen, denen es körperlich und geistig gut ging und die nicht mit seinen zahlreichen Leiden behaftet waren. Während dieser Periode seines Lebens verhielten sich die Stimmen in seinem Kopf am gutmütigsten und gratulierten ihm sogar zu seiner Wahl. Der entsetzliche nervöse Tick, der manchmal sein vernarbtes Gesicht packte und es nicht wieder losließ, gönnte ihm während der ganzen Hochzeitsreise Ruhe, und nach ihren wahnsinnigen Liebesspielen schlief er wie ein Toter. Seine Schlaflosigkeit hatte sich in Nichts aufgelöst. Zum ersten Mal seit dem Autounfall fühlte er sich wohl. Und nie wurde er müde, dem Duft dafür zu danken. Mehr als alles andere liebte er es, seinen Kopf in Ramonas Busen zu vergraben und den Phantomduft mit tiefen, japsenden Zügen einzuatmen. Er konnte spüren, wie er von ihm geheilt wurde, und Ramona, die noch nie so glücklich gewesen war, ließ ihn entzückt gewähren.

Für Ramona gab es nur ein Haar in der Suppe, und das war, daß ihr Duft in Wirklichkeit nicht länger vorhanden war. Hätte sie ihn noch gehabt, läge ihr die ganze glitzernde Welt von Paris zu Füßen. Die Prinzen, die Kaiser und all die hübschen, französischen Dandys hätten sich ihretwegen Duelle geliefert. Wenn sie doch nur nicht dieses Kind bekommen hätte! Dann hätte sie jetzt noch ihren Duft. Blandina war natürlich in der Obhut von Milvia Lucentini auf dem Gut geblieben. Einer der vielen Vorteile, die Signora zu sein, lag darin, daß sie sich nicht mehr um das Mädchen kümmern mußte. Sie hatte es sogar fast geschafft, es zu vergessen.

Doch es sollte nicht lange dauern und Ramona würde die Heilige Jungfrau anflehen, ihre neue Verbindung mit

Nachwuchs zu segnen. Eines Abends als sie an der Seine entlangschlenderten, erklärte ihr der Signor in einem seiner wenigen luziden Augenblicke, was geschehen würde, wenn er kinderlos sterben sollte. Das Gut gehöre ihm nur für die Dauer seines Lebens, und im Fall seines Ablebens ohne Erben werde es wieder in die Hände der Familie seiner ersten Frau übergehen, der es rechtmäßig zustand und in deren Besitz es seit Generationen gewesen war.

Bei dieser Neuigkeit wäre Ramona beinahe in Ohnmacht gefallen. Ihr neues, wundervolles Leben war bedroht! Der Signor war immerhin nicht mehr der Jüngste. Zudem war er körperlich und geistig angeschlagen. Es konnte jeden Augenblick mit ihm zu Ende gehen. Jeden Morgen rechnete sie sozusagen damit, seine Leiche neben sich im Bett zu finden. Und dann würde ihr dieses märchenhafte Leben, für das sie so hart gearbeitet hatte, weggenommen, und sie würde brutal auf die Straße gesetzt werden! Der Bruder der verstorbenen Signora, der in Roccomonfina wohnte, würde keinen Augenblick verlieren, ihr all die schönen Sachen wegzunehmen und sie vor die Tür zu sezten. Vor ihrem geistigen Auge sah sie den Jubel des Gesindes und der Bediensteten, wenn sie schändlich aus dem Schloß gejagt würde.

Auf der Stelle eilte sie mit dem Signor in ihre Suite. Dort riß sie ihm die Kleider vom Leib und machte sich daran, seinen erschlafften Penis zu beleben. Sie mußte schwanger werden. Jeder Tag ohne Kind war ein Tag in Gefahr. Der Signor war entzückt über die neu entbrannte Leidenschaft seiner Frau, und mit Hilfe von Medikamenten und einer kleinen Gummipumpe schlug er sich recht ehrenvoll für einen Mann seines Alters. Er war selig. Sie liebte ihn. Daran bestand kein Zweifel. Er war der größte Glückspilz auf Erden.

Für den Rest der Hochzeitsreise ließ Ramona die Läden Läden sein und hielt den Signor in der Suite eingesperrt, wo sie ihre ganze Liebeskunst entfaltete und völlig unvernünftige Anforderungen an ihn stellte. Für ihn waren es jedoch die glücklichsten Tage seines Lebens. Nur, als die Zeit zur Heimkehr anstand, war kein Baby unterwegs – die einzige Wolke an einem ansonsten ungetrübten Himmel.

Die Heimkehr

Von ihrer Hochzeitsreise brachte Ramona fünfzig Schrankkoffer mit Kleidern nach Hause, siebenundzwanzig mit Schuhen, elf mit Hüten, fünf voller Pelze und einen übergroßen Tresorkoffer mit den erlesensten Juwelen, die es in Paris gab. Alle mußten mit anpacken, sie ins Haus zu schaffen. Ugo Rossi zog sich dabei einen Leistenbruch zu, was die allgemeine Bitterkeit noch vertiefte.

Kaum war die Kutsche auf Sichtweite herangekommen, kam Blandina die Freitreppe hinabgetänzelt. Graziös, schlank und lieblich anzusehen, war sie seit der Hochzeit ein ganzes Stück gewachsen. Sie wirkte nun wie ein Kind von zehn oder zwölf Jahren. Als sei ihre Mutter Luft, warf sie sich dem Signor in die Arme, der sie liebevoll küßte. Er hatte ihr in Paris einige besondere Geschenke gekauft und konnte es kaum erwarten, sie ihr zu geben.

Die persönlichen Träger des Signor waren ganz erstaunt, als sie den Signor die Treppe hocheilen sahen, seine Stieftochter an der Hand. Vor der Hochzeitsreise hatten sie ihn hinaufschleppen müssen. Er hatte sich in der Fremde erholt und sah um zehn Jahre jünger aus als vor der Ehe. Ramona Drottoveo tat ihm wirklich gut – selbst die verbittertsten Dienstboten mußten das einräumen.

Die neue Signora war ungehalten über ihre Tochter und beaufsichtigte das Auspacken mit viel Getue und Geschimpfe. Dann inspizierte sie das Gut, dessen Herrin sie nun war und das sich langsam von dem Durcheinander erholte, in das Ramonas Auftauchen es gestürzt hatte. Welch ein weiter Weg lag hinter ihr seit jenen Tagen, da die alte Signora ihr das Betreten ihrer Gärten verboten hatte und sie sich verstecken mußte, wenn sie sich über das Verbot hinwegsetzte.

Nun stolzierte sie in einer prächtigen Toilette aus Versailler Spitze unter einem dazu passenden Sonnenschirmchen, das der Obergärtner Ovidio Gondulfo über sie halten mußte, der einst so verliebt in sie gewesen war, daß er ihre Fußspuren ausgeleckt hatte. Von diesem Gefühl war bei dem Obergärtner nun allerdings nicht mehr das geringste zu spüren. Daß er gezwungen wurde, den Sonnenschirm zu tragen, ließ ihn eher seinen preisgekrönten Kakteen ähneln.

Ramona suchte alle ihre alten Lieblingsplätze auf. Sie schlenderte an den sorgfältig gepflegten Blumenbordüren entlang, wo das Gras, die Luft wie mit Pfefferminz parfümierend, gleich einem Trampolin federte.

Der Rosengarten war so schön wie nie, und keine einzige Laus wagte sich an die dreitausend Arten, die Ernesto Conticello und seine Mannschaft hegten und pflegten. Angesichts der Schande, daß seine Untergebenen Zeuge wurden, wie er einen Sonnenschirm über Ramona Drottoveo halten mußte, kam Ovidio Gondulfo die Galle hoch. Seinen verkniffenen Augen entging nicht, wer unklugerweise sein Gesicht zu einem Grinsen verzog.

Der Duft im Rosengarten war so intensiv, daß der

Wind ihn meilenweit über das Land trug, doch alle waren sich einig, daß er nur ein blasses Abbild des Duftes war, den Ramona Drottoveo einst verströmt hatte. Bienengesumm erfüllte die Luft, und das Schwirren der bunten Schmetterlinge erinnerte an den Blick durch ein sich ständig drehendes Kaleidoskop.

Die Buchsbaumhecken und die zu Delphinen beschnittenen Sträucher waren von formvollendeter Schönheit. Lieblich plätscherten die Brunnen. Die brüllenden Steinlöwen erschreckten pummelige *putti*. Die Lilienbeete waren genauso prächtig, wie Ramona sie in Erinnerung hatte. Die makellos cremigweißen Kelche standen inmitten aufgerollter Locken tiefgrüner Blätter. Sie würde viele Sträuße pflücken und in ihre Gemächer bringen lassen.

Im Gemüsegarten, der von einer Mauer umgeben war, wanderte Ramona zwischen den säuberlichen Beeten. In der nahrhaften Erde wuchs alles, vom Spargel bis zu Zucchinis. Im dahinterliegenden Stall bereitete Stiliano Mamiliano seinen Schweinen einen übelriechenden Fraß zu. Er griff an seine Mütze und verbeugte sich sogar, als sie näherkam. Sie mußte lachen: Als ob sie den Heiratsantrag eines Schweinehirten angenommen hätte! Sie hatte nicht übel Lust, ihn für seine Unverschämtheit auspeitschen zu lassen. Statt dessen beschloß sie, zum Mittagessen jede Menge Schweinefleisch zu bestellen. Sie wußte, wie es Stiliano schmerzte, wenn er seine Tiere schlachten mußte.

Neugierde veranlaßte sie, einen Blick auf das Imkerhaus zu werfen, das bescheidene Häuschen, in das sie zweimal als junge Ehefrau geführt worden war. Die Vorstellung, daß sie einmal in einem so kleinen Haus gewohnt hatte! Nun waren allein ihre Kleiderkammern erheblich größer. Wenn nur die Signora schon eher gestorben wäre. Wieviel Leid wäre ihr erspart geblieben! Doch sie haderte nicht mit dem Schicksal, sondern lächelte huldvoll, als Ovidio Gondulfo ihr den neuen Imker, Nuccio Pandolfo, vorstellte.

Mit großem Ernst zeigte er ihr seine Verbesserungen, die erhöhte Zahl Bienenstöcke, zu denen die Bienen aus dem Rosengarten zurückkehrten, mit Pollen und Selbstbewußtsein beladen. Er zeigte ihr die Königin einer neuen, gegen Krankheiten gefeiten Art, die er züchten wollte. Ramona tat so, als interessiere sie sich dafür. Doch was lag ihr schon an Bienen? Die Bienenkönigin war sie!

Obwohl der Imker ein schöner, strammer junger Mann mit blondem Haar und kräftigen Schenkeln war, stellte er keinerlei Versuchung für sie dar. Sie war viel zu sehr zur feinen Dame geworden, um an einem ungehobelten Imker interessiert zu sein. Und unter keinen Umständen würde sie dem Signor untreu sein. Niemals würde sie ihren Feinden auch nur den geringsten Anlaß zu dem Verdacht bieten, daß das Kind, das sie unbedingt empfangen wollte, nicht von ihrem Mann sein könnte.

Nachdem der Imker ihr alles gezeigt hatte, ließ sie sich von Ovidio Gondulfo zurück in den Wintergarten führen, wo sie geräuschvoll einen Krug Zitronenlimonade austrank. Sie war höchst zufrieden mit dem, was sie gesehen hatte, hielt es aber für angebracht, Änderungen anzuordnen. Immerhin war sie nun die Signora, und es war nur recht und billig, daß man ihr gehorchte. Also machte sie sich daran, dem Obergärtner die Veränderungen auseinanderzusetzen, die er in den Gärten vorzunehmen habe. Ja, die Gärten, die seit Jahrhunderten unverändert geblieben waren, sollten neu bepflanzt werden – nach Ramonas Geschmack. Ovidio Gondulfo wurde so weiß wie eine Mandel und versuchte zu protestieren, aber Ramona war unbelehrbar. Als er endlich entlassen war, ging der Obergärtner zum Komposthaufen und warf sich weinend auf ihn.

Als nächstes ließ Ramona Immacolata Metrofano zu sich rufen, um mit ihr die Veränderungen in der Haushaltsführung zu besprechen. Während der Monate der Hochzeitsreise hatte sich die Wirtschafterin und Köchin von ihrer Niedergeschlagenheit erholt, und etwas von dem alten Feuer flammte in ihren Augen auf, als sie Ramonas Anweisungen entgegennahm. Bei ihrer Rückkehr in die Küche mußte Dalinda Scandone sogleich einen ganzen Schauer von Ohrfeigen über sich ergehen lassen, woran sie seit einiger Zeit gar nicht mehr gewöhnt gewesen war.

Die Vorstellung

Eines Morgens, nicht lange nach der Rückkehr der Frischvermählten, erwachte La Casa vom Lärm der Äxte und Sägen. Ramona ließ sich hinter der Nymphengrotte ein Opernhaus bauen, und dreihundert Arbeiter waren herbeigeschafft worden, um es in höchster Eile zu errichten. Dort würde Ramona ihre eigenen Vorstellungen geben.

Sie hatte eine Operntruppe gegründet, deren Star natürlich sie war. Sie stellte einen Gesangslehrer ein und übte unermüdlich, doch nur der Signor entdeckte einen Fortschritt ihrer beschränkten Fähigkeiten. Während Ramona sich mit den Tonleitern abquälte, hörte man Blandina reine, klare Töne singen, und der Musiklehrer weinte, weil man ihm ein solches Talent vorenthielt.

Der Zustand des Signor besserte sich weiterhin, wo nicht geistig, so doch körperlich. Seine Obsession mit Ramonas Duft nahm verschiedene merkwürdige Formen an. Ramona hatte sich daran gewöhnt, daß er ihr wie ein Hund folgte und sie fortwährend beschnüffelte. Wenn er nicht den Kopf auf ihren Schoß legen konnte, bestand er darauf, eines ihrer Kleidungsstücke mit sich herumzuschleppen wie ein Kind seine Kuscheldecke. Er hatte sich auch angewöhnt, mit dem Duft zu reden, nachdem er ihn einer besonders weichen weiblichen Stimme in seinem Kopf zugeordnet hatte. Er trug Gedichte vor, die er für den Duft verfaßt hatte. Sogar mit dem Malen hatte er angefangen, um ihn bildlich darzustellen.

Ramona ließ ihn gewähren, doch seine Besessenheit machte ihr manchmal Angst. Einmal träumte sie, daß er wieder richtig riechen konnte und merkte, daß sie das fleischige Aroma, das sein Leben ausmachte, nicht mehr verströmte. Sie erwachte schweißgebadet, und obwohl es mitten in der Nacht war, läutete sie nach ihrer Zofe Belinda Filippucci, die ihr ein frisches Nachthemd geben und die Bettwäsche wechseln mußte.

Doch Ramona wurde nicht häufig von Alpträumen gequält. Gewöhnlich schlief sie so fest wie die Toten und schnarchte angeblich laut genug, um sie zu erwecken. Es war höchst unwahrscheinlich, daß der Signor seinen Geruchssinn wiedererlangen würde, wenngleich seine Sinne ihren eigenen Gesetzen gehorchten. Jeden Tag kam es zu einer Veränderung. Manchmal war er völlig taub, dann wiederum verlor er den Gleichgewichtssinn und fiel ständig nach vorn. Wenn er wieder hören konnte, passierte es, daß er den Geschmackssinn verlor. Dann konnte er eine Birne nicht von einem Perlhuhn, einer Eberwurst oder einem Karamelpudding unterscheiden. Immacolata Metrofano konnte sich dann bemühen wie sie wollte, sie konnte es ihm nicht recht machen. Die einzige Konstante in seinem Leben war sein fester Glaube an den Geruch in seiner Nase, der für ihn ein Trost in einer ansonsten beängstigenden Welt war.

Von dem Kind, nach dem sie sich beide sehnten, war

nichts zu sehen, aber sie gaben die Hoffnung nicht auf, und ihre Versuche, eines zu zeugen, kosteten in Anbetracht der zahlreichen Leiden des Signor viel Zeit. Ramona grollte ihrer Erstgeborenen Blandina, die tagtäglich größer und lästiger wurde. Wie unfair, daß das unerwünschte Kind so gedieh, während dem ersehnten noch kein Leben gegeben war. Wenn sie nur Blandina zurückschicken und durch das Kind des Signor ersetzen könnte. Wieviel hing von diesem Kind ab!

Ramona kam auf den Gedanken, Blandina könne den bösen Blick haben und dadurch die Zeugung des neuen Kindes verhindern. Von Anfang an hatte sie die Blicke ihrer Tochter nicht gemocht. Das Mädchen haßte sie, daran bestand kein Zweifel. Vor dem Signor hatte Ramona eine Zeitlang so getan, als liege ihr Blandina am Herzen, aber das hatte sie schon lange aufgegeben.

Ramona mied Blandina, doch der Signor liebte sie mit Leib und Seele. Sie war die Tochter, die er nie gehabt hatte, und sie erinnerte ihn daran, wie Ramona als Mädchen gewesen sein mußte. Beide interessierten sich für Musik und für Pferde. Blandina sang ihm seine Lieblingsarien vor, und wenn er gesundheitlich in der Lage war, ritten sie gemeinsam über das Gut. Er verwöhnte und verhätschelte sie. Sie hatte alles und noch viel mehr, wovon ein Mädchen träumen mochte, und das ärgerte Ramona zusätzlich, denn sie war sich des Unterschieds zu ihrer eigenen Kindheit unter dem strengen Regime der Nonnen nur allzu bewußt. Sie war im nachhinein neidisch. Ihr Groll gegen das Kind wurde immer größer, und das Kind haßte die Mutter täglich mehr.

Dennoch wäre es falsch davon auszugehen, daß Ramona viele Gedanken an ihre Tochter verschwendet hätte. Nein. Der Tag der Eröffnung ihrer Oper näherte sich mit

Riesenschritten, und sie hatte alle Hände voll zu tun, dafür zu sorgen, daß alles rechtzeitig fertig wurde. Sie mußte nicht nur die Polsterer antreiben, die sich Zeit ließen, sondern auch endlose Kostümproben hinter sich bringen, und sie mußte Stiliano Mamiliano beim Einstudieren seiner Rolle helfen. Ramona hatte ihn wegen seiner wunderschönen Baritonstimme dazu erkoren, sie bei Duetten zu begleiten. Ihm lag höchst wenig daran, auf der Bühne zu stehen, doch er wußte, daß er keine Wahl hatte. Ramona war sich darüber im klaren, daß seine Gegenwart eine Senkung des Niveaus bedeutete, aber sie konnte einfach nicht auf seine Stimme verzichten. Sie hoffte, daß man ihn nur hören und nicht sehen würde, wenn alle Scheinwerfer ausschließlich auf sie gerichtet wurden und er im Schatten stand.

Prächtige Einladungen auf dickem Karton in Goldschrift wurden an alle ehemaligen Freunde des Signor geschickt, aber kein einziger kam, denn man hatte sich gegen die vulgäre Signora verbündet. Ramona verschüttete bittere Tränen, die ersten seit ihrer Heirat, und der Signor war äußerst aufgebracht. Entschlossen, seiner Frau eine Enttäuschung zu ersparen, ordnete er an, daß die Dienstboten vom Schloß und das Gesinde vom Gut die Vorstellung besuchen müßten. Viele hätten das Ereignis zwar einerseits gern boykottiert, waren aber andererseits nicht zu stolz, sich kostenlos unterhalten zu lassen, und ihre Neugier auf das Opernhaus siegte.

Es war großartig ausgestattet. Trofimo Barile, der einzige im Publikum, der jemals eine Oper von innen gesehen hatte, erklärte, daß jede Einzelheit stimme. Die üppigen roten Teppiche, die endlosen Spiegel, die Vergoldungen, die Kronleuchter, die Samtdrapierungen und die Sitze. Er begutachtete alles ganz genau und konnte die Qualität nur loben, auch wenn das Opernhaus vom Arbeitgeber des

Cousins vom Nachbarn seines Schwagers noch etwas üppiger ausgestattet war. Das weniger welterfahrene Landvolk war wie vom Donner gerührt. Die Oper war wahrlich ein Palast.

Um kein Risiko einzugehen, hatte das Publikum klare Anweisungen erhalten, wann es laut zu klatschen habe, wann es spontan aufstehen und applaudieren solle und wann es die dafür zur Verfügung stehenden Blumen zu werfen habe. Es wäre Ramona eigentlich lieber gewesen, wenn Leute ihres eigenen Ranges Zeugen ihres glänzendes Debüts geworden wären, doch etwas in ihr sah es nicht ungern, daß ausgerechnet ihre einstigen Kollegen anwesend sein würden.

Trofimo Barile hatte kaum angefangen, eine Geschichte zum besten zu geben, die er als junger Barkeeper im La Fenice in der schönen Stadt Venedig gehört hatte, als das Hundert-Mann-Orchester im Orchestergraben mit der Ouvertüre begann und den Weisen zum Verstummen brachte. Die Akustik war perfekt, darin waren sich alle einig.

Ein köstliches Gefühl der Spannung lag in der Luft, als man den Auftritt Ramona Drottoveos erwartete. Dalinda Scandone, die seit dem Fest anläßlich Ramonas Vertreibung keine solche Aufregung erlebt hatte, wurde ohnmächtig und mußte an die frische Luft gebracht werden. Von der Vorstellung bekam sie gar nichts mit.

Die Zuschauer saßen schweigend da, hielten die Luft an und warteten. Hinten auf der Bühne spürte Ramona das angenehme Gefühl der Schmetterlinge in ihrem Magen. Es war genau wie in dem köstlichen Traum, den sie in Neapel gehabt hatte, während sie darauf wartete, daß Signor Po sie ins San Carlo holte. Sie hatte den Traum nicht vergessen, und nun hatte sie ihn verwirklicht. Wenn Signor Po sie jetzt doch nur sehen könnte!

Schließlich war der Zeitpunkt ihres Auftritts gekommen und verstrichen. Genau, als sich der Vorhang hob, warf ihr der Signor, der auf einem Schemel in den Kulissen saß und einen ihrer Strümpfe umklammert hielt, eine Kußhand zu. Alle holten so tief Luft, daß man es hörte, obwohl das Orchester sich gerade alles andere als lumpen ließ. Ramona Drottoveo war kaum erkennbar. Man hatte keine Kosten für die Perücke gescheut, und all die Straßsteine, mit denen das Kostüm bestickt war, glitzerten heller als die Kronleuchter.

Ramona tat einen Schritt nach vorn und machte einen tiefen Knicks. Rein äußerlich mag nichts der alten Ramona Drottoveo entsprochen haben, doch die Töne, die zwischen ihren bemalten Lippen hervorkamen, ließen keinen Zweifel aufkommen. Es war in der Tat Ramona Drottoveo, und so mancher wünschte sich, er hätte Wolle mitgebracht, um sie sich in die Ohren zu stopfen. Ugo Rossi litt Höllenqualen.

Ramonas »O Mio Bambino Caro« hätte wahrscheinlich bei vielen Zuhörern einen Hörschaden verursacht, wäre es nicht dem immer wachsamen Semprebene Metrofano aufgefallen, daß sich der Zuschauerraum mit dichtem schwarzen Qualm füllte. Die Vorstellung wurde rüde abgebrochen, weil die Zuschauer von ihren Plätzen flüchteten und sich in Sicherheit brachten.

Zum Glück gab es keine Todesfälle, nur Stiliano Mamiliano trug schreckliche Verbrennungen an den Beinen davon, und vor Schreck fiel ihm das ganze Haar aus. Das prächtige Opernhaus war innerhalb von vier Minuten vollständig zerstört, ungefähr zwei Stunden, bevor der veraltete Feuerwehrwagen des Gutes gerufen und zur Stelle gerollt werden konnte.

Während Ramona über den Abbruch ihres Debüts und

die Zerstörung ihrer Oper schluchzte, sah man Blandina mit einer Streichholzschachtel und einem Kanister Parafin aus dem brennenden Gebäude laufen. Als sie davonlief und dabei wie ein Engel sang, lag ein Duft in der Luft, der sich deutlich von dem scharfen Brandgeruch unterschied. Vielen Fliehenden kam er irgendwie bekannt vor, aber sie hatten erst viel später Gelegenheit, darüber zu sprechen.

Der Kindersegen

Beim Anblick der glimmenden Asche ihres Traums fügte sich Ramona dem Omen und schwor sich, nie wieder zu singen. Das Gehör aller Bewohner des Guts war endgültig außer Gefahr.

Doch ihr Zorn loderte heller auf als das Feuer, als sie herausfand, daß Blandina für das Inferno verantwortlich war, das sie der Lächerlichkeit preisgegeben hatte. Sie hetzte das Mädchen mehrmals um La Casa und schwenkte die Reitgerte des Signor, aber Blandina war zu schnell für sie. Beim Laufen sang Blandina schief und teuflisch »O Mio Bambino Caro« mit einer Stimme, die der ihrer Mutter geradezu unheimlich ähnlich war. Ramona raste vor Wut.

Geschlagen stürmte Ramona davon, um ihren Mann aufzusuchen und ihn von ihrem Entschluß in Kenntnis zu setzen, Blandina in einem Kloster erziehen zu lassen. Doch der Signor verweigerte seine Zustimmung. Er vergötterte seine Stieftochter und wollte kein Wort davon hören, sie wegzuschicken. Wie Ramona kochte, als sie feststellte, daß der Signor in Dingen, die das Kind betrafen, ihren Launen nicht so nachgab, wie sie es gewöhnt war. Um ihn zu strafen, enthielt sie ihm zwei Tage ihren Duft vor, doch obwohl es für ihn die reine Folter war, kam er ihrem Wunsch nicht nach. Es war ihre erste Auseinandersetzung wegen des Kindes, aber es sollte nicht die letzte sein.

Ausgerechnet an jenem Tag kam das Mittagessen nicht pünktlich auf den Tisch, was Ramonas Zorn noch steigerte. Noch größer wurde er allerdings, als sie den Grund für die Verzögerung erfuhr. Immacolata Metrofano hatte einen Sohn zur Welt gebracht. Das war eine Überraschung, nicht nur, weil Immacolata Metrofano nicht mehr die Jüngste war, sondern auch, weil sie aus Respekt vor dem Aberglauben und den heimischen Sitten niemandem anvertraut hatte, daß sie in anderen Umständen war.

Blandina ließ keine Zeit verstreichen, ihrem Stiefvater den kleinen Sebaldo vorzuführen.

»Schau dir das hübsche Baby an, Papa«, sagte sie. »Ich wünsche mir auch so einen lieben kleinen Bruder. Aber Mama macht ja keinen.«

Der arme Signor, der gerade einen wirren Tag hatte, dachte, der Säugling, den man ihm gezeigt hatte, sei sein eigenes Kind und eilte mit Freude in seinem arhythmischen Herzen zu Ramona, um sie zu beglückwünschen. Die zutiefst verletzte Ramona mußte den Signor aufklären. Von Immacolata Metrofano hatte sie solch schändlichen Verrat nicht erwartet. Sie ließ die weiblichen Bediensteten wissen, daß sie keine weiteren Geburten wünsche, bevor sie nicht selbst entbunden hätte.

Blandinas Interesse an dem Kind war gleich wieder erloschen, denn sie fand es bereits langweilig und eilte zu ihren Gesellen im Obstgarten. Die Mädchen des Guts machten einen großen Bogen um sie, aber die Jungen waren hingerissen von ihr, und obwohl sie auf sie hinabblickte, weil sie die Signorina war, machte es ihr Spaß, ihr Spiel mit ihnen zu treiben. Sie stachelte sie dazu an, etwas anzustellen, um ihre Gunst zu gewinnen, und nichts machte ihr mehr Spaß, als sie in Schwierigkeiten zu bringen.

Einmal hatte sie Maurilio Bergonzoni, den Sohn des Kuhhirten, dazu gebracht, die Honigwaben aus Nuccio Pandolfos Bienenstöcken zu stehlen. Maurilio reagierte so allergisch auf die Bienenstiche, daß sein Leben eine Weile am seidenen Faden hing. Man erinnerte sich an den Tod des ersten Imkers, der Ramona geheiratet hatte, und dachte, die Geschichte wiederhole sich. Blandina lachte nur, und alle sahen, daß sie wahrlich Ramonas Tochter war.

Auf Blandinas Betreiben stieß Andrea Dromedas Holzbein kurze Zeit später ein Unglück zu. Dasselbe passierte mit Bibiana Mamilianos Zähnen, Stiliano Mamilianos Ferkeln, Ernesto Conticellos Rosen, Immacolata Metrofanos gebratenen Waldschnepfen, Ramonas Wandschränken und sogar mit dem Hörrohr des Signor und anderen medizinischen Geräten. Niemand war vor Blandinas Streichen sicher.

Doch der Unterhaltungswert der Dorfjungen war begrenzt. Sie waren schließlich viel zu dumm und bäurisch, um befriedigende Spielkameraden für so ein überlegenes Mädchen abzugeben.

Nach dem Feuer hatte der Signor, trotz der Proteste seiner Frau, eine Gouvernante eingestellt, und seine Stieftochter war eine begabte Schülerin. Sie war mit Intelligenz gesegnet und sprach schon bald vier Sprachen fließend. Besonders gut war sie in Algebra und Geometrie. Sie kannte die Gesetze der Astronomie, Biologie, Chemie und Physik. In Weltgeschichte, Geographie und Religion war sie ebenfalls versiert. Sie konnte sich über Politik unterhalten. Sie liebte Literatur. Sie schrieb Gedichte. Sie war im klassischen sowie im Volkstanz zu Hause. Sie konnte Flöte spielen, Harfe und Klavier. Aber ihre größte Begabung war ihre Stimme.

Ramonas Abneigung gegen ihre Tochter war wie ein böser Ausschlag, und Blandinas wunderschöne Stimme ein wahrhaft wunder Punkt. La Casa war von Gesang erfüllt wie das Herz der Mutter mit Groll. Ramona hatte das Gefühl, die Dinge nicht länger in der Hand zu haben, und das gefiel ihr ganz und gar nicht. Sie verfluchte sich selbst, wenn sie daran dachte, wie sie umgekehrt war, nachdem sie das Kind auf dem Weg zum Gut verlassen hatte. Wenn sie geahnt hätte, was für eine Schlange sie an ihrem Busen nährte, hätte sie das nie getan.

Blandina erinnerte sich sehr gut daran, wie ihre Mutter sie im Graben hatte sitzen lassen, hilflos streunenden Wölfen und Vagabunden ausgeliefert, und sie war fest entschlossen, sich so nachhaltig wie möglich zu rächen.

Ramona ging immer häufiger im Kopf herum, was für ein Unglück es war, daß sie dieses Kind zur Welt gebracht hatte, und sie überlegte, wie sie es loswerden konnte. Warum hatte sie es nicht den Zigeunern gegeben, als sich die Gelegenheit bot? Es in die Sklaverei verkauft? Es als Findelkind der Kirche überlassen, wie man es mit ihr gemacht hatte? Was für sie gut genug gewesen war, wäre auch für ihr Kind gut genug gewesen. Es war ganz und gar ihre Schuld, daß sie nicht rechtzeitig gehandelt hatte, doch wie hätte sie ahnen können, daß sich die Dinge so entwickeln würden?

Kurz nach der Geburt von Sebaldo Metrofano starb Milvia Lucentini an einer Embolie, die ihren Körper wie einen Walfisch aufgedunsen hatte. Milvia war es gewesen, die Blandina beigebracht hatte, aufs Töpfchen zu gehen, die ihr Lispeln korrigiert und die lockeren Milchzähne herausgezogen hatte. Milvia hatte Blandina während jeder Kinderkrankheit gepflegt, ob Windpocken, Masern, Mumps oder Meningitis. Sie hatte ihr die aufgeschürften Knie verbunden, ihre Ohrenschmerzen mit Rizinusöl gelindert und ihr das Haar ausgekämmt, wenn es verfilzt war. Stolz hatte Milvia miterlebt, wie aus Blandina eine junge Dame wurde, die den höchsten Ansprüchen genügte. Doch bei Milvias Tod vergoß Blandina keine Träne und konnte auch nicht zur Beerdigung kommen, weil sie eine wichtige Verabredung mit ihrem Pony hatte. Die Trauernden sahen sie in ihrer kurz zuvor von Weatherill aus London eingetroffenen Reitkleidung in der Ferne vor Entzükken lachend über Hecken und Gräben springen.

Als das Grab von Milvia Lucentini mit Gras zugewachsen war, fand die Hochzeit von Dalinda Scandone und Roberto Pedretti in der Chiesa di San Stefano statt. Trotz Ramonas Anordnung wurden viele Kinder geboren, und die Geburten zogen eine Menge Taufen nach sich. Trofimo und Isolda Barile wurden in ihrem fünften Lebensjahrzehnt mit einem Erben für ihr florierendes Geschäft überrascht. Immacolata Metrofano, von ihrem ersten Erfolg ermutigt, brachte Zwillinge zur Welt, die Casto und Polo getauft wurden. Danach bekamen Camilla Conticello, Margherita Rossi, Virna Fuga, Beata Viola, Andromeda Doria, Selma Venerosa und selbst Bibiana Mamiliano Söhne. Es wurden so viele Jungen auf dem Gut geboren, daß die Leute den Verdacht hatten, es könne etwas im Wasser sein.

Nur Ramona blieb ohne den Sohn, den sie so verzweifelt herbeisehnte.

Blandina erblüht

Um schwanger zu werden, ließ Ramona kein Hausmittelchen unversucht und probierte auch jeden Aberglauben aus, der ihr zu Ohren kam. Sie unterzog sich einer Feigendiät – in der Region eine wohlbekannte Kur gegen Unfruchtbarkeit –, und es stellten sich prompt mehrere Folgen ein, doch eine Schwangerschaft gehörte nicht dazu. Sie gab dem Signor Widder- und Bullenhoden zu essen, doch abgesehen davon, daß sein Bart dichter und seine Ohren länger wurden, war kein erwähnenswerter Zuwachs seiner Männlichkeit festzustellen.

Im Verlauf der Monate versuchte sie es mit zahllosen medizinischen Verordnungen: Salben, Einreibungen, Pillen, Sirups, Suppositorien und Inhalationen. Nachdem die Wissenschaft sie im Stich gelassen hatte, kamen die verschiedenen Rituale an die Reihe, bei denen Eier eine Rolle spielten. Auch machte sie eine Pilgerfahrt zum stehenden Stein in Formicola. Santa Margherita, der Schutzheiligen der Geburt, opferte sie Votivgaben. In den heiligen Brunnen von San Leucio warf sie Babyschuhchen. Doch der Segen blieb ihr versagt, und sie mußte zusehen, wie die Söhne der Bediensteten und des Gesindes so stark und kräftig wie die Weizenähren wuchsen.

Alle mit Ausnahme des Signor sahen in Ramonas Unfruchtbarkeit eine Strafe für ihre Bosheit, doch sie war wie immer zu dickköpfig, um sich in ihr Schicksal zu fügen. Als wollte sie auf Nummer sicher gehen, stürzte sie sich nun darauf, das Leben des Signor mit allen möglichen Mittelchen zu verlängern. Die Ärzte, die auf dem Gebiet der Fruchtbarkeit versagt hatten, mußten nun auf ihre Weisung hin spezielle Ernährungspläne für ihn aufstellen. Und so mußte der Signor auf Kaffee, Alkohol, Tabak, rotes Fleisch, Käse, Eier, Salz, Sellerie, Äpfel, Schokolade und buchstäblich alles, woran er Vergnügen hatte, verzichten. Statt dessen fütterten sie ihn mit Pillen und Arzneien und gaben ihm Zäpfchen und Einläufe.

Ramona bestellte bei Nuccio Pandolfo Sonderlieferungen von Gelee royale, das sie an den zahnlosen Signor mit einem Löffel verfütterte. Sie erinnerte sich noch, daß ihre Vorgängerin darauf geschworen hatte, weil es das Leben verlängere und die Kräfte aufbaue. Sie hielt ihren Mann buchstäblich in seinem Schlafzimmer gefangen und hätte ihn am liebsten in Watte gepackt. Doch sie hatte ihre Rechnung ohne den Wirt gemacht.

Der Signor ließ sich eine Menge gefallen, bis die Stimmen in seinem Kopf einen Protest gegen die gesunde Lebensweise anstimmten und er rebellierte. Nun rauchte und trank er mehr denn je in seinem Leben und verbrachte auch wieder viel Zeit im Sattel. Letzteres flößte Ramona größere Angst ein als alle seinen anderen Laster zusammen.

Eines Morgens kam der Signor von einem Ausritt mit seiner Stieftochter zurück, die nun eine schöne junge Dame war und ungefähr wie siebzehn aussah, und berichtete seiner Frau, daß sich die Pferde sehr merkwürdig verhalten hätten. Sie hätten gescheut und seien nervös gewesen, und mehrere Jagdpferde, die auf der Weide gegrast hätten, seien ausgebrochen und so laut wiehernd hinter Blandina hergaloppiert, wie er es noch nie erlebt habe. Er ließ den Tierarzt kommen, weil er dachte, die Pferde litten vielleicht an einer Kolik oder irgendeiner Art Fußfäule. Doch in Ramona löste die Neuigkeit den allergrößten Schrecken aus.

In der Pubertät brach nämlich der Duft, der bisher in Blandina geschlummert hatte und nur gelegentlich und in harmloser Konzentration aufgetaucht war, in all seiner prächtigen Fleischesfülle hervor. Als sie den Duft noch selbst ausgeströmt hatte, hatte Ramona ihn nie wahrnehmen können, und sie konnte auch ihre Tochter nicht riechen, wie im übrigen auch der Signor nicht, dessen Nase blockiert war. Doch schon bald durchdrang der heimtückische, berauschende Wohlgeruch jeden Winkel des Guts.

In den letzten Wochen hatten als erstes die Hunde angefangen, Blandina zu verfolgen. Kurze Zeit später folgten auch die Katzen, die Eichhörnchen, Maultiere, Hühner, Wasserbüffel, Mäuse, Gänse und, wie der Signor berichtet hatte, die Pferde. Als sie zufällig am Schweinekoben vorbeikam, um Stiliano Mamiliano zu quälen, brachen die Schweine mit ihren sensiblen Nasen in ein so lautes Quieken aus, daß der Schweinehirt sie nur mit großer Mühe beruhigen konnte.

Viel zu rasch erfüllte der Duft satt, pulsierend und ausgesprochen unanständig die Luft, und jeder Mann und Jüngling mit funktionierender Nase wurde sein williger Sklave. Er war so verführerisch wie zu Ramonas Zeiten, vielleicht sogar noch ein wenig verführerischer, und Frauen, Mütter, Geliebte und Freundinnen verfluchten die sich wiederholende Geschichte.

Blandina, die das Wüten der Hormone spürte, brauchte nicht lange, um ihre Macht zu entdecken. Bald fand sie zwei oder drei junge Männer unter den bäurischen Tölpeln, die sie nicht ganz und gar abstoßend fand.

Ramona wußte nur zu gut, warum die Pferde durchgebrannt waren und daß weder die Kolik noch die Fußfäule dahintersteckten. Sie wurde blaß vor Neid, weil nun Blandina die Welt zu Füßen liegen würde wie einst ihr selbst. Ihre Tochter hatte ihr den Duft gestohlen. Ja, gestohlen hatte sie ihn!

Als der Signor ihr Zimmer verlassen hatte, warf sich Ramona schluchzend auf das Bett. Sie bearbeitete das Kissen mit den Fäusten, als wäre es ihre Tochter. Was für ein unnatürliches, undankbares, böses Mädchen sie doch war, bei all den Opfern, die Ramona für sie gebracht hatte! Immer war das Kind an erster und sie an letzter Stelle gekommen! Sie hatte es gehegt und gepflegt, ihm ihre Zeit geopfert und ihre ganze Aufmerksamkeit geschenkt; hatte ihr jeden nur erdenklichen Vorteil im Leben gesichert. Sie heulte vor Wut über die Ungerechtigkeit.

Sie wußte, wie böse Blandina war. Sie würde vor keinem Mittel zurückschrecken, sich mit Hilfe des Dufts den größtmöglichen Vorteil zu verschaffen. Wenn sich die Möglichkeit ergab, würde sie ihn auch gegen ihre Mutter einsetzen. Ramona schickte ein langes, inniges Gebet zum Himmel, daß der Signor nie seinen Geruchssinn wiederbekommen möge. Wenn das geschehen sollte, würde es schwarz für ihre Zukunft aussehen.

Als sie ihr Gebet beendet hatte, überkam sie plötzlich eine wilde Entschlossenheit. Sie würde den Duft zerstören, bevor er sie zerstörte. Das war es, was sie tun mußte.

In diesem Zeitalter der medizinischen Pionierleistungen mußte es doch wohl einen Weg geben, den Duft zum Versiegen zu bringen! Und diesen Weg würde Ramona ausfindig machen.

Heilmittel

Ohne lange zu zaudern, klingelte Ramona nach Doktor Stipa, der nicht entlassen worden war, weil er zwar einerseits Ramona und den Signor gegen Unfruchtbarkeit behandeln mußte, aber auch dafür zuständig war, den Signor, sofern möglich, zu verjüngen, um ihm ein möglichst langes Leben zu garantieren. Sie erläuterte ihm die Situation, und er holte auch gleich einen Flakon mit grünem Pulver und ein paar rote Pillen aus seiner Arzttasche, doch für Ramonas Vorhaben erwärmen konnte er sich mitnichten. Er war nämlich hilflos, hoffnungslos und unsterblich in Blandina verliebt. Er war bereit, sein Leben für sie zu geben, und hatte vor, an jenem Abend Alfonsina zu sagen, daß er ihre Ehe annullieren lassen wolle. Seit vierundzwanzig Stunden hatte das Leben jeglichen Sinn für ihn verloren. Wenn er noch lange auf Blandina warten müßte, würde er platzen.

Beim Abendessen ließ Ramona die Mittelchen in Blandinas Essen und Wein gleiten. Unruhig harrte sie der Folgen. Doch am nächsten Morgen beim Frühstück war das Verhalten der den Kaffee und die Brötchen servierenden

Lakaien ein todsicheres Zeichen dafür, daß die Intensität des Duftes trotz aller Medikamente unvermindert war, wenngleich Blandina klagte, ihr Schlaf sei durch Blähungen gestört worden und ihr Urin habe sich purpurrot gefärbt. Ramona konnte nur hoffen, daß ihrem Mann die beschämenden Lakaien nicht auffallen würden. Sie selbst entwickelte eine solche Verdauungsstörung, daß ihr gesunder Appetit darunter litt. Über den Signor hätte sie sich keine Gedanken zu machen brauchen. Die Stimmen debattierten mit ihm über die jeweiligen Verdienste zweier Rennpferde, die er zu kaufen beabsichtigte, und er war völlig in seine eigene Welt versunken. Zudem war sein grauer Star an jenem Morgen besonders bösartig, obwohl er am Vortag noch so gut gesehen hatte, daß er Blandina beim Bogenschießen besiegte.

Nach dem Frühstück ließ Ramona Doktor Stipa rufen und verlangte von ihm, daß er sich etwas besseres einfallen lasse. Seine Leistungen seien nicht beeindruckend, und wenn er sie wieder im Stich ließe, müsse er sein Bündel schnüren. Stipa steckte in einer schrecklichen Zwickmühle. Den Ort zu verlassen, an dem sich Blandina aufhielt, hätte bedeutet, daß er sogleich an gebrochenem Herzen gestorben wäre. Wollte er hingegen bleiben, mußte er den Duft zerstören, der ihm teurer als das eigene Leben war. Doch aller Leidenschaft zum Trotz war er pragmatisch veranlagt, und so mischte er Purgative und Laxative, Mixturen und Tinkturen, Lotionen und Emulsionen, die zu seiner großen Erleichterung keinerlei Wirkung zeigten.

An jenem Abend, als der Doktor, der seine Frau tatsächlich verlassen hatte, in einer Ecke der Schwarzen Kröte, vor sich hinbrütete, ließ Trofimo Barile, der den Grund für seinen finsteren Gesichtsausdruck kannte, sich nicht lumpen und erzählte ihm eine seiner Geschichten.

»Letzte Woche, als ich auf dem Markt von Sparanise war, besuchte ich meinen Schwager Silvestro, dem der Tanzbär gehört. Während ich dort eine Kalbfleischpastete zum Mittagessen aß, wirklich gut und ganz leicht verdaulich, unterhielt mich Silvestro mit einer höchst ungewöhnlichen Geschichte. Eine Geschichte, die Ihnen, lieber Doktor, in Ihrer Zwickmühle zum Trost gereichen könnte. Es ging um einen jungen Mann namens Perseo, der, ob Sie es nun glauben oder nicht, stark nach Zwiebeln roch. Sie haben richtig gehört, Zwiebeln. Ja, Freunde, kommt nur rüber, hier ist Platz für alle«, unterbrach sich Trofimo, damit diejenigen unter den Zechern, die eine gute Geschichte liebten, zu ihnen in die Ecke kommen konnten.

»Die Hoffnung, eine Braut zu finden, hatte er schon aufgegeben, da alle Mädchen der Gegend flüchteten, wenn sie auch nur einen Hauch von ihm in die Nase bekamen, als eine weise Alte, in einen Umhang gewickelt, der ihr Gesicht verdeckte, an seine Haustür klopfte. Sie sagte zu ihm: ›Perseo, du mußt Käse essen, nichts als Käse, Quark, Gorgonzola und Mozzarella. So kannst du deinen Zwiebelgeruch loswerden und eine Braut für dein einsames Bett finden.‹

Mit diesen Worten verschwand die Alte, bevor der junge Mann ihr auch nur eine Frage stellen konnte. Sollte er die Diät bis zum Lebensende einhalten? Mußte der Käse gekocht oder mußte er roh sein? Doch sie war weg, und er konnte ihr keine Fragen mehr stellen.

Perseo war vom Rat der Alten alles andere als überzeugt, aber in seiner Verzweiflung war er bereit, nichts unversucht zu lassen. Er beschloß, seine Speisekammer mit Käse zu füllen und das Mittel auszuprobieren.

Zum Abendbrot machte er sich an jenem Tag über ein großes Stück Gorgonzola her, zum Frühstück aß er einen

Teller lockeren Quark und zum Mittagessen einen ganzen Büffelmilchmozzarella. Und so ging es weiter. Käse. Und nochmal Käse. Käse regierte sein Leben. Er träumte von Käse. Schließlich hatte er das Gefühl, verrückt zu werden, und ständig hatte er einen Käsegeschmack im Mund.

Doch nach einigen Tagen nahm der Zwiebelgeruch ab, und nach einer Woche war der überwältigende Gestank völlig verschwunden. Der Vollmond war noch nicht vom Neumond abgelöst, da war er mit der Tochter eines Käsemachers verheiratet und ein Kleines war auch schon unterwegs. Und das war die Geschichte, gelehrter Doktor und liebe Freunde. Eine wahre Geschichte, die mir letzte Woche von meinem Schwager Silvestro Barbalace vom Tanzbär in Sparanise erzählt wurde.«

Als Mediziner war Doktor Stipa, milde ausgedrückt, skeptisch, doch am nächsten Tag erwähnte er die Sache beiläufig in Ramonas Anwesenheit.

»Trofimo Barile ist ein weiser Mann«, sagte Ramona, die die Ohren gespitzt hatte. »Immacolata Metrofano«, bellte sie sodann, »Selma Venerosa soll mir einen Korb Büffelmilchmozzarella bringen, und zwar sofort.«

Blandina hatte zwar eine Allergie gegen Käse, das hinderte Ramona jedoch nicht, sich mit ihrer Tochter und dem Mozzarella einzuschließen. Als sich dieser Nachmittag der Heimtücke dem Ende zuneigte, waren beide Frauen mit Bißwunden übersät, mit Veilchen geschmückt, zerkratzt, voller Kneifspuren und um einige Haarbüschel ärmer, doch Blandina hatte keinen einzigen Mozzarellabissen über ihre Lippen gelassen.

Doktor Stipa lauschte dem Lärm, und wäre der Schlüssel nicht von innen umgedreht gewesen, wäre er ins Zimmer getreten und hätte seine Arbeitgeberin für ihren grausamen Angriff auf seinen Liebling erwürgt.

Als Ramona blau und blutend wieder auftauchte, warf sie Stipa einen vernichtenden Blick zu und eilte zu Semprebene Metrofano. Der sollte feststellen, wann Trofimo Bariles Pachtvertrag für die Schwarze Kröte auslief. Der Schankwirt war ein Tor. Davon war sie schon seit langem überzeugt.

Nachdem es mit der Käsekur nicht geklappt hatte, versuchte Ramona, dem Duft mit diskreteren Mitteln zu Leibe zu rücken. Von einem Drogisten in Cancello Arnone erwarb sie eine adstringierende Seife, doch sie selbst bekam davon solche Geschwüre, als sie ihre Tochter darin baden wollte, daß sie den Plan aufgeben mußte. Von einer Hexe in Telese ließ sie sich Zaubermixturen geben, doch obwohl das eklige Gebräu Krötenzungen, Fledermausflügel und Mäuseohren enthielt, hatte es keinerlei Wirkung.

Der Duft wurde immer prächtiger, und der Wind trug ihn über enorme Entfernungen, so daß ihn selbst die Nasen der ehemaligen Freunde des Signor auf ihren Gütern in den entlegenen Ecken der Provinz erschnupperten.

Den Herren blieb keine andere Wahl, sie mußten dem Lockruf des Dufts Folge leisten, und viele kamen angeritten, ihre Freundschaft mit dem Signor zu erneuern und ihre Nasen im üppigen Duft seiner deliziösen Stieftochter zu baden.

Der Signor, der längst vergessen hatte, daß sie seit seiner Eheschließung einen großen Bogen um sein Haus gemacht hatten, hieß sie willkommen, als habe er sie vierundzwanzig Stunden zuvor das letzte Mal gesehen. Man war erstaunt, ihn so rüstig anzutreffen. Seine entsetzliche Frau hatte ihm gut getan, das mußte man einräumen. Was für ein gewiefter alter Fuchs er doch war! Für eine solche Stieftochter hätte sich jeder von ihnen um das Privileg geschlagen, die Mutter zu heiraten.

Die *signori* wetteiferten um Blandina, die sie mit kaltschnäuziger Unverschämtheit behandelte. Doch das verstärkte ihre Leidenschaft nur.

Ramona war so damit beschäftigt, Blandinas Geruch zu tilgen, daß sie die strenge Diät des Signor ganz aus den Augen verlor. Der nutzte die Gunst der Stunde und suchte das Weite, so oft er konnte. Er ließ sich von seinen Stallburschen auf sein bestes Pferd setzten und ging mit seinen Freunden auf Fuchsjagd. Einmal galoppierten sie hinter einem Fuchs über die Felder, als dieser jäh stehenblieb. Er hatte Blandina an der Spitze der Jagdgesellschaft gerochen. Vom üppigen Duft, der die Luft schwängerte, verwirrt, kam er auf Blandina zugerannt. Dadurch gerieten die Bluthunde so durcheinander, daß sie unter die Hufe der Pferde gerieten. Die Pferde buckelten, bäumten sich auf und gingen durch. Zwei Reiter wurden auf der Stelle getötet, doch der Signor hatte Glück. Sein Pferd Tullio machte einen Purzelbaum und landete mit gegrätschten Beinen auf einer Hecke, so daß der Signor im Zeitlupentempo durch die Luft flog, wobei er in den Genuß einer hitzigen Debatte der Stimmen in seinem Kopf über Tabakmischungen kam. Er wurde in hohem Bogen über zwei Gestenfelder getragen und landete schließlich inmitten einer Ziegenherde kopfüber in einem Kleefeld.

Der Signor klammert sich ans Leben

Wieder einmal stand der Signor mit einem Bein im Grab. Die Bediensteten von La Casa erlebten ein Déjà-vu. Es war alles genau wie nach dem ersten Unfall, nur daß diesmal Ramona Drottoveo ununterbrochen am Bett des Signor saß, seine Stirn mit einem Schwamm abwischte, ihm Arznei zwischen die trockenen Lippen löffelte und mit den Ärzten zeterte, denen es nicht gelang, seine Genesung zu beschleunigen.

Immacolata Metrofano, die Ramona alle Mahlzeiten in das verdunkelte Krankenzimmer brachte, sagte an jenem Abend, nachdem sie ihre drei lebhaften Jungen zu Bett gebracht hatte, zu ihrem Mann, Ramona Drottoveo scheine dem Signor wahrhaft zugetan zu sein, denn sie pflege ihn rund um die Uhr mit unendlicher Sorgfalt und besorgter Miene.

Hatte Ramona Drottoveo vielleicht doch ein Herz? War sie fähig zu lieben? Oder waren die schrecklichen Konsequenzen, die der Tod des Signor für sie bedeuten würde, der Grund für ihre Anstrengungen, ihn am Leben zu erhalten? Wer weiß.

Der Bruder der ersten Signora in Roccamonfina rieb sich fröhlich die Hände, und seine fette Frau Donatella begann schon mit den Vorbereitungen für ihren Umzug aus dem gegenwärtigen beengten Quartier in die luftigen Weiten von La Casa.

In der Schwarzen Kröte waren die Dorfbewohner mit finsteren Erörterungen über die Übel beschäftigt, die die Veränderungen mit sich bringen würden. Der Signor hatte zwar schon vor dem Unfall seine Eigenheiten gehabt und hinterher waren es noch mehr geworden, aber unter dem Strich war er als Herr in Ordnung.

Der Bruder der Signora hatte bei seinen Besuchen keinen guten Eindruck auf die Dienstboten gemacht. Wie seine Schwester war er ein Hypochonder und stand im Ruf, ein grausamer Lüstling zu sein, der an seinem Geld hing. Bei dem Gedanken an Signora Donatella, die von ihren Dienstboten das Biest von Roccamonfina genannt wurde, schlugen die Herzen der Versammelten vor Angst schneller.

»Lieber den Teufel, den man kennt, meine Freunde, als den Teufel, den man nicht kennt«, flüsterte Basilio Barile von seinem Kinderstühlchen, während Trofimo Barile stolz seine Pfeife im Kamin ausklopfte. Was für ein Köpfchen dieses Kind hatte!

Und was war mit Blandina? Was für ein Schicksal würde ihr unter der neuen Herrschaft beschieden sein?

Während ihre Mutter im Krankenzimmer wohnte, genoß Blandina aus vollen Zügen ihre Freiheit mit den jungen und auch mit den nicht mehr ganz so jungen *signori*. Der Weg nach La Casa war von der enormen Anzahl der Herren, die zu Besuch kamen, so aufgewühlt, daß er zu Schlamm geworden war und Semprebene Metrofano den Kies und die Grasnarbe nur durch größere Reparaturmaßnahmen wiederherstellen lassen konnte.

In der für sie neuen Gesellschaft der kultivierten jungen Herren ging es Blandina so gut wie nie. Ihre einstigen Geliebten – Gordio Rossi, Gianluca Fuga und Lamberto Pedretti – mußten hilflos zusehen, wie schamlos sie sich mit ihren neuen Bewunderern aufführte. Unter den *Signori* gab es etliche, die vor nichts haltmachten, um die Gunst des herzlosen Mädchens mit dem überwältigenden Duft zu gewinnen. Brüder gingen aufeinander los. Cousins schlugen sich mit Onkeln. Zwillinge duellierten sich bis aufs Blut. Es kursierten sogar Gerüchte, daß sich der ehrwürdige Duc d'Alba wegen der duftenden Maid einen Schlagabtausch mit seinen sieben Söhnen geliefert habe.

Dem Signor gehen die Augen auf

Viele Tage angstvollen Wartens gingen ins Land, und Ramonas Augen bekamen von den unzähligen schlaflosen Nächten einen immer kräftigeren Rosaton. Durch ihre ununterbrochene Wache am Bett des Signor geriet sie an die Grenze ihrer Kräfte, doch sie dachte nie an sich oder ihre eigene angegriffene Gesundheit. Ihr war einzig und allein am Überleben ihres Mannes gelegen, und mit höchster Willensanstrengung drängte sie ihn, von dem dunklen Ort, an dem er weilte, ins Leben zurückzukehren.

Doktor Stipa versetzte seine Arbeitgeberin in Wut, weil er mit den Gedanken völlig abwesend zu sein schien, und in der Tat war er im Krankenzimmer überhaupt keine Hilfe. Von den verdunkelten Fenstern aus beobachtete er fortwährend Blandina, und der Anblick, der sich ihm bot, erfüllte ihn mit rasender Eifersucht.

Manchmal schien der Signor tatsächlich schon tot zu sein, und ein dunkler Schatten fiel über sein Gesicht. Ramona ließ ihn nie aus den Augen, und mit ihrer rosa Hand, die seine graue umklammerte, versuchte sie, ihm etwas von ihrer eigenen Lebenskraft zu geben.

Mehr als einmal machte sich Signora Donatella, die Vorhut der Roccamonfina-Fraktion, mit ihrem Gefolge auf den Weg. Aber es waren immer Fehlstarts. Kaum war sie bis Teano gekommen, da traf auch schon die Nachricht ein, daß der alte Signor dem Tod wieder einmal von der Schippe gesprungen sei. Mit einem Fluch, der den Tod ihres Schwagers beschleunigen sollte, kehrte sie in ihr altes Haus zurück, das zu verlassen sie kaum erwarten konnte.

Welche Todesqualen stand Ramona aus, während sie den Signor pflegte! Sie konnte ja nicht wissen, daß seine Genesung nach dem ersten Unfall genau denselben Verlauf genommen hatte. Auch damals hatten die Schwankungen kein Ende genommen, hatten sich winzige Fortschritte in Richtung Leben und kleinste Rückschritte in Richtung Tod stetig abgelöst.

Ramona betete inbrünstiger für seine Genesung, als sie jemals in ihrem ganzen Leben gebetet hatte, und hoch oben im Himmel lauschte San Andrea Corsini, den sie gegen einen jähen Tod anrief, mit wohlwollendem Ohr ihrem Flehen. Zu guter Letzt erbarmte er sich ihrer und beschloß, das Leben ihres Mannes zu verschonen.

Ja, durch die Fürbitte des Heiligen war der Signor schließlich über den Berg. Eines Tages, als alle Hoffnung verloren schien, öffnete er die Lippen und begann zu sprechen, er reagierte, zwar noch bewußtlos, auf die Stimmen in seinem Gehirn und in seinen Gehörgängen.

»Sofort, *Generale*«, sagte er und fügte hinzu: »Spielt die Posaune, laßt das erste Bataillon ausschwärmen.«

Ramona war nicht gerade begeistert von den Stimmen, die manchmal die Herrschaft über ihren Mann übernahmen, doch als sie hörte, daß der Signor mit ihnen sprach, war sie überwältigt vor Freude.

Danach machte der Signor stete Fortschritte. Seine Unterhaltungen mit den Stimmen wurden immer zusammenhängender. Die Augen hielt er geschlossen, aber Ramona sprach zärtlich mit ihm, während sie seine knorrige Hand streichelte, und stellte sich vor, er wisse, daß sie bei ihm war. Es war nicht vorauszusehen, welche Folgen der Unfall auf Dauer auf ihn haben würde, aber er war nun erst einmal, dem Himmel sei Lob und Preis, außer Lebensgefahr.

Signora Donatella nahm von weiteren Versuchen, in La Casa einzuziehen, Abstand, ließ aber die Karren nicht abladen, falls es doch noch zu einem Rückfall käme, obwohl sie sich in diesem Stadium keine große Hoffnung mehr machte. In der Schwarzen Kröte kam es zu Freudenfesten, weil die Dienerschaft zumindest für eine Weile Signora Donatellas Klauen entkommen war.

Seit dem Unfall hatte Ramona nicht mehr mit Blandina gesprochen, da sie ihre Tochter in jeder Hinsicht dafür verantwortlich machte. Doch sobald sich der Signor wieder erholt hätte, würde sie ihr die Leviten lesen, dessen konnte sich die kleine Hexe sicher sein.

Eines Morgens, nachdem der Signor eine friedliche Nacht verbracht hatte und glücklich und zufrieden mit seinen Stimmen plauderte, platzte Blandina in das friedliche Krankenzimmer. Sie war in eine betörende Duftwolke gehüllt, die quälender und schamloser als alles nur Vorstellbare war.

Die versammelten medizinischen Autoritäten, die sich um den unkonzentrierten Doktor Stipa drängten, fühlten in ihren Lenden ein Anschwellen, das sie sehr zu ihrer Erleichterung auch bei ihren Zunftgenossen beobachteten und, zum allgemeinen Schock, ebenfalls unter der Bettdecke des Patienten.

»Du verläßt sofort das Zimmer!« zischte Ramona. »Du störst Papa!«

Aber es war bereits zu spät. Der unwiderstehliche Duft hatte die Nasengänge des Signor irgendwie geöffnet und war durch den Spaghettiknoten seiner Sinne bis in sein Gehirn vorgedrungen.

Er riß die Augen auf, aus allen seinen Täuschungen erwacht. Er hatte seinen Geruchssinn wieder und erkannte, daß man ihn an der Nase herumgeführt hatte.

Der von ihm vergötterte Duft kam gar nicht von seiner Frau! Er ging von seiner überirdischen Stieftochter aus!

Die Wahrheit traf ihn wie ein Blitz: Für Ramona fühlte er nichts. Blandina war der Gegenstand seiner wahnsinnigen Träume, allein ihr galt die einzigartige Sehnsucht seines Herzens!

Epilog

Innerhalb einer Stunde war Ramona von La Casa vertrieben. Sie hatte nichts weiter als die Kleider, die sie trug, und eine winzige Handtasche mit einigen zerknitterten Banknoten, einer Zuckermandel und ein paar silbernen Pailletten bei sich.

Der Signor, dessen Genesung zwar spektakulär, aber leider unvollständig war, war höchst aufgebracht, daß sie ihn – seiner Meinung nach – so hinters Licht geführt hatte. Er schrieb sogleich an seine Anwälte, damit sie sich um eine Annullierung seiner Ehe bemühten, und widmete sich aus ganzem Herzen dem Duft in seiner geheilten Nase.

Blandina jubilierte. Lachelnd sah sie von der obersten Stufe der Freitreppe zu, wie Ramona auf der Zufahrt immer kleiner wurde, und forderte die Schar der siebzehn um sie versammelten *signori* auf, mit ihren Jagdgewehren hinter ihrer Mutter herzuballern. Zum Glück verfehlten sie Ramona, aber nur, weil ihre Hände wegen Blandinas Duft zitterten. Statt Ramona wurden die drei Grazien mit Schüssen durchlöchert, zahlreiche Fenster gingen zu Bruch und elf Untergärtner wurden verletzt. Kaum war Ramona außer Sichtweite, hatte Blandina sie schon vergessen und stürzte mit ihren Verehrern zu neuen Vergnügungen davon.

Ramona taumelte, betäubt von der Geschwindigkeit,

mit der sich das Schicksal gegen sie gewandt hatte, und der Härte, mit der der Signor sie seines Hauses und Herzens verwiesen hatte. Als sie vom Gut wegstolperte und ihr Kopf so leer war, daß sie noch nicht einmal darüber nachdenken konnte, was sie als nächstes tun sollte, hörte sie Schritte hinter sich auf dem Weg. Sie drehte sich um und sah Stiliano Mamiliano, vom Rennen ganz rot im Gesicht und völlig außer Atem. Stellenweise schimmerte seine Kopfhaut noch durch, insgesamt war sein Haar aber nachgewachsen und auch die Brandgeschwüre an seinen Beinen heilten langsam ab.

»Ramona Drottoveo«, keuchte er, noch aus einiger Entfernung. »Ich meine, verehrte Signora«, fuhr er sich hastig verbessernd fort. »Ich weiß, daß ich ein Niemand bin, nichts weiter als ein kleiner Schweinehirt mit einem kleinen Ding und einem schlechten Geruch, aber ich habe Sie immer geliebt …«

Dank

Mein Dank geht wie immer an Jean und Julia.

Chris, danke, daß du mir immer wieder Mut gemacht hast und mir mit so viel Begeisterung zur Seite gestanden hast. Dieses Buch ist für dich.

Dank an alle, die mir geholfen und mich gestützt haben.

Sie sind schräg und richtig gut drauf:

Der perfekte Sommerkrimi

»Jürgen Benvenuti haftete schon
am Beginn seiner Laufbahn
etwas Professionelles an. Und siehe da,
da ist er wieder, der amerikanische
Kriminalroman. Von ihm hat Benvenuti
so eine Art Reinkultur angelegt.«

Franz Schuh, Literaturen

Jürgen Benvenuti

Barcelona Blues

ISBN 3-203-75650-1

EUROPA
VERLAG

www.europaverlag.de

Liebenswürdig, frech und unverschämt komisch:

Die Neuausgabe eines Welterfolgs

Addie ist das frechste, raffinierteste
und liebenswerteste kleine Gör,
das je die Straßen Alabamas
und der Literatur unsicher gemacht hat.
Dieses durchtriebene Pflänzchen stiehlt
dem Leser von der ersten Seite an das Herz,
denn aufs Stehlen versteht sich Addie.

Joe David Brown
Paper Moon

ISBN 3-203-75853-9

EUROPA
VERLAG

www.europaverlag.de